Le secret révélé

*

La passion de Leonora

ABBY GREEN

Le secret révélé

Traduction française de
CHRISTINE MAZAUD

AZUR

HARLEQUIN

Collection : Azur

Ce roman a déjà été publié en 2020

Titre original :
CONFESSIONS OF A PREGNANT CINDERELLA

HARPERCOLLINS FRANCE
83-85, boulevard Vincent-Auriol, 75646 PARIS CEDEX 13
Service Clients — https://www.harlequin.fr/contenu/contactez-nous
ISBN 978-2-2805-2430-8 — ISSN 0993-4448

Édité par HarperCollins France.
Composition et mise en pages Nord Compo.
Imprimé en novembre 2025 par ScandBook UAB en Lituanie
en utilisant 100% d'électricité renouvelable.
Dépôt légal : décembre 2025.

FSC www.fsc.org
MIXTE
Papier | Pour une gestion forestière responsable
FSC® C021394

Pour limiter l'empreinte environnementale de ses livres, HarperCollins France s'engage à n'utiliser que du papier fabriqué à partir de bois provenant de forêts gérées durablement et de manière responsable.

1

Un sourire satisfait aux lèvres, Lazaro Sanchez balaya des yeux la salle de réception d'un des hôtels les plus huppés de Madrid, qui lui appartenait. Cet instant était… magique. Tous ses efforts, toute sa vie n'avaient eu qu'un but, se retrouver là, devant ses pairs… qui n'avaient pas toujours été ses pairs.

Ces gens-là n'auraient pas pu voir en lui l'adolescent rebelle qui avait vécu dans la rue. Il avait fait de tout pour survivre. Lavé les pare-brise aux feux rouges pour quelques euros, montré aux touristes comment resquiller pour entrer dans les musées et les galeries, fouillé dans les poubelles pour trouver à manger quand il n'avait pas un sou en poche pour s'acheter un quignon de pain.

Le sentiment d'une terrible injustice le mettait encore en rage quand il se rappelait cette époque-là. Il avait fugué de sa dernière famille d'accueil quand le père avait tenté de le brutaliser.

Ce jour-là, il avait sauté du premier étage. À treize ans, livré à lui-même, il avait dû se débrouiller seul.

La cruauté, dans cette affaire, c'est qu'il n'était pas orphelin, qu'il n'était pas battu par ses parents au point qu'on leur enlève sa garde, comme cela arrive à la plupart des enfants confiés aux services sociaux. Dans son cas, ce n'était rien de tout cela. Il avait simplement été remis à l'Assistance publique par ses parents…

Ce soir – comble de l'ironie – son père se trouvait dans ce salon. Oserait-il le regarder dans les yeux ? Sûrement pas. Reconnaîtrait-il qu'il était son père ? Jamais. Même pas sous la torture !

Quant à sa mère, il comptait sur les doigts d'une main les fois où il l'avait vue. Et encore, de loin…

La raison de tout cela, c'est qu'il était le fruit illégitime d'une liaison entre deux membres de deux vieilles familles espagnoles parmi les plus respectées, les plus vénérées, les plus honorables du pays. Deux familles proches de la famille royale...

Son tort avait été de naître dans ce milieu.

C'est tout à fait par hasard que Lazaro avait découvert ses origines. Un jour, une assistante sociale quelque peu négligente avait laissé traîner un dossier qu'il s'était empressé d'ouvrir. Il y avait vu son acte de naissance et avait retenu les noms de ses parents. Quand, ensuite, il avait cherché à en savoir plus, il n'avait rien trouvé. Et pour cause ! C'étaient des noms d'emprunt.

Quelque temps plus tard, alors qu'on le changeait de famille d'accueil, il avait entendu deux assistantes sociales bavarder entre elles. Il se rappelait le coup d'œil que l'une d'elles avait jeté à l'arrière de la voiture pour s'assurer qu'il dormait, avant de chuchoter à l'autre ce qu'on racontait sur l'identité de ses parents – incapable de garder plus longtemps pour elle ce qu'elle avait appris.

Il avait fermé les yeux très fort et n'avait plus bougé. Même à son âge, il savait plus ou moins qui étaient les Torres et les Salvador. Ils comptaient parmi les familles les plus influentes et les plus fortunées d'Espagne, des lignées remontant au Moyen Âge.

Dès qu'il en avait eu les moyens, il s'était renseigné. Si, au départ, ce n'était qu'une rumeur, il avait tout de suite su que ce qu'il avait entendu dire était vrai. Il lui avait suffi de voir une photo de son père à son âge. C'était copie conforme. Il avait aussi hérité les yeux d'un vert très particulier de sa mère.

À partir de ce jour-là, curieux de les voir vivre, il était allé rôder du côté de leurs hôtels particuliers, dans les quartiers de Madrid les plus chics, et les avait espionnés. Il les avait regardés aller et venir. Avait vu ses demi-frères et sœurs. Le plus âgé, Gabriel Torres, ressemblait beaucoup à son père. Pour une raison étrange, Lazaro avait fait une fixation sur lui... Peut-être parce qu'ils avaient sensiblement le même âge.

Un jour, il les avait tous vus, dans un restaurant du centre-ville. Ils fêtaient l'anniversaire de son demi-frère Gabriel. Lazaro avait attendu dehors et, quand ils étaient sortis – les femmes avec leurs diamants, dans des robes haute couture, les hommes en costume de cachemire – Lazaro s'était rué sur eux et planté devant son père et le fameux Gabriel.

— Je suis votre fils ! avait-il lancé, tremblant d'adrénaline, à l'homme qui le dominait de sa haute taille.

Ahuri, son demi-frère l'avait regardé comme un ovni tombé d'une autre planète.

Très vite, des hommes avaient surgi et il s'était retrouvé nez contre terre, dans l'impasse qui longeait le restaurant. Puis son père l'avait empoigné par les cheveux et lui avait craché à la figure.

— Tu n'es pas mon fils et ne t'avise pas de venir rôder autour de moi ou de ma famille, tu le paierais cher !

C'est ce jour-là que l'ambition de Lazaro était née. Un jour, il serait d'égal à égal avec eux. Un jour, ils seraient bien obligés de le regarder en face. Un jour, ils seraient forcés de reconnaître qu'il avait réussi et survécu malgré leurs tentatives pour l'exclure de l'histoire familiale.

Aujourd'hui il était là, dans le même salon que son père et que son demi-frère Gabriel… avec lequel il était engagé dans une bataille sans merci pour l'acquisition du chantier de rénovation des vieux bâtiments du plus ancien marché couvert de Madrid.

— Lazaro ?

Il se tourna pour voir pourquoi son père, son demi-frère et d'autres membres de ses deux familles biologiques se trouvaient tous là.

Et parmi eux, Leonora Flores de la Vega…

Avec son visage de madone, sa longue chevelure noire, ses yeux gris et son corps de sirène avec juste ce qu'il fallait de courbes généreuses, elle était manifestement l'une des plus belles femmes d'Espagne.

Et l'une des plus convoitées.

Sa famille n'avait peut-être pas d'argent – l'une des raisons de ce mariage – mais son nom était aussi ancien et vénéré que celui des familles Torres ou Salvador. Et cela n'avait pas de prix.

D'où le désir de Lazaro de l'épouser. Il franchirait ainsi un pas de plus vers le premier cercle qui l'avait toujours méprisé et rigoureusement tenu à l'écart, en dépit des milliards qu'il avait gagnés. Il leur ferait à tous regretter leur mépris. Contraints et forcés, ils devraient bien l'accepter.

— Tu vas bien ? lui demanda-t-elle. Tu as l'air furieux.

Il se força à sourire et lui prit la main, refermant ses doigts sur son petit poing.

Rien. Pas l'ombre d'une réaction… Il resta de marbre.

Il est vrai qu'il ne l'épousait pas pour le sexe, mais pour une raison bien plus concrète. Pour assurer son statut social. Pour être reconnu par ceux qui l'ignoraient et pour forcer leur respect. Enfin !

— Non. Tout va bien. Je suis juste un peu préoccupé.

Il la vit jeter un coup d'œil de l'autre côté de la pièce – à quelque chose ou quelqu'un – et rougir en se mordillant les lèvres.

— Tu vas bien ? lui demanda-t-il.

Elle, toujours si posée, si contrôlée, lui parut soudain étrangement agitée. Distraite, plutôt.

Elle le regarda et sourit.

— Oui, tout va bien.

Il serra sa main plus fort.

— Je suis content que tu aies accepté de m'épouser, Leonora. Je pense que nous formerons un bon couple. Je crois que nous pourrons être… heureux.

Un nuage passa sur son visage de madone et son sourire s'évanouit, mais elle se ressaisit vite.

— Je l'espère, moi aussi.

Comme s'il en prenait soudainement conscience, Lazaro se dit qu'il la connaissait à peine. Il l'avait recherchée pour ce qu'elle représentait, ils étaient un peu sortis ensemble – en tout bien tout honneur. Il l'aimait bien. Et cela n'était un secret pour personne que la famille Flores de la Vega traversait une mauvaise passe financière. Ce mariage ferait taire les critiques sur sa vie de play-boy quelque peu sulfureuse et, *surtout*, le rapprocherait de son but.

Quand il lui avait parlé mariage et promis de rembourser les dettes de sa famille, elle avait tout de suite dit oui.

Il lâcha les doigts de Leonora, passa le bras autour de sa taille et garda la main sur sa hanche avec l'air satisfait du propriétaire fier de sa conquête. Et pourtant, rien. Toujours rien. Elle ne lui inspirait pas l'ombre d'une émotion.

Il essaya de se convaincre alors que l'attirance sexuelle n'était pas tout. L'excitation était une réaction quasiment animale. Personne dans ce milieu ne se mariait pour ça. Il était la preuve vivante qu'ils convolaient pour d'autres motifs, pratiques ceux-là. Et qu'ils gardaient leurs désirs secrets bien enfouis... Lui n'était pas comme ça.

Une image s'imposa brusquement à son esprit. Un souvenir, plutôt. Un souvenir qui le hantait de plus en plus souvent jusqu'à en devenir obsédant, comme si, plus ses fiançailles avec Leonora approchaient, plus sa conscience le travaillait.

Ce qui était ridicule. Il n'avait aucune raison de se sentir coupable. Sauf qu'il n'arrêtait pas de penser à *elle*.

Elle, c'était une femme qu'il avait connue trois mois plus tôt, dans une autre ville. Avant de parler fiançailles avec Leonora. Une femme petite. Rousse, coiffée à la diable, avec un visage piqueté de taches de rousseur et un corps voluptueux...

— Lazaro...

Il sursauta et regarda Leonora, choqué par la puissance de ce souvenir et l'effet qu'il lui faisait encore. Un effet d'autant plus étonnant que la femme en chair et en os qui se tenait à son côté était sublime. Elle ne lui inspirait cependant aucune réaction.

Elle souriait mais il vit qu'elle se forçait.

— Tu me fais mal.

Aussitôt Lazaro se rendit compte qu'il enfonçait ses ongles dans la chair de ses hanches. Il se détendit.

— Pardon. Excuse-moi.

Honteux, furieux contre lui-même, il soupira intérieurement. Cette femme rousse était une inconnue. Sa conscience lui jouait un mauvais tour. D'accord, il avait eu envie d'elle comme il n'avait pas eu envie d'une femme depuis longtemps, mais c'était tout. C'était dans une autre ville. Où les gens ne le remarquaient pas et ne chuchotaient pas dans son dos.

Ce n'est pas Lazaro Sanchez ? Il paraît qu'il vivait dans la rue et fouillait dans les poubelles pour trouver à manger. Il faisait partie d'une bande de voyous, non ?

Cette femme, l'inconnue, n'avait pas la moindre idée de qui il était. C'était rafraîchissant. Leur attirance, intense et immédiate, n'en avait été que plus convaincante. Et explosive.

Elle était vierge. Une vierge ! Le mot résonnait encore dans ses oreilles avec la même force. Quel choc ! Il ne s'y attendait pas. À cause de cela peut-être, il avait connu l'expérience la plus érotique de sa vie.

— Un peu de champagne ? proposa Leonora en lui tendant une flûte.

Il hocha la tête autant pour la remercier que pour chasser les souvenirs qui l'assaillaient.

— Tes conseillers te font signe, je crois qu'il est temps de faire l'annonce officielle, lui dit-elle. Tu es prêt ?

Lazaro s'arrangea pour éliminer toute pensée, toute image, tout souvenir de la femme qui encombrait son esprit et regarda sa future épouse dans les yeux. L'épouse qui allait lui ouvrir les portes du monde qui lui demeurait inaccessible depuis le jour de sa naissance.

— Oui, dit-il, en faisant tinter sa flûte contre la sienne. Annonçons-leur nos fiançailles !

Skye O'Hara se sentait nauséeuse, et les nerfs à fleur de peau. Elle transpirait bien qu'elle ait froid et cela ne faisait qu'empirer depuis qu'elle était entrée dans la salle de bal, somptueuse avec ses lambris dorés à l'or fin et ses imposants lustres à pampilles de cristal.

Jamais de sa vie elle n'avait vu autant de belles personnes réunies dans un même espace. Ni autant de beaux atours. Des fourreaux en lamé or ou argent. Des smokings. Des mètres et des mètres de peaux lisses et bronzées, à côté desquelles elle paraissait encore plus pâle et plus terne. Il y avait des lumières partout, aveuglantes. Et ça sentait bon. Le genre de parfum qui ne se met pas en bouteille. L'odeur de l'argent…

Elle avait revêtu une chemise blanche et une jupe noire pour qu'on la confonde avec le personnel. Avait coiffé ses cheveux en un chignon qu'elle avait épinglé sur le sommet de la tête. Pour rien au monde elle ne voulait être prise pour quelqu'un de leur monde. D'ailleurs, ça ne risquait pas. Pour commencer, il lui manquait vingt bons centimètres et elle était la seule rousse en vue. Elle avait des taches de rousseur, une imperfection que les femmes de cette assemblée auraient fait effacer sur-le-champ.

Hissée sur la pointe des pieds, elle le chercha du regard et, machinalement, posa la main sur son ventre où se trouvait la cause de ses nausées.

C'est alors qu'elle l'aperçut. Au fond. Il dépassait tout le monde d'une tête. Il portait toujours ses cheveux blonds un peu longs et décoiffés. Une barbe d'un jour ombrait ses joues déjà creuses. Sa bouche… Mon Dieu, sa bouche…

De là où elle était, elle ne la voyait pas vraiment mais elle s'en souvenait. Quelles lèvres ! Sculptées et fermes. Brûlantes. Elle se rappelait l'effet qu'elles avaient sur sa peau nue…

Soudain, quelqu'un s'effaça devant lui et elle le vit. Complètement.

Elle sentit aussitôt son cœur s'emballer. Il était beau, et élancé, et grand, près d'un mètre quatre-vingt-dix. Les épaules larges, bronzé, magnifique… L'homme le plus séduisant qu'elle ait jamais vu. Le plus sexy, aussi… et le premier homme auquel elle s'était donnée au cours d'une nuit sensuelle, merveilleuse… Inoubliable.

Soudain, Skye remarqua une femme qui s'approchait d'elle, l'air agacé. Pas une invitée, un membre du personnel, en noir et blanc comme elle. Se croyant découverte, elle commençait à paniquer quand la femme lui mit un plateau de flûtes de champagne dans les mains.

— Sers les invités au lieu de rester plantée là ! lui ordonna-t-elle.

Soulagée, Skye soupira. Son déguisement était au point !

Après avoir pris une profonde inspiration, elle s'avança vers Lazaro Sanchez. Elle l'avait cherché sur Internet, le lendemain de la nuit qu'ils avaient passée ensemble, et avait failli avoir une crise cardiaque quand elle avait découvert qui il était. Un financier très riche et très influent, doté d'un patrimoine immobilier considérable. Il était né en Espagne, mais n'y avait pas vécu longtemps.

C'était aussi un play-boy invétéré. Sur la toile, il y avait des centaines de photos de lui en compagnie des plus belles femmes du monde. Elle s'en était voulu d'avoir été assez naïve pour tomber sous son charme. Ce qui s'était passé entre eux n'avait été qu'une aventure de plus pour lui et il avait certainement déjà oublié cette nuit. C'était d'autant plus humiliant que, s'il avait couché avec elle, c'était simplement parce qu'elle était différente de ses conquêtes habituelles. Par goût de la nouveauté. Pour rompre avec l'habitude et mettre un peu de sel dans le quotidien.

Et maintenant... Maintenant, il s'apprêtait à annoncer ses fiançailles avec une créature sublime, qu'il tenait par la taille. Elle souriait, lui beaucoup moins. Tous les deux grands et minces, ils formaient un couple parfait. Elle, assez sophistiquée, avait tiré ses beaux cheveux noirs, brillants, en arrière, et portait une robe bustier rouge, très ajustée, qui moulait son corps de rêve. Elle était très chic.

Prise d'un léger malaise, Skye posa le plateau sur une table toute proche, de peur de le lâcher. Avait-elle eu raison de venir se jeter dans la gueule du loup ?

Elle avait bien essayé de joindre Lazaro plus tôt, en vain. Autant vouloir rencontrer le Pape ! Chaque fois qu'elle croyait avoir avancé d'un pas, la porte se refermait.

De quel droit venait-elle semer le trouble en cet instant si précieux ? Celui où il annonçait ses fiançailles à tout le gotha de la ville. Tout simplement parce qu'elle était enceinte de lui et qu'il fallait qu'il le sache, songea-t-elle pour vaincre son appréhension.

À cet instant, quelqu'un fit tinter son verre et tout le monde se tut. Toutes les têtes se tournèrent vers Lazaro et sa fiancée.

Skye faillit défaillir. Était-il déjà fiancé quand ils avaient couché ensemble, trois mois plus tôt ? Ou savait-il qu'il allait se fiancer ?

Le salaud !

Elle vit des agents de sécurité s'approcher du couple. Des hommes aux mines patibulaires. Elle savait ce qui allait se passer. Ils allaient faire l'annonce, on allait se presser autour d'eux et, très vite, ils fileraient vers un endroit tenu secret.

Elle n'aurait pas d'autres occasions d'attirer son attention. C'était sa seule chance. Il fallait la saisir. Si elle ne lui disait pas qu'elle attendait un enfant de lui, elle aurait toujours cet échec sur la conscience. Il fallait qu'il sache que leur nuit torride avait eu une conséquence.

Et puis, s'il était déjà fiancé quand il l'avait mise dans son lit, sa fiancée avait le droit de savoir quel genre d'homme elle allait épouser.

Ravi de voir tous les regards tournés vers lui, Lazaro s'éclaircit la voix. Son père faisait semblant d'ignorer que c'était son fils – illégitime – qui s'apprêtait à annoncer ses fiançailles. Quant à son demi-frère, Gabriel, plus renfrogné encore que d'habitude, il songeait visiblement à autre chose.

— Je vous remercie tous d'être là ce soir…

Lazaro regarda sa compagne et sourit, avant de poursuivre :

— Je sais que ce n'est pas une surprise pour la plupart d'entre vous car cela a déjà paru dans certains journaux…

Ricanements dans la salle.

— Laissez-moi tout de même vous dire l'immense joie que m'a faite Leonora Flores de la Vega en acceptant de devenir ma femme ! Les invitations à notre mariage vous seront adressées prochainement…

Il invitait les personnes présentes à lever leur verre pour porter un toast à sa future femme quand une voix s'éleva dans le fond du salon.

— Attendez ! Arrêtez !

Il fallut quelques secondes à Lazaro pour réaliser que plus personne ne les regardait mais que tous les yeux étaient braqués sur quelque chose, au fond. Ou plutôt, quelqu'un.

Deux hommes de la sécurité ceinturaient une femme. Une petite rousse, qu'il reconnut tout de suite. Non, il ne se trompait pas. Mais… Que faisait-elle ici ? Car elle était bien là, en chair et en os. Ce n'était ni une illusion ni un mauvais tour que lui jouait sa mémoire.

Quel choc !

Ses yeux bleus étaient écarquillés. Des mèches rousses et dorées échappées d'un chignon planté haut sur la tête encadraient l'ovale de son joli visage. Son menton déterminé. Son petit nez droit.

Sa bouche, pour l'instant très pincée. Un chemisier blanche… Une jupe noire.

On devinait le blanc de son soutien-gorge sous le tissu immaculé. Soudain, il se rappela qu'il avait tenu ses seins dans ses mains, en avait caressé les pointes du bout du pouce… Elle adorait ça.

À ces souvenirs, une vague de feu le submergea comme une lame de fond. Lâchant le bras de Leonora, il s'avança vers la femme pour tenter d'arrêter ce qu'il pressentait…

Erreur ! Avant qu'il ait pu la rejoindre, la voix de la femme s'éleva de nouveau, très forte et très distincte. Le fait qu'elle parle en espagnol ne le surprit même pas.

— Il faut que tu saches quelque chose : je suis enceinte. De toi.

D'abord, il ne se passa rien. C'était comme si une chape de stupeur s'était abattue sur l'assemblée, la tétanisant totalement. Tout le monde se tut, même les vigiles, qui demeurèrent immobiles.

Elle regardait Lazaro, droit dans les yeux, sans ciller et, soudain, comme si tout le monde avait déserté le salon, comme s'il n'y avait plus qu'eux dans la pièce, elle lui confirma en anglais, d'une voix radoucie, ce qu'elle venait de lui annoncer.

Skye O'Hara. C'était son nom. Elle était serveuse dans le restaurant où il avait dîné après un rendez-vous d'affaires à Dublin. Il l'avait tout de suite remarquée, dès qu'il était entré. Quelque chose chez elle, sa façon de se mouvoir et sa gentillesse avec les clients avaient attiré son attention, ce qui n'était pas habituel chez lui car plus rien, depuis longtemps, ne le faisait réagir. Mais elle avait quelque chose de rafraîchissant. Elle était extravertie. Simple. Naturelle.

Elle était vêtue comme aujourd'hui. Des vêtements sans chichis, rien de luxueux ni d'aguichant. Pourtant, elle lui avait beaucoup plu avec sa bonne humeur et ses formes généreuses.

Elle s'était approchée de sa table. Elle avait tiré le crayon piqué dans son chignon, tourné les pages de son carnet de commandes et enfin, l'avait regardé. Et à ce moment-là… C'était comme s'il avait reçu un coup de massue sur la tête. Non ! C'était plutôt une vague de chaleur qui était remontée dans ses reins…

Elle non plus, à en juger par le fard qu'elle avait piqué et à ses yeux, écarquillés, n'était pas restée de glace…

Tous les sens en alerte, Lazaro reprit vite pied dans la réalité. Il y avait des journalistes dans la salle. Il s'était lui-même chargé de prévenir la presse car il voulait une couverture maximale de l'événement – son triomphe personnel. Maintenant, s'il ordonnait à ses gardes de jeter cette fille dehors, les reporters la poursuivraient pour avoir son témoignage. Il voyait déjà les titres dans les journaux et les articles à faire pleurer dans les chaumières.

En fait, elle avait compris qui il était et comptait bien en tirer profit. Il fallait qu'il gère la situation, désamorce le début de crise et sauve ce qui pouvait l'être de cette soirée.

Il posa sa flûte, descendit de l'estrade et s'avança vers elle.

— Que faites-vous là ? souffla-t-il en lui prenant le bras.

Elle blêmit, puis bredouilla :

— Je suis venue pour te dire que... Je n'ai pas réussi à te joindre autrement. Nous n'avions pas échangé nos numéros...

Il lui avait donné sa carte quand il lui avait demandé de venir boire un verre avec lui. Mais elle l'avait oubliée dans le vide-poches de la chambre d'hôtel, le lendemain matin. Son besoin d'afficher son indépendance, au réveil, sa volonté de s'en aller alors qu'il lui proposait de prendre son petit déjeuner avec lui n'avaient pas été feints.

Il la revit quitter la chambre, dans son jean moulant sur un sweat tellement grand que l'encolure révélait une épaule. Elle avait les cheveux défaits, même pas brossés. Elle avait l'air d'une artiste. Elle avait surtout l'air d'une femme qui venait de faire l'amour. Et il avait eu envie d'elle, encore.

Il sortait de la salle de bains, une serviette autour de la taille, quand il l'avait vue prête à partir.

— Où vas-tu ? lui avait-il demandé.

Elle avait levé les yeux de ses chaussures, qu'elle était en train d'enfiler. Il n'oublierait jamais son regard, si sensuel qu'il avait eu du mal à regarder ailleurs.

— Il faut que je m'en aille... Je sais comment tout ça se termine. Je sais que ce n'était qu'une aventure sans lendemain.

D'un geste de la main, elle avait montré le lit aussi défait que ses cheveux et avait rougi comme une pivoine.

— En fait, je ne m'attendais pas à...

Elle était vierge, se rappela-t-il.

Il avait ressenti un début de panique à l'idée de ne plus jamais la revoir. Sans réfléchir, il lui avait demandé de rester.

— Je vais commander des petits déjeuners. Tu n'es pas pressée, si ?

Il avait vu qu'elle était tentée, peut-être même déchirée, puis elle avait hoché la tête.

— Non, j'ai des choses à faire. Il faut que je m'en aille.

Sur ces mots, elle avait tourné les talons mais elle s'était arrêtée sur le seuil de la porte pour se retourner.

— Au fait, merci ! Je ne m'attendais pas à rencontrer quelqu'un comme toi. Mais ça m'a plu.

Là-dessus, elle avait disparu et Lazaro s'était retrouvé tout bête, planté là, seul avec un désir tellement violent qu'il lui faisait mal. *Ça m'a plu*. Aucune femme ne lui avait jamais dit une chose pareille, surtout après une nuit aussi torride que celle-là.

Aujourd'hui, ce souvenir le faisait sourire. Tout cela n'avait été que comédie. Et cette réplique était la dernière du dernier acte. Bien joué ! Quel idiot il avait pu être !

Il la lâcha et lança à ses hommes :

— Emmenez-la au bureau et restez avec elle jusqu'à ce que je vous donne mes instructions.

Sans un mot de plus, il se tourna vers les invités et vers Leonora qui regardait droit devant elle, abasourdie, blanche comme un linge. Il se rapprocha d'elle sans trop savoir ce qu'il allait dire.

— Désolé pour cette... interruption, bafouilla-t-il. On s'occupe d'elle.

Il s'apprêtait à ajouter qu'il ne fallait pas croire un mot de ce qu'elle avait raconté quand, se rappelant l'instant délicieux où il était entré en elle, il se rappela aussi qu'il n'était pas protégé.

Soudain, il vit que Leonora reculait en le regardant comme s'il était un monstre.

— Leonora, s'il te plaît... Laisse-moi t'expliquer.

Elle s'arrêta. Le visage défait.

— Est-ce que ce que dit cette femme est vrai ?

Incapable d'affirmer que c'était un pur mensonge, Lazaro garda le silence.

Interprétant alors son silence comme un aveu, elle hocha la tête, puis, balayant des yeux la foule qui les entourait, elle dit, d'un ton d'une froideur impressionnante :

— Comment as-tu osé me faire ça ? Devant tous ces gens ?

Un silence de mort tomba sur l'assemblée comme elle pivotait sur ses talons et se dirigeait vers la sortie la plus proche.

Tout à coup, quelqu'un dans l'assistance se mit à applaudir, et Lazaro vit son demi-frère Gabriel fendre la foule des invités. Hilare, il tapait dans ses mains.

Blême de rage, Lazaro serra les poings.

— Quel show, Sanchez ! Je ne m'attendais pas à m'amuser autant en venant ici, ce soir. Je dois reconnaître que tu es très fort ! Mais, très franchement, j'ai d'autres choses à faire qu'être témoin de ce genre de scène !

Avant que Lazaro ait pu formuler la moindre réponse, Gabriel quitta le salon par la porte que Leonora venait d'emprunter. Ce salaud ne perdait rien pour attendre ! songea Lazaro. Mais, la vengeance étant un plat qui se mange froid, il ne broncha pas. Que pouvait-il faire, de toute façon, devant ce parterre ? Rien. En tout cas, pas ici, ni maintenant.

Il se tourna vers les invités, médusés. Ces invités qu'il avait conviés pour partager avec lui sa suprême victoire. Personne ne le regardait, personne n'osait. Si, une personne. Au fond de la pièce. Son père. Avec, sur le visage, un sourire méchant qui voulait dire *Tu as essayé de faire partie de notre clan, mais c'est raté...*

Cet instant qui aurait dû célébrer son triomphe se soldait par un échec cuisant. Pire, il se couvrait de ridicule à cause d'une femme. Parce qu'une nuit encore il s'était abandonné au plaisir. Parce qu'une nuit de plus il avait jeté ses principes par-dessus les moulins.

Il aurait dû se méfier. Il aurait dû savoir, après la vie qu'il avait menée, qu'il paierait les conséquences du moindre instant de faiblesse.

Tous les gens qui l'entouraient pouvaient se permettre quelques faiblesses. Pas lui. Jamais. Et il venait d'avoir la preuve que ses désirs étaient aussi primitifs que les leurs... Et qu'il n'avait, en fait, pas plus de contrôle sur eux que ces gens qu'il critiquait tant.

Skye se tenait dans une pièce isolée, assez petite. La brute qui l'avait poussée là lui avait apporté son sac à dos et son manteau qu'elle avait déposés au vestiaire en arrivant tout droit de l'aéroport.

Elle ressentait encore l'effet de l'adrénaline qui avait couru dans ses veines au moment où elle avait annoncé la nouvelle. Elle était heureuse d'avoir pu délivrer son message. Au départ, elle n'avait pas l'intention de provoquer d'incident mais, puisque Lazaro était injoignable, c'était le seul moyen qu'elle avait trouvé : prendre l'avion à Dublin et venir. Il avait plus de gardes du corps et d'assistants qu'un homme d'État. Et, à chaque pas, elle avait été contrôlée.

Elle avait commis l'erreur de jeter la carte qu'il lui avait donnée quand il lui avait demandé de venir prendre un verre avec lui. À dire vrai, elle n'avait pas vu l'intérêt de la conserver parce qu'elle ne voulait pas se torturer à la pensée qu'elle avait son numéro et ne pouvait décemment pas l'appeler.

C'est plus tard, en cherchant sur Internet comment le joindre, qu'elle avait appris qu'il allait annoncer ses fiançailles lors d'un cocktail à l'hôtel Esméralda, l'un des hôtels les plus selects de Madrid.

Tant qu'elle en avait encore le courage, elle avait réservé un vol aller-retour depuis Dublin. Elle avait apporté son uniforme de serveuse en espérant qu'ainsi déguisée on la confondrait avec le personnel, ce qui lui permettrait d'entrer. Cela avait presque trop bien fonctionné.

Elle avait toujours pensé qu'elle jugeait bien les gens mais, de toute évidence, trois mois plus tôt, son flair habituel l'avait trompée, se dit-elle en se remémorant la nuit qu'ils avaient passée ensemble...

Le lendemain matin, il lui avait demandé de rester petit-déjeuner avec elle. Il se tenait là, devant elle, presque nu. Enfin… Avec juste une serviette de toilette autour des reins. Il sortait de sa douche. Un fin duvet ombrait le haut de sa poitrine, qu'il avait très musclée, et descendait en V vers son nombril avant de disparaître sous la mini serviette-éponge. Mon Dieu ! Comme elle l'avait trouvé sexy !

Très agitée soudain, elle se passa la main dans les cheveux et se mit à arpenter la pièce. Heureusement, elle se sentait moins nauséeuse. Les malaises du matin ne duraient plus trop longtemps. Son médecin lui avait dit qu'ils disparaîtraient bientôt complètement. Si elle avait de la chance…

Enceinte. Elle cessa de bouger et posa la main sur son ventre. Elle avait tenté de joindre sa mère, sans succès. Elle était quelque part en Inde, dans un ashram, sans aucune connexion ou presque. Classique de sa part. Mais même sans l'avis de sa chère maman, Skye n'avait pas hésité une seconde : elle garderait cet enfant.

Même si elle avait toujours désiré une vie différente de celle qu'elle avait eue, enfant. Ballottée de pays en pays au gré des humeurs de sa mère et de ses nombreux amants, elle avait connu l'Asie, l'Europe… Sa mère l'avait eue à dix-huit ans et, le plus souvent, Skye avait eu le sentiment d'être l'adulte plus que sa bohémienne de mère, qu'elle adorait en dépit de tout.

En attendant, avec seulement quelques années de plus que sa mère à l'époque, elle allait se retrouver à son tour maman célibataire. Elle s'était toujours juré que quand elle aurait des enfants, ce serait dans le cadre strict d'une relation sérieuse afin d'assurer à sa famille une vie stable.

La porte qui s'ouvrait brusquement fit sursauter Skye. Mais non, ce n'était pas lui. C'était la grosse brute de la sécurité.

— Venez avec moi !

Elle aurait préféré ne pas le suivre mais comprit qu'elle n'avait pas le choix. L'homme l'escorta jusque dans l'ascenseur et monta avec elle au dernier étage. Les portes s'ouvrirent sur un couloir qu'ils longèrent jusqu'à une porte donnant sur une suite d'un luxe incroyable. Des canapés profonds, des lumières tamisées, des tableaux de maître aux murs, et une vue à couper le souffle sur Madrid...

Là, tout à coup, elle le vit. Il se tenait de dos, en chemise. Il se retourna, mais la lumière était si douce qu'elle ne distinguait pas son expression. Elle remarqua seulement qu'il avait son col ouvert et que son nœud papillon pendait de chaque côté de son cou, comme s'il l'avait arraché d'un geste violent.

Il renvoya le garde sans ménagement et Skye entendit la porte se refermer derrière elle.

Puis, d'une voix suave, bien pire que s'il avait hurlé, il lui dit :

— Bon sang ! Tu peux me dire à quoi tu joues, là ?

2

Skye s'efforça de ne pas lui montrer qu'elle était intimidée. Elle s'avança avec une feinte assurance sur ses jambes flageolantes.

Lazaro Sanchez semblait immense. Il était impressionnant. Avait-il toujours eu des épaules aussi larges ? D'aussi grandes jambes ?

Il était également furieux, cela se voyait. Blême, aussi, et très différent de l'homme délicieux et très urbain qui l'avait séduite, ce fameux soir. Mais il avait de quoi être fâché car elle n'avait pas été pour rien dans ce qu'il s'était passé, elle devait bien le reconnaître.

Une fossette creusait sa joue toutes les trois secondes, un tic nerveux qui trahissait son agacement. Il avait beau être en colère, il l'attirait tout de même, et elle se rendit compte qu'elle avait le corps en feu.

Lors de leur rencontre dans le bar de ce fameux hôtel de Dublin, quand il l'avait invitée à venir le rejoindre, elle lui avait d'abord dit qu'elle n'acceptait pas ce genre de rendez-vous.

— Et je ne suis pas venue ici pour ça, avait-elle ajouté. Ni pour ça, ni pour autre chose.

Elle s'était trouvée bête et avait rougi comme une gamine adolescente.

Lui avait souri, un sourire qui en disait long sur ses intentions. Puis il lui avait montré une chaise.

— On peut quand même prendre un verre ensemble, non ?

Mon Dieu ! Comme tout cela lui semblait loin, aujourd'hui.

Elle plaqua la main sur son cou comme si elle avait du mal à respirer.

— Je suis désolée… pour tout à l'heure. Je m'y serais prise autrement si j'avais réussi à te joindre. J'ai appelé à ton bureau – dans tous tes bureaux, en fait – mais personne n'a accepté de prendre mon message. J'ai eu le tort de dire que c'était personnel.

Il croisa les bras.

— Pas très aimable de leur part.

— Quand j'ai appris que tu allais annoncer tes fiançailles, je me suis dit que c'était l'occasion de t'approcher et de te mettre au courant.

Il haussa les sourcils.

— La vérité c'est que tu t'es dit que c'était l'occasion de faire parler de toi ! Que tu allais faire la une des journaux à scandale.

Skye fronça les sourcils.

— Pourquoi des journaux à scandale ?

Il la regarda, bouche pincée.

— Ne fais pas l'innocente. Tu savais très bien que la presse serait là. Et après ton coup d'éclat…

Repensant à la réaction de sa fiancée, elle éprouva du remords.

— Je pensais… Je me suis dit que la seule façon d'attirer ton attention était de faire… ce que j'ai fait.

Il fit la moue.

— Bien. Je t'écoute. Tu m'as assuré, après la nuit que nous avons passée ensemble, que tu savais comment ce genre d'histoires se terminait. Tu mentais ?

— Non.

Elle faillit s'étouffer en disant cela. Elle se rappelait trop bien son hésitation quand le lendemain matin elle avait été tentée par plus de caresses, plus d'étreintes. Mais le souvenir de sa mère, de sa vie légère et de ses innombrables amants lui était revenu en mémoire et elle avait eu peur de suivre le même chemin, sachant que les aventures d'une nuit ne menaient jamais nulle part.

— Je pensais vraiment ce que j'ai dit. Évidemment, je ne savais pas que… que quelque chose s'était passé.

Quelque chose qui s'appelait un bébé.

— Je t'avais demandé si tu te protégeais, reprit-il d'un ton accusateur, et tu m'as répondu de ne pas m'inquiéter. En fait, tu mentais !

Elle se mordit les lèvres. Elle ne se rappelait qu'une chose de cet instant-là, c'était son envie désespérée de le sentir en elle. Plus qu'une envie, un besoin, et la peur qu'il la rejette.

Elle haussa les épaules. En dépit de son désir insensé pour lui, elle n'avait pas complètement perdu la tête.

— Je croyais qu'il n'y aurait pas de problème. Que ce jour-là, je ne risquais rien.

— Comment veux-tu que je croie à cette grossesse ? ricana-t-il. Elle ne se voit même pas !

Incapable de savoir si elle était heureuse ou déçue que cela ne se remarque pas, elle posa la main sur son ventre.

— Peut-être, mais je suis quand même enceinte. J'ai passé l'échographie du troisième mois la semaine dernière et tout est normal. C'est pour cela que j'ai attendu jusqu'à maintenant pour...

Un silence s'installa. De toute évidence, il réfléchissait.

— Mais... Comment peux-tu être sûre que c'est moi le père ?

C'était le doute de trop. Agacée, elle décida de tout lui avouer.

— Je n'ai fait l'amour qu'une fois... Avec toi. Personne d'autre.

En fait, ils avaient fait l'amour deux fois, cette nuit-là, mais Lazaro n'avait pas envie de le lui rappeler. Il s'en souvenait très bien et, rien qu'à y penser, il se sentait troublé...

Il regarda sa main posée sur son ventre encore plat. C'était difficile d'imaginer qu'elle était enceinte.

Comme tout enfant abandonné à sa naissance par ses parents et confié à l'Assistance publique, il avait une vision amère du lien filial. Apprendre qu'elle avait passé cette échographie sans qu'il en soit informé le contrariait. Il avait l'impression qu'on lui avait volé quelque chose.

Il s'était toujours juré que si un jour il avait un enfant, il ferait le maximum pour lui et ne l'abandonnerait pas. Il lui offrirait une vie plus douce que celle qu'il avait eue. Mais, très franchement, il ne s'attendait pas à devoir y penser déjà. Même avec Leonora, il aurait attendu plusieurs années avant d'envisager de fonder une famille.

Skye posa son sac et son manteau à ses pieds et se redressa. Sa beauté naturelle, avec ses taches de rousseur sur le nez et les joues, le frappa. Elle avait l'air vraiment innocent, pure…

— Je te jure que je n'avais pas l'intention de t'annoncer ça comme ça, dit-elle. Mais je n'ai pas vu d'autres moyens. Je ne voulais surtout pas choquer ta fiancée.

Lazaro ne crut pas un mot de ses explications.

— Ce n'est plus ma fiancée. Nos fiançailles sont rompues, maintenant.

Skye pâlit encore un peu plus.

— Si elle t'aime, tu dois pouvoir arranger ça, lui dit-elle.

Lazaro ricana et leva la main pour l'arrêter.

— Je t'en prie ! Et puis cesse de parler d'amour. Nous ne voulions pas nous marier par amour. Ça n'existe pas, ce genre de choses !

Skye écarquilla les yeux.

— Ah bon ? Alors… Pour quoi ?

Pris à contre-pied, il haussa les épaules.

— Parce que c'était… logique. Elle m'aurait aidé à atteindre mes objectifs et je lui aurais retourné la faveur. Les mariages fondés sur des notions floues et changeantes comme l'amour ne durent jamais bien longtemps, tu sais.

— Mais… Vous étiez déjà ensemble quand nous nous sommes rencontrés ?

Il n'hésita pas.

— Non, nous nous sommes fiancés juste après.

Juste après. En disant ces mots, Lazaro se sentit mal à l'aise. Cette nuit torride passée avec Skye l'avait profondément marqué, obsédé même. Il n'avait eu de cesse de retrouver ces sensations intenses, magiques et, en même temps, éprouver ce désir l'avait torturé. Il n'avait pas envie de vivre une grande passion. Il demandait à être accepté et respecté par une femme qui l'aiderait à atteindre son but. Une femme issue du même milieu que son père et qui n'avait pas été rejetée, comme lui.

Leonora Flores de la Vega était déjà dans son viseur. Il avait eu l'occasion de la voir à quelques cocktails et autres mondanités, et elle l'avait intrigué par sa discrétion. Par sa façon de rester à l'écart. Cette attitude avait résonné tristement en lui, lui rappelant, s'il en était besoin, son exclusion, malgré sa réussite.

Ah, ah ! le nargua sa petite voix intérieure. *Tu étais tout près du but et… patatras !*

Après ce clash, on allait continuer de l'ignorer. Son souhait d'être accepté par les riches et les puissants ne serait pas exaucé.

Il devait bien admettre que c'était sa rencontre avec Skye qui l'avait incité à demander à Leonora de l'épouser. Comme si la nuit passée avec Skye lui avait fait peur. Comme si elle lui avait fait prendre conscience du désir qui le taraudait sans qu'il s'en soit rendu compte. Il avait voulu oublier que ce qu'il avait fait ne lui ressemblait pas du tout et mettre leur fantastique entente sexuelle sur le compte des pulsions. Aujourd'hui, compte tenu de l'effet qu'elle lui faisait encore, on ne pouvait pas parler de pulsion. C'était bien d'autre chose qu'il s'agissait… Il était inexorablement attiré par cette femme et éprouvait le besoin incessant de la toucher. Qu'est-ce qu'il lui arrivait ?

Skye planta ses yeux dans les siens.

— Je suis très différente d'elle. Vous formiez un beau couple. Je comprends que tu aies voulu l'épouser.

Elle avait raison. Il n'y avait pas plus différentes que Leonora et elle. Leonora était grande, mince et élégante, alors qu'elle était plutôt ronde et son style peu sophistiqué. En fait, Skye ne ressemblait à aucune des femmes qu'il avait connues jusqu'alors et c'était celle dont il se sentait le plus proche.

— Dans le fond, reprit-elle, je lui ai peut-être rendu service. Tout le monde mérite d'être aimé.

Lazaro sentit un pincement dans sa poitrine, une douleur inexplicable.

— Ne sois pas ridicule, avec ton sentimentalisme ! Tu as jeté un froid dans la réception en intervenant grossièrement. C'est une soirée privée et très courue que tu as interrompue.

— Pas si privée que ça ! contesta-t-elle. Il y avait une armée de journalistes.

Elle le vit grincer des dents.

— Ce n'est pas le sujet.

— Je sais. Le sujet, c'est que je suis enceinte. Je suis venue te le dire. Et, maintenant, je m'en vais.

Alors qu'elle approchait de la porte, elle s'arrêta.

— Il y a des portes partout, ici. Pour sortir, c'est laquelle ?

Il se précipita et la prit par le bras, un peu trop brutalement.

— Tu ne t'imagines quand même pas qu'après avoir dégoupillé une grenade et gâché mes fiançailles, tu vas t'en tirer comme ça ? Comme si rien ne s'était passé ? Assieds-toi. Tu ne vas nulle part !

Skye aurait dû se méfier. Ce n'était pas possible qu'il avale cette nouvelle sans réagir. Un homme comme Lazaro Sanchez – si important qu'il était impossible d'entrer en contact avec lui comme avec n'importe quel autre mortel – ne pouvait pas laisser passer ça. D'accord, apprendre qu'il allait être père avait dû lui faire un choc. Comme à elle. Mais elle avait eu trois mois pour digérer la nouvelle.

— Que veux-tu ? Du thé ? Du café ? lui demanda-t-il, comme s'il s'y sentait obligé.

— Peut-être un verre d'eau, répondit-elle, notant qu'il forçait son talent pour se montrer aimable.

En fait, elle mourait de faim. À cette heure-là, elle gardait ce qu'elle mangeait mais Lazaro n'était sans doute pas prêt à lui commander le club sandwich et les frites dont elle se régalait depuis quelque temps. Une envie de femme enceinte, sûrement...

Il alla vers son bar, lui remplit un verre d'eau et revint vers elle. Il s'était servi quelque chose qui ressemblait à du whisky.

— Tiens, dit-il.

L'air contrarié, il s'approcha de la fenêtre et, lui tournant le dos, lui lança ;

— Tu devais bien savoir qui j'étais, tout de même...

— Pardon ?

À sa voix, il comprit qu'elle avait peur.

— Tu savais qui j'étais et tu m'as piégé.

Révoltée, elle se leva si brusquement qu'elle renversa un peu d'eau sur le tapis.

— Pardon ? C'est toi qui es entré dans *mon* restaurant et qui t'es installé à *ma* table, c'est tout.

Elle le vit rougir et, se rappelant l'avoir déjà vu ainsi la nuit où ils avaient fait l'amour, elle rougit elle aussi. Comme il était sexy, cette nuit-là !

Finalement, elle se rassit.

— Tu ne m'avais même pas dit ton nom ! Je ne l'ai su que lorsque tu m'as donné ta carte et m'as demandé d'aller te retrouver à ton hôtel.

Elle fit la moue.

— Tu as eu le temps de te renseigner... C'est pour ça que tu as décidé de venir, n'est-ce pas ? Parce que tu t'es dit que je valais le coup !

— Je n'ai pas cherché à savoir qui tu étais, rétorqua Skye. Je me suis décidée parce que je te trouvais séduisant et que j'ai eu peur de regretter si je ne venais pas.

Elle s'arrêta et se mordilla les lèvres, honteuse de cet aveu.

— En fait, reprit-elle, pointant crânement le menton, c'est vrai que, le lendemain, j'ai fait quelques recherches sur Internet. À ce moment-là, je me suis rendu compte que tu étais... quelqu'un.

Elle avait lu que, parti de rien, il était devenu millionnaire, à vingt-cinq ans, après avoir créé un fonds de pension. Il s'était ensuite diversifié, avait investi une partie de sa fortune dans l'immobilier et était aujourd'hui milliardaire. Sa stratégie consistait à racheter des bâtiments décrépis dans des zones dont il pressentait le fort potentiel et à les réhabiliter.

— C'est bien ce que je dis. Quand tu as su, tu as décidé de profiter de la situation !

Elle se releva.

— Aussi incroyable que cela puisse te paraître, mon projet de vie n'était pas de me retrouver enceinte à vingt-deux ans.

— Ah ? Et c'était quoi alors ? Devenir la responsable du restaurant ?

— Comment peux-tu dire une chose pareille ! Tu ne sais même pas qui je suis, ni ce que je veux.

Il fit un pas vers elle et lança d'un ton odieux :

— Au contraire. Je crois que, cette nuit-là, nous avons fait exactement ce que tu voulais.

Elle serra son verre dans sa main.

— Je te rappelle quand même que cette nuit-là nous étions deux !

Sur ce point-là, ils étaient d'accord.

— Pourquoi es-tu venue, alors ?

— Pour te dire que tu vas être père. Tu aurais préféré ne pas le savoir ?

Il la fixa un moment puis hocha la tête.

— Tu ne me feras pas croire que tu le fais par bonté d'âme.

Elle dut se faire violence pour ne pas exploser.

— Ça te serait égal d'avoir fait un enfant et de l'ignorer ? parvint-elle à demander.

À sa grande surprise, elle le vit pâlir. Puis il se ferma.

— Si tu es enceinte et si ce bébé est de moi, évidemment que je veux le savoir ! J'avoue que je n'étais pas préparé à ça mais, si j'ai un enfant, je ne le priverai pas de son père.

Il avait les yeux étrangement brillants, comme s'il était ému. Elle se rappela alors qu'elle n'avait rien vu concernant ses parents sur le Net. C'était étrange.

— Tu...

Elle sentit qu'elle tournait et tituba. Il se précipita pour la soutenir et lui prit son verre.

— Qu'est-ce qu'il t'arrive ? Tu es toute pâle.

Elle tremblait.

— Je crois qu'il faudrait que je mange quelque chose.

— Pourquoi ? Tu n'as rien avalé depuis quand ?

— Depuis le petit déjeuner...

Qu'elle avait rendu presque aussitôt.

Il jura et la fit asseoir, puis lui prit son verre d'eau.

— Que veux-tu manger ?

Elle détestait se montrer en état de faiblesse, comme en ce moment. Elle était venue lui annoncer la nouvelle, avec l'intention de partir ensuite, la tête haute, fière d'avoir fait son devoir.

— Peut-être un sandwich ? Et des frites.

Il partit téléphoner et revint quelques instants plus tard.

— Merci. Je suis désolée, s'excusa-t-elle. Je ne voulais pas abuser de ton temps.

Il la regarda et, les pouces dans les passants de sa ceinture – ce qui eut pour effet d'attirer le regard de Skye sur ses hanches –, il revint à la charge.

— Alors, comme cela, tu avais l'intention de venir, de lâcher ta bombe et de repartir ?

Devant son agressivité, Skye se sentit mal à l'aise.

— Je voulais que tu saches, c'est tout. Je n'attends rien de toi, tu sais. Peut-être qu'une fois l'orage passé, tu pourras renouer avec ta fiancée...

Elle vit son visage s'assombrir davantage encore.

— Pardon. Mon ex-fiancée...

D'un geste de la main, il chassa sa remarque comme s'il la jugeait inutile.

— Je te l'ai dit. Après cet esclandre, Leonora ne voudra plus rien avoir à faire avec moi.

Skye devait reconnaître que Leonora ne méritait sûrement pas d'être humiliée en public comme elle l'avait été...

Un coup de sonnette interrompit ses pensées. Lazaro alla ouvrir et revint avec un plateau.

— Viens, allons dans la cuisine, lui dit-il. Suis-moi.

Fasciné, Lazaro la regarda dévorer son sandwich et ses frites. Les femmes avec lesquelles il sortait d'habitude chipotaient. Elles mangeaient du bout des dents une feuille de laitue. Et encore...

Il prit le verre d'eau pétillante et le posa devant elle. Elle s'essuya la bouche et le remercia. Elle était un peu rouge, comme lorsque leurs regards s'étaient croisés, à Dublin, dans le petit restaurant près de son hôtel. Un peu plus tard, quand il lui avait demandé de venir le rejoindre pour un dernier verre après son travail, elle avait encore rougi. Et elle lui avait répondu :

— Oh ! Je ne sais pas... Je ne suis pas sûre que ce soit une bonne idée.

— Pourquoi pas ?

— Parce que... je ne sais pas. Je ne sais pas qui vous êtes.

Il lui avait tendu sa carte de visite qu'il avait prise dans la poche de sa veste.

— Ça ne prouve pas que je ne suis pas un tueur en série mais je vous assure que je n'en suis pas un, avait-il ironisé. Je vous propose tout simplement de venir prendre un verre avec moi au bar... Histoire de faire connaissance.

Elle l'avait regardé avec ses grands yeux bleus étonnés.

— Ah bon ? Pourquoi ?

Il s'était entendu répondre :

— Vous ne faites jamais rien de spontané ? Sans raison ? Juste pour le plaisir.

Il s'était surpris à désirer follement qu'elle lui dise *si*.

En fait, il pensait qu'elle accepterait aussitôt sa proposition – comme la plupart des femmes, d'habitude – mais elle avait semblé tiraillée.

Finalement, elle avait dit :

— D'accord... Peut-être.

Il s'était donc installé au bar de l'hôtel et avait attendu. Et, pour la première et unique fois de sa vie, il n'était pas du tout sûr qu'elle vienne.

Et elle était venue...

Il se rappelait très bien son entrée. Elle s'était arrêtée sur le seuil de la porte, vêtue d'un jean slim et d'un pull trop grand qui glissait sur ses épaules, où pendait une besace informe. À cet instant-là, il aurait dû comprendre qu'il était complètement fou, mais la vue de ses longs cheveux roux ramenés d'un côté de la tête et son désir subit pour cette femme qui ne ressemblait à aucune autre l'avaient cloué sur place. À tel point qu'il n'avait même pas pu se lever pour aller à sa rencontre !

— Merci. C'était bon, dit-elle.

Lazaro revint à la réalité en la voyant pousser son assiette vide.

— Où es-tu descendue ? lui demanda-t-il.

Rougissante, elle évita son regard.

— Pour l'instant, je n'ai réservé nulle part. J'ai vu une auberge de jeunesse près de la gare quand je suis arrivée de l'aéroport. Il y aura sûrement une chambre, là-bas.

Les yeux plissés, Lazaro lui lança :

— Tu n'avais pas l'intention de rester, donc tu n'as pas réservé de chambre, c'est ça ? Je parie que tu n'as pas acheté de billet de retour non plus ?

Embarrassée, Skye évita une nouvelle fois son regard. Il avait raison, elle n'avait rien prévu pour la durée de son séjour ici. C'était stupide de sa part.

Déstabilisée, elle se leva.

— Je n'ai jamais rencontré de personne aussi cynique que toi. Je ne suis pas venue ici pour te piéger, Lazaro. Si tu savais comme je me moque de ta fortune et de cette suite dans cet hôtel de luxe !

— Appartement, rectifia-t-il. Oui, je suis ici chez moi. Cet hôtel *m'appartient*.

C'en était trop ! Elle alla prendre son sac et son manteau dans le salon et se retourna.

— Je vais chercher un endroit où dormir. J'ai un vol tôt demain matin et comme je te l'ai dit, je ne suis pas venue ici pour rester, mais pour te faire savoir que j'étais enceinte.

Comme elle sortait, il la rattrapa.

— Reste ici ce soir, d'accord ? On verra ce que tu fais demain.

— Impossible. Je travaille demain soir.

— Si tu es enceinte de moi, comme tu le prétends, il serait préférable que tu restes ici, en Espagne, jusqu'à ce que le test ADN le confirme... Ou pas.

Interdite, elle resta un instant bouche bée.

— C'est fou ! Tu ne vas pas m'obliger à rester ici, alors que...

— Si. Parce que si cet enfant est de moi, j'ai un droit de regard sur son avenir... et sur le tien. Pour commencer, où vis-tu ?

— Dans un rez-de-chaussée très bien, à Dublin.

Elle mentait, mais ne pouvait pas avouer que son studio était tellement humide qu'il y avait de la moisissure sur les murs. Que la cuisinière à gaz fonctionnait mal et que son quartier n'était pas très bien fréquenté...

Comme s'il avait lu dans ses pensées, Lazaro fit une moue dubitative.

— Tu es serveuse. Avec le salaire que j'imagine, je vois le genre d'endroit que tu peux t'offrir. Je refuse que la mère de mon enfant et mon enfant prennent des risques.

Il lui enleva son sac et son manteau des mains.

— Tu restes ici ce soir et, demain, je t'emmènerai consulter. Mon médecin saura me dire si tu es enceinte ou pas. Ensuite, on discutera.

Impuissante, elle répliqua vertement :

— J'ai un travail ! Une maison. Et ma vie. Tu ne peux pas tout chambouler comme ça !

Il arqua les sourcils.

— Ah bon ? Je n'ai pas le droit de chambouler ta vie ? Et toi, qu'est-ce que tu viens de faire, à ton avis ?

3

Skye resta sans voix. Avec sa réponse cinglante, Lazaro l'avait réduite au silence. Elle était totalement responsable de la situation. Si elle n'était pas venue à Londres, il ne se serait rien passé. Il ne lui restait qu'à gérer au mieux la suite des événements.

— D'accord, je reste, alors, maugréa-t-elle.

Il la conduisait dans une chambre immense et lui dit de se mettre à l'aise, puis il sortit après lui avoir recommandé de se reposer.

Elle passa dans la salle de bains et prit une douche. L'eau chaude lui fit un bien fou. Enveloppée dans un peignoir épais, une serviette nouée autour de la tête, elle retourna dans la chambre. Epuisée comme elle l'était, elle ne s'endormirait pas facilement. Elle choisit donc de s'asseoir devant la baie vitrée pour admirer les lumières de Madrid. Mais, à peine assise, elle commença à s'interroger. Lazaro était-il affecté par la rupture de ses fiançailles ? Il ne l'avait pas montré, en tout cas. Bien sûr, ce n'était pas un mariage d'amour, c'est du moins ce qu'il lui avait dit. De toute manière, la notion même d'amour lui était étrangère. Cet homme était vraiment étrange...

Elle sourit.

Ce n'était pas charitable, mais elle n'était pas mécontente qu'il n'y ait pas d'amour dans sa relation avec Leonora.

La nuit qu'elle avait passée avec lui avait été... bouleversante ! Rien de moins. Le lendemain matin, elle aurait aimé rester, mais à quoi bon prolonger ces instants ? Il aurait bien fallu se séparer. Même avant d'apprendre qui il était, elle avait compris que Lazaro

Sanchez n'était pas homme à se laisser enfermer dans une relation avec une petite serveuse après une nuit torride. Il y en aurait peut-être une seconde, mais leur aventure n'irait pas plus loin.

Nouée par l'angoisse, elle se força à respirer calmement pour évacuer son trop-plein de tension. Sa mère le lui avait souvent répété : « Nous sommes des êtres humains, Skye, pas des robots. Profite du moment présent. Il n'y a que ça qui compte. »

Sa mère, très New Age, rayonnait en prononçant ces paroles. L'énoncé de sa devise était généralement suivi d'un déménagement, dans une autre ville, un autre pays, pour prendre un nouveau job. À peine commençait-elle à se sentir bien quelque part qu'elles partaient...

D'une certaine façon, sa mère avait raison : Skye était piégée, maintenant. Obligée de se soumettre à la volonté de Lazaro Sanchez, le père de son bébé...

Elle n'avait jamais eu la chance de connaître son père. Sa mère avait tenu bon et ne lui avait jamais révélé son identité. En vérité, un jour, elle lui avait avoué qu'elle ne savait pas avec lequel de ses amants elle l'avait conçue car à l'époque, elle collectionnait les conquêtes...

La mère de Skye venait d'un milieu huppé, mais c'était une rebelle dotée d'une âme d'artiste. Sa famille avait coupé les ponts avec elle – et lui avait coupé les vivres – quand elle avait appris qu'elle était enceinte. À dater de ce moment-là, elle avait mené la vie débridée d'une hippie. Par fierté, elle n'avait jamais repris contact avec sa famille. Par fierté et, aussi – Skye l'avait compris au fil des ans – par tristesse d'avoir été rejetée par ce qu'elle avait de plus proche.

La famille... Skye avait une opinion très sombre de la famille, due à son enfance difficile. Malgré tout, elle n'avait jamais cessé de rêver d'une famille. Une famille à elle. Une famille solidement implantée quelque part. Une famille solide et stable.

Quand elle avait compris qu'elle était enceinte, elle avait eu très envie de cocooner, de prendre racine. Son besoin d'annoncer la nouvelle à Lazaro était le signe de cet étrange appel, de cette soudaine urgence. Elle se poserait quelque part quand elle aurait ce bébé et resterait en contact avec Lazaro pour que son enfant grandisse en sachant d'où il venait et qui étaient ses parents.

Elle voulait que son enfant voie le monde, comme elle, mais avec la certitude de toujours retrouver sa maison au retour.

Submergée par une vague de mélancolie, elle ferma les yeux. Elle allait somnoler quelques minutes, la tête au creux d'un coussin, puis elle se lèverait et s'habillerait pour le dîner.

En admiration devant la femme qui dormait, Lazaro ne bougeait plus. Soucieux de s'assurer qu'elle allait bien, il avait frappé à sa porte et, comme elle ne répondait pas, il avait ouvert. Il ne l'avait pas tout de suite vue et avait cru qu'elle était partie.

Une espèce de panique s'était emparée de lui, qu'il avait détestée.

Puis il l'avait aperçue. Roulée en boule comme un chat dans le fauteuil. Endormie profondément. Elle avait la tête penchée sur le côté. La serviette enroulée autour de ses cheveux était à moitié défaite. Même comme cela, cette femme lui faisait un effet incroyable. Il en avait mal au ventre, aux reins. Mieux valait ne pas penser à ce qu'elle lui aurait inspiré s'il l'avait trouvée nue sous la douche...

Il hocha la tête. C'était horripilant d'être obsédé comme ça !

Puis il se pencha pour la prendre dans ses bras et aller la déposer sur le lit. Elle était légère comme une plume et semblait si fragile... Quand il la déposa sur le lit, la serviette qu'elle avait autour de la tête se défit, libérant ses cheveux roux. Comme elle était charmante ! Elle avait l'air tellement innocente qu'il en fut profondément ému.

Soudain, il se remémora un détail de leur nuit. Quand ils avaient pris un verre, au bar de l'hôtel, il lui avait demandé ce qui l'avait finalement décidée à venir. Elle avait redressé les épaules d'un air de défi, avant de répondre « parce que je n'ai jamais rencontré quelqu'un comme vous. Et vous avez raison. Quelquefois, c'est bien de ne pas réfléchir... »

Elle était touchante de naïveté.

Lazaro sourit. Dans son monde où le cynisme n'avait d'égal que l'hypocrisie, elle détonnait agréablement.

À son réveil, le lendemain matin, Skye était désorientée. Elle se trouvait dans un lit très confortable mais ne se rappelait pas s'y être couchée. En revanche, elle se souvenait de s'être endormie dans un fauteuil.

Elle se releva sur un coude et tâta ses cheveux. La serviette était sur l'oreiller. Sa coiffure allait être un désastre.

Comment avait-elle fini dans ce lit ? C'était sûrement Lazaro. Il avait dû entrer dans la pièce, la voir assoupie et la coucher. Elle en rougit.

Le soleil brillait déjà mais il n'y avait pas un bruit dans la maison. Elle se leva et, après s'être lavée et coiffée à la va-vite, s'habilla et prit une profonde inspiration avant de s'aventurer dans la suite… Ou plutôt, dans l'appartement !

Lazaro prenait son petit déjeuner dans la grande salle à manger, sur une table encombrée de papiers. Il était rasé et avait encore les cheveux mouillés. Il était vraiment très séduisant, dans sa chemise à rayures bleues et blanches. Comment ne pas avoir envie de lui ?

Une femme entra dans la pièce, chassant les images troublantes qui envahissaient son esprit. Lazaro, qui n'avait pas encore levé les yeux, reposa le document qu'il lisait et la regarda.

— *Buenos dias !* lança la domestique, une cafetière à la main.

— Bonjour, répondit Skye, intimidée par tout ce décorum.

Lazaro la détailla de la tête aux pieds.

— Tu n'as pas ton déguisement de serveuse, aujourd'hui ?

Vexée, elle devint rouge pivoine.

— J'étais habillée en serveuse pour me faire passer pour quelqu'un du personnel.

Comme elle sentait une nausée monter, elle se retint au dossier d'une chaise.

— Qu'y a-t-il ? Tu es toute pâle…

Elle bafouilla trois mots incompréhensibles et se précipita aux toilettes. Voyant qu'il la suivait, elle lui fit signe de la laisser mais il ne bougea pas.

— Ce n'est rien. C'est une nausée. Comme tous les matins.

— Tous les matins ?

Incapable de répondre, elle attendit que la nausée passe et se redressa.

— Je suis désolée, dit-elle. C'est incontrôlable. Normalement, ça devrait bientôt s'arrêter.

— C'est impressionnant, dit-il. Tu veux peut-être manger quelque chose ?

Préférant ne pas se regarder dans la glace, elle sortit des toilettes et revint vers la table. Lazaro dit quelque chose à la domestique, qui attendait toujours avec sa cafetière, et montra une chaise à Skye.

— Assieds-toi.

— Merci, je veux bien.

En s'asseyant, elle se pencha sur des papiers étalés sur la table.

— Oh ? Que fais-tu avec mon passeport ?

Il remplit deux tasses de café, en poussa une vers elle.

— Skye Fleur O'Hara ?

— Oui, Fleur. Ma mère était... un peu hippie.

— Où vit-elle ? En Irlande ?

Skye hocha la tête et but un peu de café.

— Il est bon. Il est fort. Non, ma mère est en Inde. Dans un ashram. Je ne sais pas exactement où, alors elle n'est pas encore au courant, pour le bébé.

La domestique leur présenta un choix de viennoiseries, des omelettes et des pâtisseries que Skye accepta avec plaisir, puis s'éclipsa.

— Et toi, où sont tes parents ? demanda Skye, espérant ainsi éviter des questions sur son père.

— Je n'ai pas de relations avec mes parents.

— Ah ?

Il la regarda.

— Nous avons rendez-vous chez mon médecin dans une heure. Nous partirons dans quarante minutes. En attendant, excuse-moi, j'ai des coups de fil à passer. Mange un peu, ça te fera du bien.

Elle le regarda contourner la table et demanda :

— Dis-moi... Tu es toujours aussi directif ?

Il ne s'arrêta pas, ne lui lança pas un regard.

— Toujours. Tiens-toi prête… dans quarante minutes.

— Bien, mademoiselle O'Hara. Je vous le confirme, vous êtes enceinte.

Skye jeta un coup d'œil à Lazaro qui se tenait de l'autre côté du bureau et n'avait pas cillé.

— J'ai appelé votre médecin traitant. L'échographie du troisième mois est parfaitement normale.

— Elle a pourtant été malade, ce matin, intervint Lazaro.

— Rien de grave, docteur, juste une nausée, expliqua Skye.

— Bien, reprit le médecin, je vous prescris la prochaine échographie. Voyez avec mon assistante pour le rendez-vous. Mais tout va bien, ne vous inquiétez pas.

Skye ouvrait la bouche pour dire qu'elle ne serait plus là pour son prochain examen, mais Lazaro la devança.

— C'est entendu, docteur. Merci.

— Pourquoi l'as-tu laissé croire que je serai encore là dans deux mois ? protesta Skye. Je serai à Dublin.

Ils étaient à l'arrière de la berline de Lazaro, conduite par son chauffeur. La circulation était dense et ils avançaient au pas.

— Tu peux me rappeler ton adresse à Dublin ?

Ne sachant pas ce qu'il voulait en faire, elle la lui donna de mauvaise grâce.

Après quelques secondes, il lui tendit son portable. C'était une photo de sa rue avec ses maisons décrépies et les types qui faisaient le guet au pied des immeubles. Sans parler des immondices qui jonchaient le trottoir.

— C'est là que tu habites ?

Elle fit oui de la tête et ajouta, sur la défensive :

— Ce n'est pas aussi moche que ça en a l'air. Ils sont même en train de réhabiliter le quartier.

Loin d'être impressionné, Lazaro ricana.

— Génial ! Tu vas passer d'un repaire de dealers à un chantier !

Le téléphone de Lazaro se mit à sonner et il répondit. Il était question d'un bâtiment, à Venise, qu'il désirait acquérir et devait négocier.

La conversation dura longtemps et quand il raccrocha, le chauffeur se garait devant l'hôtel.

— Si j'ai bien compris, tu as l'intention de rester vivre dans cet immeuble minable, dit Lazaro en descendant. Avec le bébé ?

Exaspérée, elle sortit les griffes.

— Tout le monde n'a pas la chance de vivre dans un loft… Un kilomètre au-dessus du commun des mortels ! Les gens ont des bébés là où j'habite et ils se portent tous très bien. Ce n'est pas un ghetto.

— Détrompe-toi, je n'ai pas grandi dans un quartier chic, répliqua-t-il. Loin de là, même. Je sais exactement à quoi ressemblent les quartiers comme le tien, ajouta-t-il. Et ce qui s'y passe. Il est hors de question, si j'ai un enfant, qu'il vive dans la zone.

Comme elle n'avait pas envie d'ergoter, elle répondit simplement que c'était tout ce qu'elle pouvait s'offrir.

— Je n'en suis pas morte. Mon bébé n'en mourra pas non plus.

— *Notre* bébé.

— Ah ? Parce que tu me crois, maintenant ?

— Le Dr Ruben a indiqué la date probable de l'accouchement. Si je calcule bien, cet enfant a été conçu durant la nuit que nous avons passée ensemble.

Il soupira.

— Ceci étant, nous étions deux cette nuit-là et je n'avais pas de préservatif. Je suis donc aussi responsable que toi. Peut-être même plus.

Heureuse de l'entendre reconnaître sa part de responsabilité, elle lui sourit.

— Quand le bébé naîtra, on demandera un test d'ADN, décréta-t-il. D'ici là, je considère qu'il est de moi.

Skye apprécia sa franchise. Il ne lui faisait pas confiance à cent pour cent, mais il y avait un mieux. Elle comprenait sa position. Compte tenu de sa fortune, il avait raison de se méfier des aventurières intéressées par son empire.

Machinalement, elle regarda sa montre.

— Lazaro…

— Oui.

— J'ai raté mon vol. J'ai appelé à mon travail. Je suis excusée pour aujourd'hui, mais il faut que j'y sois demain ou je perdrai mon emploi. Il faut que je rachète un billet de retour, aujourd'hui. Je sais que l'endroit où j'habite ne te plaît pas. Quand je serai là-bas, je chercherai autre chose.

Avec la crise du logement qui sévissait dans le pays, elle savait qu'il y avait peu de chances pour qu'elle trouve un appartement dans ses moyens. Cela ne dépendait pas d'elle.

Elle se détournait pour aller prendre ses affaires quand il la rappela.

— Skye… Tu as entendu ce que j'ai dit ? Il est hors de question que tu retournes dans cet immeuble et que tu reprennes ce travail.

— Mais… Je ne vois pas pourquoi, puisque tu ne croiras que ce bébé est de toi qu'après sa naissance. Après le test d'ADN. D'ici là, je suis libre, non ?

Hochant la tête, il s'approcha d'elle mais, au lieu de le repousser, elle eut envie de se jeter dans ses bras… pour qu'il lui fasse l'amour. Comment pouvait-elle éprouver ce genre de sentiments, alors qu'il scrutait son visage, l'air de se demander quelle mouche l'avait piqué ce fameux soir, trois mois plus tôt, lorsqu'il l'avait conduite dans sa chambre…

— Écoute… Je pars en Andalousie, demain. J'ai des affaires à traiter là-bas. Tu pourrais venir avec moi et rester jusqu'à ce que nous décidions de la suite. Dorénavant, plus rien n'est comme avant. Tu attends un enfant, sans doute de moi. Je veux m'occuper de vous deux…

Lazaro la regarda se métamorphoser. C'était fascinant. La moindre émotion se lisait sur son visage. Cela le changeait des femmes froides et hautaines qu'il fréquentait d'ordinaire. Pour l'instant, Skye semblait hésiter entre colère et frustration, sans compter un autre sentiment sur lequel il ne parvenait pas à mettre un nom. Qu'était-ce ? De la rancœur ? Non. De l'impuissance, peut-être. Ou de la résignation…

Il était en position de force et entendait en profiter pour imposer sa volonté pour l'avenir. Ce qui le surprenait lui-même, c'était le calme avec lequel il acceptait cette paternité non désirée. Sans doute cette histoire lui semblait-elle tellement irréelle qu'il jugeait inutile de lutter ?

Il était peut-être encore en état de choc. Si la grossesse de Skye était visible, elle lui aurait sans doute paru plus réelle.

— Dorénavant, commença-t-il, tu vas devoir admettre l'idée que ta vie a changé, tout autant que la mienne. Nous sommes tous les deux responsables de ce qui arrive. Reste à voir comment tout cela va pouvoir s'organiser. Quoi qu'il en soit, ta place est ici. Corrige-moi si je me trompe, mais peu de chose te retient à Dublin. Tu n'y as pas de famille, n'est-ce pas ?

Il nota un petit rictus dans sa joue mais ne chercha pas à savoir ce qui l'avait provoqué.

— Non, personne. Il n'y a que moi.

Pourquoi se sentait-il honteux, tout à coup ? Et pourquoi cette réponse résonnait-elle si douloureusement en lui ?

D'un geste de la main, il chassa l'air devant lui, comme pour balayer de sombres images. Lui aussi était, finalement, seul en ce monde. Il l'avait toujours été. Il ne faisait confiance à personne ou presque... À une ou deux personnes tout au plus. Des amis qu'il s'était faits au fil de sa triste vie.

Elle pointa le menton. Ses yeux bleus brillaient comme de précieux saphirs.

— Est-ce que tu te rends compte que moi aussi, j'ai une vie ?

Elle ne s'était pas emportée, mais le ton était ferme. Elle poursuivit.

— Je suis quelqu'un d'indépendant. La seule raison qui me fait hésiter à rester ici, comme tu le suggères, c'est le bien du bébé, mais ne va pas imaginer, si j'accepte, que c'est parce que tu n'aimes pas l'endroit où j'habite, ni mon travail. Tu n'as aucun droit sur moi. D'ailleurs, j'aurais très bien pu décider de ne pas te prévenir que j'étais enceinte. Mais je l'ai fait quand même.

Etonné par sa détermination, il la regarda attraper son sac et le balancer par-dessus son épaule.

— Je vais prendre un café dehors et réfléchir à tout cela. Je te ferai savoir ensuite ce que je décide.

Comment osait-elle ? Personne ne lui tenait jamais tête...

Abasourdi, il demeura muet et la regarda passer la porte, ses cheveux flamboyants virevoltant sur son dos. Puis il balaya la pièce des yeux. Elle avait oublié son passeport sur la table, ce qui le rassura. Si elle projetait de se sauver, elle n'irait pas très loin.

Incapable de rester en place, il alla à la fenêtre. Elle n'avait pas mâché ses mots. Finalement, elle avait raison, elle aurait très bien pu ne rien lui dire et il n'aurait jamais su l'existence de cet enfant. Mais c'était difficile à croire. Sachant ce qu'il représentait financièrement, elle avait tout intérêt à se manifester !

En tout cas, si, comme elle le prétendait, cet enfant était vraiment le sien, il ferait tout pour lui offrir une vie agréable.

Toute sa vie, il avait nourri une colère rentrée envers ses parents pour ce qu'ils avaient fait... Pour s'être débarrassés de lui comme d'un paquet encombrant. Animé par cette colère, ou plutôt par cette rage, il avait entrepris et réussi tout ce à quoi il s'était attelé.

Mais il était assez honnête pour reconnaître que cette colère cachait une blessure profonde : le fait d'avoir été abandonné pour préserver l'honneur de deux familles célèbres. Et les héritages à venir. Ce sort-là, il ne le ferait jamais subir ni à Skye ni à son enfant.

Hier soir, cela s'était mal passé entre eux. La discussion s'était envenimée au sujet de l'avenir de leur enfant mais il était confiant, tout rentrerait dans l'ordre.

Il avait eu envie d'elle ; c'était une faiblesse qu'il s'interdirait dorénavant.

Comme pour lui faire oublier sa bonne résolution, elle sortit de la réception de l'hôtel, quelque vingt étages plus bas et offrit son visage au soleil. Avec ses cheveux roux éclatants, et sa silhouette de rêve, quelle beauté ! Comment pouvait-il rester insensible ? Leonora, la sculpturale Leonora, ne lui arrivait pas à la cheville. Elle était chic et élégante, certes, mais jamais il n'avait eu envie de la caresser.

C'était à Skye qu'il pensait alors qu'il s'apprêtait à s'aliéner à une autre femme. Aux formes de Skye... À ses seins si doux, à sa peau.

Non, non et non, il fallait qu'il pense à autre chose.

Il enfonça ses poings dans ses poches.

Il n'avait jamais envisagé de se marier, ni par goût du sexe, ni pour satisfaire quelque sentiment que ce soit. Ces choses-là étaient trop risquées. Incontrôlables. Or Lazaro savait qu'il devait être maître de lui et de ses émotions en toutes circonstances parce qu'il était guetté, épié par des gens qui ne lui voulaient pas que du bien.

Au pied de l'hôtel, Skye sortit ses lunettes de soleil de son sac et se dirigea vers le café qui se trouvait de l'autre côté de la rue. On aurait dit une jeune étudiante.

Elle entra dans le café et disparut de sa vue. Aussitôt, au lieu de la rejoindre comme il en brûlait d'envie, il appela quelqu'un au téléphone. Quelques secondes plus tard, un homme arrivait et planquait à quelques mètres de l'entrée du café. Lazaro ne croyait pas qu'elle se sauverait, mais il ne voulait pas prendre le risque.

Skye était assise à sa place depuis si longtemps que le personnel commençait à la regarder de travers. Elle savait que Lazaro avait été mécontent qu'elle s'en aille, lui à qui personne ne tenait jamais tête. Mais c'était tant pis pour lui !

La mère de Skye était sortie avec un millionnaire pendant un certain temps. Skye se souvenait du yacht amarré dans le port de Saint-Tropez et des enfants qu'elle avait connus au hasard des rues et de la marina, avec lesquels elle avait exploré la ville.

Elle se souvenait de lui comme d'un homme gentil mais qu'elle n'intéressait pas. La relation avec sa mère n'avait pas duré longtemps. Il avait voulu lui imposer sa volonté mais celle-ci avait très vite rué dans les brancards. Personne ne l'embrigaderait jamais. Personne ne lui couperait les ailes.

C'est donc très tôt que Skye avait appris à ne pas s'attacher à quiconque. Les premières fois où sa mère et elle avaient déménagé précipitamment, elle avait été triste de devoir quitter ses amies et même les grandes personnes qu'elle commençait à bien connaître. Sa mère et elle partageaient un secret : ne jamais laisser personne les approcher de trop près.

Qu'elle se soit donnée aussi vite à Lazaro était étonnant. Elle essaierait de comprendre ce qui lui était passé par la tête pour qu'elle le laisse faire et, même, l'excite. Mais plus tard. Pour l'instant, elle en était convaincue, il n'y avait eu entre eux qu'une attirance physique. Peut-être aussi, sa virginité commençant à lui peser, s'était-elle donnée à lui parce qu'il s'était présenté à ce moment-là, tout simplement ?

Il n'empêche, avec ce bébé, leurs deux destins étaient désormais liés, mais cela ne lui faisait pas peur. L'homme avec lequel elle avait partagé une nuit de folie ne croyait pas à l'amour, il le lui avait dit. Cette nuit-là avait donc été une erreur. Elle était trop intelligente pour s'attacher à lui puisqu'elle n'avait rien à attendre en retour.

La seule chose qui comptait, maintenant, c'était le bébé. Un bouleversement dans sa vie, qui lui posait un problème. Elle ne connaissait personne à Dublin. Ni ailleurs. Elle n'avait pas vraiment de famille. Elle avait un travail, dans un bon restaurant, mais il lui permettait à peine de vivre. Et elle n'y avait aucun espoir de promotion.

Pour l'instant, elle avait besoin de laisser un peu d'espace entre Lazaro et elle. Pour remettre de l'ordre dans ses idées. Pour lui faire comprendre qu'elle ne lui obéirait pas aveuglément.

Sentant des picotements dans la nuque, elle leva les yeux. Il était là, à l'entrée, et il bloquait la porte. Tout le monde le regardait mais il semblait s'en moquer.

Soudain, il l'aperçut et se dirigea droit vers elle.

— As-tu eu assez de temps pour réfléchir ? lança-t-il en s'asseyant en face d'elle.

Elle commença par le narguer et, brusquement, battit en retraite.

— Oui. Je vais suivre ta suggestion. Pour l'instant. Parce que je pense que c'est mieux pour le bébé. Dans ce but-là aussi, ce serait bien que nous fassions un peu mieux connaissance, toi et moi.

Il se pencha vers elle.

— Je vais demander à mon assistante de s'occuper de tes affaires à Dublin. De ton appartement, de tes bagages... Tes meubles pourraient aller dans un garde-meubles et le reste venir ici.

Gênée, elle piqua un fard. Après une vie passée à déménager léger, toutes ses affaires devaient tenir dans deux grandes valises.

— Tu sais, je n'ai pas grand-chose. Quant aux meubles, ils appartiennent au propriétaire.

— C'est parfait. Je vais demander à ma secrétaire particulière de venir cet après-midi pour voir avec toi ce que tu souhaites exactement.

Il se leva.

— Prête ?

Elle se sentait désorientée. Tout allait trop vite à son goût. Elle pensait être de retour à Dublin demain et avoir tout son temps pour organiser l'avenir. Lazaro la bousculait.

Il lui tendit une main, qu'elle prit sans hésiter. Pour la première fois de sa vie, peut-être, elle ne se sentait pas seule. Cette main, *sa* main, était grande, chaude et rassurante. Une sensation qui faisait du bien... Qui faisait chaud au cœur.

Elle haussa machinalement les épaules. Il ne fallait pas qu'elle s'emballe. Ce geste ne voulait rien dire.

Ils sortirent. À peine dehors, il lui annonça qu'il devait se rendre à son bureau.

— J'en ai pour deux heures, dit-il. Et, demain, nous partons pour l'Andalousie.

Sans même un regard, Skye rentra dans l'hôtel et remonta à l'appartement où, un peu plus tard, une des assistantes personnelles de Lazaro vint prendre les instructions pour le transfert de ses affaires de Dublin.

— J'ai peu de choses, dit Skye, s'excusant presque.

Et voilà ! Après avoir été sous la coupe de sa mère, elle devenait la marionnette de ce milliardaire tout-puissant. Elle qui avait toujours été jalouse de son indépendance... Quel échec cuisant !

Dorénavant - et, en ce sens, Lazaro n'avait pas tort - elle ne pouvait plus ne penser qu'à elle. Il y avait un bébé en route, et ce bébé devait passer en premier. Sur ce point-là, elle n'agirait pas comme sa mère qui n'avait jamais décidé qu'en fonction d'elle-même et de ses désirs.

À cet instant, son mobile sonna. Elle prit son téléphone dans son sac, et sourit en découvrant le nom affiché à l'écran.

— Allô, maman...

4

— Tu n’étais encore jamais montée dans un jet privé ?

Quelle question ! Skye roula des yeux ronds.

— Crois-le si tu veux, mais non !

Ils avaient décollé d’un petit aérodrome une demi-heure plus tôt et survolaient maintenant Madrid. Lazaro lisait un journal tandis qu’elle faisait semblant de regarder par le hublot. Depuis son arrivée, ce matin, elle ne pensait qu’à lui. Il était superbe dans une tenue plus décontractée que les jours précédents mais toujours chic, pantalon noir et pull gris anthracite. Dans un effort pour le chasser de son esprit, elle prit le journal qui se trouvait devant elle. Sur la première page s’étalait la photo d’une femme dont le visage lui disait quelque chose. Un homme, près d’elle, très élégant, lui ouvrait la portière d’une luxueuse berline.

— Oh !

Lazaro se tourna vers elle.

— Qu’y a-t-il ? Tu es toute blanche.

— Regarde, dit-elle lui montrant la photo.

Le titre du journal était explicite.

> *« La fiancée humiliée, Leonora Flores de la Vega, se console dans les bras de Gabriel Ortega Cruz y Torres. »*

Lazaro prit le magazine et laissa échapper un juron en espagnol.

— Je suis désolée, dit Skye.

— Arrête de t’excuser. Ce qui est fait est fait. Ce n’est pas ta faute si Gabriel Torres profite de la situation pour remuer le couteau dans la plaie. De sa part, rien ne m’étonne.

— Qui est-ce ? demanda timidement Skye.

— Tu vois les terres, en dessous ?

Elle se tourna vers le hublot. Sous leurs pieds s'étalait un immense paysage de montagnes brûlées par le soleil, de gorges, de petits villages...

— Euh... Oui, mais je ne sais pas ce que je dois regarder...

— Peu importe. Ce que tu vois appartient à Gabriel Torres et à sa famille. Ils possèdent la moitié de l'Espagne... J'exagère à peine.

— Ah ? C'est qui ? Un rival...

— Si tu veux. Oui.

— Tu penses qu'il a séduit Leonora pour te narguer ?

— Il en est bien capable.

— Pauvre Leonora !

Agacé, il hocha la tête.

— Elle le connaît, elle n'est pas idiote... Elle vient de ce monde. Il a peut-être fait ça pour me narguer mais, si elle a accepté, c'est qu'elle le veut bien.

— Ça te contrarie ?

Comment aurait-il pu en être autrement ? Elle se souvenait de la réaction qu'elle avait eue quand elle avait vu Lazaro avec Leonora dans ce fastueux salon de réception.

— Après ce que je lui ai infligé, elle a le droit de faire ce qui lui plaît. Elle ne me doit rien.

— Non, mais moi je lui dois des excuses.

Surpris par la naïveté de sa remarque, il la regarda.

— Je ne suis pas sûr qu'elle ait très envie d'entendre parler de toi en ce moment. Ni de moi, d'ailleurs.

— Tu as raison.

Lazaro reprit le journal qu'il avait posé et se força à le regarder. La photo avait été prise le soir, devant l'entrée de l'hôtel. Gabriel tenait Leonora par la taille tout en lui ouvrant la portière. Il fixait l'objectif du reporter, l'air conquérant, comme pour adresser un message à Lazaro.

Inutile d'essayer de t'immiscer dans notre monde en te mariant, Sanchez. Tu n'en feras jamais partie.

Bouillant intérieurement, Lazaro lâcha le journal. Gabriel Torres était pire qu'une épine dans le pied. Il incarnait le rappel permanent que lui, Lazaro, ne serait jamais accepté. Le rappel du peu de cas que ses parents faisaient de lui, ces parents qui avaient laissé à de parfaits étrangers le soin de l'élever.

Partagé entre tristesse et incrédulité, il regarda Skye. C'était Leonora qui aurait dû être avec lui en ce moment. C'était à elle qu'il avait prévu de faire découvrir son domaine, cette semaine. Mais il savait aussi que, si elle avait été là, dans l'avion, avec lui, il n'aurait pas ressenti le désir qui le taraudait. Une envie de la prendre qui lui faisait même mal. Avec Leonora, il ne se serait jamais disputé. Ils auraient eu une conversation courtoise, qui serait restée superficielle.

Machinalement, Lazaro porta la main à sa gorge pour desserrer le nœud de la cravate... qu'il ne portait pas !

Une question le hantait. Était-il soulagé que ses fiançailles soient rompues ? Il n'avait pas aimé la manière dont cela s'était passé. Il aurait préféré que la presse ne soit pas là. Mais, maintenant que c'était fait, oui, il se sentait libéré.

Skye était le parfait opposé de Leonora Flores, avec ses vêtements simples, son jean slim et un top décolleté qui laissait voir la bretelle d'un soutien-gorge rose. Elle avait remonté ses cheveux sur la tête ; quelques mèches échappées de son chouchou encadraient son visage enfantin. Elle avait un petit nez droit. Une bouche pulpeuse. Et des taches de rousseur...

Sentant son corps réagir, il s'agita sur son siège.

— Qu'y a-t-il ? demanda-t-elle soudain. Pourquoi me regardes-tu comme ça ? Tu m'en veux, je le vois bien. Et tu as raison.

Incapable de tenir en place, elle se leva.

— Je regrette d'avoir mal agi. Je sais que ce n'est pas avec moi que tu aimerais voyager en ce moment, mais que faire ? Essayons d'être intelligents et faisons en sorte que la situation soit supportable. Je sais que tu préférerais être avec elle, même si tu ne l'aimes pas vraiment, mais... C'est moi qui suis là... Et je suis ce que je suis. Navrée...

Elle regarda à droite, à gauche. La sentant désemparée, il lui saisit le bras. Au même instant, déséquilibrée par les turbulences que traversait le jet, elle vacilla et tomba dans les bras de Lazaro.

Incapable de se contrôler, il se pencha, happa sa bouche et l'embrassa. Son sexe s'était soudain durci sous l'effet du désir qu'il ne pouvait plus dominer. C'était excitant.

N'y tenant plus, il s'enhardit, la serra très fort contre lui et approfondit son baiser.

Elle ne recula pas, ne protesta pas. Elle était en feu. Quelques minutes plus tôt, elle ne pensait qu'à s'éloigner le plus loin possible de lui et, maintenant, elle s'abandonnait contre lui, exacerbant s'il en était besoin l'envie qu'il avait de la prendre.

C'était comme cela que les choses s'étaient passées la nuit où elle l'avait croisé à l'hôtel. Il ne l'avait pas encore embrassée qu'il lui demandait de monter avec lui dans sa chambre. Ç'avait été complètement fou. À peine avait-elle échangé quelques mots avec lui qu'elle s'était demandé ce qu'elle ressentirait s'il la caressait. S'il l'embrassait.

C'était la première fois qu'elle avait rêvé d'intimité avec un homme et il était le premier homme à franchir les barrières qu'elle avait érigées pour tenir les autres à l'écart.

Elle sentit qu'il glissait la main sous son top et caressait sa peau nue... Ses seins se tendirent et elle noua les bras autour de son cou, espérant revivre ce qu'elle avait connu cette nuit-là, cette passion, cette folie qui l'avait laissée pantelante mais émerveillée par le plaisir qu'il lui avait donné, un plaisir que dans ses rêves les plus fous elle n'avait pas osé imaginer. Elle ne s'était jamais sentie aussi heureuse, aussi sereine et autant en confiance. C'était comme si, après un long voyage, elle avait trouvé son havre.

Ce souvenir la fit réagir. Elle lâcha brusquement Lazaro et se leva.

Surpris par cette soudaine volte-face, il la regarda. Ses yeux verts avaient viré au noir, ses cheveux en bataille lui tombaient sur le front, le rendant plus sexy encore. Elle détesta aussitôt son expression, qui suggérait qu'il était habitué à ce genre de situation. Comme s'il trouvait normal que les femmes lui tombent dans les bras et lui procurent du plaisir à bon compte !

— Détrompe-toi, rétorqua-t-il se redressant. Je ne te prends pas pour un jouet. Crois-moi, je préférerais ne rien ressentir pour toi quand je te regarde. Malheureusement, ce n'est pas le cas.

Du coin de l'œil, elle vit l'hôtesse sortir des toilettes et s'y précipita. Un coup d'œil dans la glace lui renvoya l'image d'une femme en proie à un désir ardent. Avec ses cheveux emmêlés, ses joues rouges, ses lèvres gonflées, ses yeux brillants et ses seins tendus sous son top, elle ne se reconnaissait pas.

Furieuse contre elle-même, elle fit un nœud avec ses cheveux, se passa de l'eau sur le visage et les poignets et attendit d'être un peu plus convenable pour regagner sa place. Lazaro, qui avait le nez dans son ordinateur portable, remarqua à peine qu'elle se rasseyait.

Lazaro fit semblant de ne pas la voir, craignant, s'il la regardait, de ne pas résister à l'envie de se lever et de l'emmener au fond du jet pour finir ce qu'ils avaient commencé.

C'était terrible de ne pas pouvoir la regarder sans avoir envie d'elle. Il sentait son parfum. Se rappelait la douceur de ses lèvres quand elle les avait ouvertes pour accueillir son baiser. Et sa peau nue sous ses doigts...

Il poussa son portable en marmonnant et ne put s'empêcher de lever de nouveau la tête. Il voulait voir ses beaux yeux bleus. Elle s'était assoupie, les jambes repliées sous elle, la tête contre le volet du hublot qu'elle avait baissé. Une couverture enroulée lui servait d'oreiller. Dans son sommeil, elle fronçait les sourcils et remuait les lèvres comme si elle chuchotait.

Tout, dans son attitude, lui rappelait comment, après avoir fait l'amour, elle s'était lovée contre lui, les jambes mêlées aux siennes, un bras en travers de sa poitrine. Comme pour l'obliger à rester couché.

Avec une autre femme, il se serait senti étouffé, piégé, mais avec elle, il avait adoré.

Elle avait marmonné des paroles incompréhensibles puis s'était réveillée et l'avait fixé, l'air confus. Puis elle avait écarquillé les yeux, comme si elle se demandait où elle était et ce qu'ils avaient fait.

Ce regard avait suffi à l'exciter. Elle l'avait compris et elle avait souri avec un petit air faussement timide. Il n'avait pas résisté, et ils avaient fait l'amour une seconde fois.

Il jura tout bas et détourna le regard. Il ne se rappelait jamais ses ex avec autant de précision et d'envie de sourire. Il ne s'attardait jamais sur le passé. Seuls le présent et le futur lui semblaient dignes d'intérêt. Un futur qu'il entendait inventer. Comme le phénix renaissant des cendres de son ignominieux passé.

Pour l'heure, il avait un obstacle sur sa route. Ce n'était pas grave. Il allait le régler comme il réglait tous ceux qui se présentaient. Comment Skye et le bébé allaient-ils s'insérer dans sa vie ? Il l'ignorait pour l'instant mais il allait y réfléchir. Pour commencer, il allait tenter de réparer les dégâts de ces dernières quarante-huit heures.

De chaque côté de la route s'étendaient, à perte de vue, des hectares et des hectares de tournesols dont le jaune lumineux contrastait avec l'azur du ciel.

— On fait de l'huile de tournesol, ici, dit Lazaro, lâchant le volant de son 4x4 pour balayer d'un geste de la main les champs alentour. Et du vin.

Le paysage était superbe. Au loin, la sierra Nevada dressait ses sommets vers le ciel. Au détour d'un virage apparut soudain une maison de style colonial. Lazaro fit encore quelques centaines de mètres et vint se garer devant le perron de la majestueuse demeure.

La voiture à peine arrêtée, Skye descendit sans laisser à Lazaro le temps de lui ouvrir sa portière. Se méfiant de sa propre réaction, elle avait trop peur qu'il la touche.

— Hacienda Armonia, lut-elle sur une plaque près de la porte. La maison de l'harmonie ?

— Oui. Tu parles espagnol ?

— Un peu.

Elle parlait couramment, en fait, mais n'était pas d'humeur à lui expliquer pourquoi.

— *Señor* Sanchez !

Émergeant d'un massif de bougainvillées, une femme apparut.

— Je ne vous attendais pas si tôt, dit-elle. Tout n'est pas prêt.

— Ce n'est pas grave, Almuneda.

Il se tourna vers Skye.

— Viens. Je te présente Almuneda, ma gouvernante. Elle habite avec son mari dans la maison de gardien. Armando s'occupe du jardin et de l'entretien de la maison, Almuneda de l'intendance et de la cuisine.

Skye serra la main de la gouvernante qui lui sourit.

— Almuneda va te montrer ta chambre. Repose-toi en attendant le dîner que nous prendrons sur la terrasse.

— C'est d'accord.

Sur ces mots, ils se séparèrent.

Lazaro regarda Skye disparaître dans l'escalier avec Almuneda, tout sourire. Skye avait le don de plaire à tous ceux qu'elle croisait. Il l'avait vue avec les clients du restaurant où elle travaillait. Elle avait un excellent contact avec les gens, quels qu'ils soient.

Lors de leur rencontre, il y avait trois mois déjà, il avait espéré qu'elle le regarde et lorsqu'elle l'avait fait, il avait été immédiatement séduit et s'était surpris à souhaiter qu'elle n'ait plus d'yeux que pour lui.

Le souvenir de ce qu'il avait ressenti en la pénétrant lui revint en mémoire et il laissa échapper un soupir. Leur relation avait été torride, mais il n'était pas question de renouer pour l'instant...

Préférant s'occuper l'esprit, il s'installa devant son ordinateur, dans son bureau. Rien de tel que le travail pour se changer les idées. Pour l'heure, il avait une priorité : minimiser les dégâts.

Une fois douchée et changée, Skye descendit dans le jardin. Des pelouses très soignées à la piscine miroir, en passant par les transats et les hamacs, tout était parfait, élégant et luxueux. Tout, surtout, respirait le calme et la volupté. Compte tenu de ce qu'elle avait lu sur lui sur Internet, cet endroit ne ressemblait pas à la demeure qu'elle imaginait pour le play-boy flamboyant et ambitieux que l'on dépeignait dans la presse people.

— Ah, tu es là !

Elle se retourna. Lazaro arrivait, dans une tenue savamment négligée, polo blanc et jean, non pas troué mais délavé. Il était sublime. Comment avait-elle pu, un jour, attirer son regard ?

Il avait encore les cheveux mouillés. Il devait sortir de sa douche. Cette image en amenant immanquablement une autre, elle le revit sortant de la salle de bains, dans l'hôtel de Dublin, une serviette nouée autour des hanches. Elle en était encore émue...

Comme il s'approchait d'elle, elle chercha aussitôt quelque chose à dire pour cacher son trouble.

— C'est paisible. Tu viens souvent ici ?

— Pas assez souvent.

— La propriété est dans ta famille depuis longtemps ?

— Pas vraiment. J'ai acheté ce domaine il y a neuf ans.

Elle réalisa qu'elle savait peu de chose sur sa famille et qu'il en parlait toujours sur un ton sarcastique.

— Ta famille vit à Madrid ?

— Oui, ils étaient là l'autre soir. Enfin, mon père et mon demi-frère.

Elle le regarda ; il ne manifestait pas la moindre émotion.

— Tu m'as dit que tu n'avais pas de contact avec eux. Pourquoi ?

Elle vit qu'il hésitait, crut qu'il n'allait pas répondre. Mais brusquement, il se décida.

— Parce que je suis le fruit d'un adultère entre les membres de deux des familles les plus honorables d'Espagne. Alors, ils m'ont abandonné à la naissance. Je gênais, tu comprends ! Je faisais tache dans ce beau linge plus blanc que blanc.

Lazaro s'adossa au mur. Son visage était dur, fermé.

— Je suis passé de famille d'accueil en famille d'accueil jusqu'à ce que je comprenne que je serais plus en sécurité dans la rue. C'est là que j'ai appris la vie !

Comment avait-elle pu penser qu'il avait été un enfant choyé, privilégié ? Pourquoi portait-elle sur les gens des jugements si hâtifs ?

Une idée germa dans sa tête.

— Ce Gabriel… Il sait que tu es son demi-frère ?

— Je pense qu'il ne veut pas le savoir.

Pourtant, se dit-elle, il en avait le droit…

— Tu sais que mon père… était un fantôme, lui aussi. C'est pour cela que j'ai voulu te dire pour le bébé. Parce que je ne voulais pas qu'il, ou elle, grandisse sans père, si je pouvais faire autrement.

Almuneda arriva à cet instant, annonçant qu'ils étaient servis sous les bougainvillées.

— Merci, Almuneda. On y va.

Skye suivit Lazaro et une fois à table, elle l'observa à la dérobée. Elle avait du mal à imaginer qu'il ait pu mener une vie misérable auparavant. Une fois le plat de résistance servi, elle osa la question qui lui brûlait la langue.

— Explique-moi. Comment as-tu fait pour posséder tout ça après avoir vécu dans la rue ?

Il haussa un sourcil interrogateur.

— Tu n'as pas cherché sur Internet ?

— Non, dit-elle en rougissant.

Elle s'était contentée de lire les grandes lignes : Lazaro Sanchez, milliardaire et play-boy. Cela lui avait suffi !

Il haussa les épaules.

— Quelqu'un m'a repéré, un jour, devant un musée. J'avais trouvé un moyen de faire entrer les visiteurs par une porte dérobée et je leur réclamais bien moins que le prix officiel. Un touriste a été impressionné par ma débrouillardise. Il se trouve que c'était justement un chef d'entreprise qui délocalisait ses affaires à Madrid. Il m'a proposé un boulot. J'étais doué en maths, je tiens cela de mon père, je crois. C'est une famille de banquiers… Bref, j'ai saisi l'occasion. Bien m'en a pris !

Skye comprenait maintenant d'où lui venait son ambition, sa volonté farouche de réussir.

Ils finirent leur repas en silence.

— Tes affaires devraient arriver de Dublin, demain, dit-il en posant sa serviette sur la table. Je dois retourner à Madrid demain. J'ai un nouveau projet là-bas. Je serai de retour pour le week-end.

Skye n'était pas mécontente qu'il s'éloigne. Elle avait besoin de réfléchir sereinement.

— Nous parlerons de l'avenir à ton retour, alors. Parce qu'il faut que je trouve un travail et un endroit où m'installer.

Pris de court, Lazaro la dévisagea. Elle était naturelle, pas maquillée, pas vraiment coiffée. Côté vestimentaire, elle était sans chichis et la simplicité lui allait bien. Elle portait des chaussures plates et la même jupe noire que le fameux soir, à l'hôtel. Tout compte fait, elle n'avait rien d'exceptionnel. Pourquoi s'était-il confié justement à elle comme il ne s'était jamais livré à personne ? Elle savait maintenant beaucoup plus de choses de lui que la plupart des gens de son entourage.

S'il lui avait fait des confidences sur son passé, songea-t-il, c'était parce que, finalement, ils n'étaient pas si différents. Sa vie de petite fille élevée par une mère seule n'avait pas dû être facile. Elle n'était pas née une cuiller en argent dans la bouche. Pourtant, elle ne réclamait rien.

Désabusé, comme d'habitude, il haussa les épaules. Il en avait trop vu et était trop cynique pour croire qu'elle puisse être détachée de tout. Après tout, si la preuve était faite que le bébé était de lui, elle serait à l'abri du besoin pour le reste de son existence.

Soudain, l'envie de la pousser dans ses retranchements pour voir sa réaction le titilla. Almuneda débarrassait quand il demanda à Skye comment elle envisageait l'avenir.

Comme elle le regardait sans répondre, il déclara :

— Dans ce cas, notre relation se limitera à des arrangements pour le bien-être de notre enfant.

Plus que vexée, blessée, Skye essaya d'afficher la plus totale indifférence. De toute évidence, il regrettait le baiser enflammé qu'ils avaient échangé dans l'avion.

— Je suis cent pour cent d'accord, répondit-elle. Mais tu n'as pas besoin de me rappeler que tu ne veux pas entretenir de relation avec moi. Je le sais. Je ne suis ni assez jolie ni assez influente. Le réseau, toujours le réseau, je sais que c'est important pour les gens comme toi. Moi, vois-tu, je m'en fiche. Ce qui compte, c'est notre enfant. Je suis sa mère et je ferai tout pour qu'on trouve un arrangement. Malheureusement, tu es le dernier homme avec lequel je voudrais vivre. Je déteste ton cynisme. Et ton obsession pour l'argent et pour le paraître me déplaît au plus haut point.

Ces critiques à peine formulées, elle les regretta. Que lui avait-il fait pour qu'elle se montre aussi agressive ? Après la jeunesse qu'il avait eue, il ne méritait pas pareil traitement. Elle comprit tout de suite qu'il l'avait mal pris car il l'agressa à son tour.

— Tu devrais savoir qu'on ne me manipule pas comme ça, Skye, rétorqua-t-il. Alors, abats tes cartes et mettons-nous d'accord tout de suite !

— Mais qu'est-ce que tu racontes ? Je ne manipule personne, j'en serais bien incapable. Je te jure que, s'il n'y avait pas ce bébé en route, je ne te reverrais pas. J'en suis arrivée à un point où je maudis le ciel de t'avoir rencontré. En revanche, je ne regrette pas les conséquences de cette nuit-là. Je ne suis pas comme toi !

Elle reprit son souffle.

— Dernier point. Si tu t'imagines que je suis prête à accepter une autre nuit comme celle-là, ou je ne sais quoi d'autre, tu te trompes lourdement !

Hors d'elle, elle se leva et quitta la terrasse sous le regard interdit d'Almuneda qui arrivait avec les desserts.

Elle ne savait plus ce qu'elle faisait. Après s'être reproché son agressivité, elle insistait. Ce genre de dérapage ne lui ressemblait pas, pourtant. C'était lui. Il avait le don de la pousser à bout. Et elle, la fâcheuse tendance à s'emporter trop vite.

Elle se tut et, une fois calmée, se promit que lorsqu'il reviendrait pour parler de l'avenir, elle tâcherait de se dominer.

Lazaro avait l'habitude des femmes qui faisaient un esclandre quand il leur annonçait qu'il mettait fin à leur liaison. Avec Skye, c'était différent. C'était lui qui avait eu envie de la rattraper. Elle lui avait asséné quelques vérités dures à entendre. « Si tu t'imagines que je suis prête à accepter une autre nuit comme celle-là, ou je ne sais quoi d'autre, tu te trompes lourdement ! »

Cela lui avait fait mal et, malgré cela, il avait toujours autant envie d'elle.

Il reposa son verre avant de le casser tant il le serrait fort et regarda les gâteaux qu'Almuneda avait posés sur la table. Mais il n'avait plus faim.

Du moins, plus faim de pâtisseries...

Énervé, il se leva en jurant et rentra. Il resterait maître de la situation. Il n'était pas à la merci de sa libido et ne la laisserait pas lui dicter sa conduite.

5

Deux semaines plus tard

— Alors, comment penses-tu gérer la situation ?

Lazaro regarda son ami Ciro en ricanant. Ciro Sant'Angelo avait à la main un journal où s'affichait en une un cliché de Skye sortant de l'hôtel après cette fameuse nuit, avec pour légende :

« Enceinte de Lazaro Sanchez... Mais invisible. »

— Je ne suis pas là pour parler de ça mais pour affaires, déclara Lazaro, agacé.

Ciro reposa le journal sur son bureau.

— Je pense que tu n'as pas besoin de moi pour te dire qu'avec cette histoire, tu vas devoir t'engager avec cette femme pour le moins... mystérieuse.

Cette femme mystérieuse l'attendait depuis plus de quinze jours à l'Hacienda Armonia. Il avait saisi toutes les occasions pour retarder son retour, même s'il avait hâte de la retrouver car... elle lui manquait. Ce qui le rassurait, c'est qu'il savait que leur attirance n'était que physique, qu'il n'entrait aucune sorte de sentiments dans le besoin qu'il éprouvait de la sentir près de lui, de se sentir près d'elle, en elle, dans ce qu'elle avait de plus tendre et de plus secret.

— Pourquoi veux-tu que je me marie ? Elle est le contraire de ce que j'aime.

— Peut-être, mais c'est la mère de ton enfant.

Mi-amusé mi-agacé, Lazaro fixa son ami.

— Ce n'est pas parce que ta femme t'a lavé le cerveau que...

— Ne parle pas comme ça de Lara. Même pas pour plaisanter.

Surpris, Lazaro se tut. Il y avait de l'électricité dans l'air. Ce n'était pas son ami, ce ton-là.

Ciro avait été dévasté en apprenant que la femme qu'il aimait l'avait trompé. C'était Lazaro qui l'avait aidé à se relever. Finalement, le couple avait renoué et s'était marié il y a peu. Lazaro avait été leur témoin. Aujourd'hui, ces deux-là formaient un couple uni à rendre jaloux leur entourage. Sauf Lazaro qui s'était bien juré de ne jamais se laisser embobiner par une femme. Il n'empêche, l'amour qu'affichaient ses amis le laissait perplexe.

— En fait, reprit Ciro, j'ai une nouvelle à t'annoncer. Lara est enceinte. Trois mois.

— Félicitations ! Je suis vraiment heureux pour vous. Vous le méritez bien.

Les deux amis se regardèrent dans les yeux.

— Merci. Toi aussi, tu le mérites bien, dit Ciro.

Deux heures plus tard, assis près d'un hublot, dans son jet privé qui le ramenait à Madrid, Lazaro était pensif.

Toi aussi, tu le mérites bien, lui avait dit Ciro.

Le bonheur était une notion abstraite pour lui. Il le trouverait – peut-être ? – le jour où ses pairs reconnaîtraient sa réussite et l'admettraient parmi eux. Avec la rupture de ses fiançailles avec Leonora – résultat de son inconséquence – il venait de laisser passer sa chance.

Une image du visage de Skye surgit devant ses yeux... Sa bouche... Aussitôt, son corps réagit et, une nouvelle fois, il se maudit pour sa faiblesse.

Son téléphone qui sonnait le sortit de sa rêverie. Il lut le message et appela le steward.

— Dites à Philippe qu'on change de route. Nous allons directement en Andalousie.

Skye noua ses cheveux en haut de sa tête et planta un grand pinceau dedans pour les retenir. Elle avait trouvé une pièce vide au dernier étage de la maison, baignée de lumière, qui ferait un atelier idéal. Elle allait pouvoir faire ce qu'elle aimait le plus, dessiner. Cela lui permettrait aussi de gagner de l'argent pour s'acheter un billet de retour. Une fois là-bas, chez elle, elle aurait moins de raison d'être obsédée par lui.

Elle prit une grande feuille de papier japon et un fusain et se mit à dessiner au gré de son inspiration. Après quelques minutes, elle regarda son esquisse. Mon Dieu ! C'était Lazaro. Allongé, nu. Du moins, tel qu'elle se le rappelait. Comment sa main avait-elle pu… Comment pouvait-elle être encore accrochée à lui après les deux semaines qu'elle venait de passer, sans aucune nouvelle, littéralement abandonnée comme un vulgaire paquet ?

Effrayée par ce que signifiait ce portrait, elle s'empressa de décrocher la feuille du chevalet et la rangea dans un dossier. À la place, elle attacha une feuille vierge. Qu'aurait-il dit s'il s'était vu ? À cet instant, entendant un bruit derrière elle, elle se retourna et le vit. Lazaro. En costume trois-pièces, aussi impeccable qu'elle était négligée. Elle aurait pu croire à une hallucination si son corps n'avait réagi sur-le-champ. Décontenancée, elle lâcha le fusain qu'elle avait repris. Toutes sortes de sentiments se télescopaient dans sa tête, dans son cœur. De la colère. Du soulagement. De la rancœur. Du désir. Encore du désir. Malgré tout… Un désir qui lui inspirait les pires folies. Lui arracher sa veste, son gilet, son pantalon. Le toucher. Le caresser. Le prendre dans sa main, le serrer et enrouler ses doigts autour de son sexe lisse et dur. Elle voulait cet homme, elle voulait l'ensorceler pour le faire souffrir, lui qui avait fait chavirer son monde. Lui qui ne savait pas, ne voulait pas l'aimer.

Il avança dans l'atelier et dit :

— Mais… Qu'est-ce que tu fais là ?

Consciente du triste spectacle qu'elle offrait avec ses vêtements misérables, de probables traces de fusain sur le nez et le pinceau dans les cheveux, elle inspira profondément pour tenter de se dominer.

— Comme tu vois, je dessine. Almuneda m'a dit que je pouvais occuper cette pièce.

— Pardon ? dit-il se rapprochant.

— Pardon quoi ?

— Pourquoi es-tu allée sur la place du marché faire les portraits des touristes ?

— Pour gagner de l'argent et m'acheter un billet pour retourner à Dublin.

— Et ça ? dit-il prenant un cliché qu'elle avait posé sur le rebord du chevalet. C'est quoi, cette photo ?

— C'est une commande. Une fille qui veut que je fasse le portrait de son père.

Il reposa le cliché et lui montra l'écran de son téléphone. Une photo d'elle souriant à quelqu'un qui lui donnait de l'argent.

— Je vais te lire ce que ces imbéciles de journalistes écrivent.

> *« Nous l'avons retrouvée ! Forcée de gagner sa vie en portraiturant dans la rue quand le père du futur bébé est Lazaro Sanchez, l'une des plus grandes fortunes du monde. »*

— Je ne pouvais pas deviner qu'il y avait des journalistes sur la place, dit-elle sans se démonter.

— Mais tu leur as parlé ! Tu leur as dit que tu voulais repartir. C'est à moi qu'il fallait le dire au lieu de provoquer un nouvel esclandre. Regarde comme tu es habillée, tu as l'air... D'une paumée !

C'était la phrase de trop.

— Dois-je te rappeler, gronda-t-elle, qu'il est quasiment impossible de te joindre ? J'ai essayé mais, après une semaine, j'ai compris que tu avais décidé de m'ignorer et qu'il valait mieux que je m'occupe de moi toute seule !

Lazaro rougit. Ses yeux lançaient des éclairs. Mais il ne lui faisait pas peur. Au contraire, il l'excitait...

— Je n'ai pas ameuté les journalistes, reprit-elle. Mais toi, avoue-le, tu as toujours eu l'intention de me tenir à l'écart de Madrid et de tes relations. Ne dis pas le contraire, je le sais.

Elle pointa le menton. Il fixait le bouton de son jean qu'elle était déjà obligée de défaire car elle commençait à s'arrondir.

— Et ne me fixe pas comme ça !

Il la regardait, en effet, troublé par son corps qui changeait. Cela ne l'empêchait pas de la désirer, quoi qu'elle en pense.

— Je crois que ça ne va pas fonctionner, dit-elle. Franchement, j'ai mieux à faire que rester à me languir dans cet appartement de luxe en attendant que *Monsieur* m'autorise à rentrer chez moi ! Je ne serai jamais une femme entretenue !

Elle décrocha la feuille de papier du chevalet, prit la photo, rangea le tout dans un press-book et partit.

Elle franchissait la porte quand il lança :

— Arrête !

Elle se retourna, une expression indéchiffrable sur le visage, ce qui l'énerva. Dans le même temps, la voir lui tenir tête lui plut. C'était un sentiment ambigu, troublant…

Il la suivit. Elle avait les yeux brillants, des cheveux partout qu'elle essayait de maintenir en place avec… Avec quoi ? se demanda-t-il. Un pinceau ! Il faillit rire tant c'était inattendu. Décidément, son originalité, aussi, lui plaisait.

Ce qu'il ressentait devint brusquement intenable. Ce n'était plus du feu qui brûlait en lui, c'était l'enfer. Il avait eu raison de ne pas revenir plus tôt, mais maintenant qu'il était là… La situation aurait été gérable si ce qu'il éprouvait n'avait été que du désir, parce qu'il savait que le désir était éphémère. Mais elle remuait autre chose en lui. Un sentiment qu'il s'interdisait. Et pourtant, il redoutait de la voir partir.

— Encore un jour et j'aurai de quoi rentrer chez moi, annonça-t-elle. Je ne t'encombrerai plus. Quand le bébé naîtra, je te le ferai savoir. Si tu veux, on se reverra à ce moment-là et on décidera de la suite. Mais tout ça, là…

Elle balaya l'atelier d'un geste ample de la main.

— Merci bien, ce n'est pas pour moi.

Comme elle s'éloignait, il lui empoigna le bras.

— Non, tu restes.

Le ton peu aimable l'arrêta net. Elle se retourna et vit des millions de choses dans ses yeux verts qui l'auraient clouée sur place si elle n'avait déjà été paralysée par le ton cassant de sa voix. Il était en colère et humilié qu'elle lui fasse l'affront de s'opposer à lui. Mais il y avait autre chose dans son regard, une sorte de fièvre... C'était ce qu'elle éprouvait depuis qu'il lui tenait le bras.

La tension grimpa soudain de trois crans.

Furieuse contre lui, elle entendait le sang battre dans ses tempes. Après avoir bousculé sa vie, cet homme arrogant prétendait faire d'elle sa marionnette. C'était odieux. Insupportable. Insupportable aussi, son corps qui la trahissait, ravivant des sensations... Des sensations qu'elle ne connaîtrait bientôt plus quand, de retour à Dublin, elle se réveillerait au petit matin après des nuits entières peuplées de rêves érotiques et trouverait froide et vide la place à côté d'elle.

Elle hocha la tête. C'était ridicule, elle n'avait dormi qu'une fois avec lui. Non, deux fois.

— Lazaro...

— Oui, Skye...

Tout alla très vite. Quand il enlaça ses doigts, elle laissa tomber son press-book et se retrouva dans ses bras, sa bouche sous la sienne, ses mains derrière son cou.

— Lazaro...

Elle se pressait contre lui à lui faire mal, comme pour lui faire payer les quinze jours de séparation et de manque qu'il lui avait infligés.

Il eut un léger mouvement de recul.

— Skye... Es-tu sûre que tu veux...

Elle n'était sûre de rien sauf d'une chose : elle le voulait en elle, elle voulait le sentir la pénétrer et jouir sous lui. Elle voulait le rendre fou, transformer ce milliardaire désabusé en homme de chair et de sentiments.

Elle ne hocha pas la tête, ne dit pas un mot. Quand elle glissa les mains sous sa veste et la fit tomber, il n'attendit pas une seconde pour lui enlever son haut et défaire son soutien-gorge. Il caressa et mordilla ses seins libérés, se régalant de leur douceur.

Elle empoigna ses cheveux, lui arracha sa cravate, ouvrit sa chemise et caressa son torse nu. Il était chaud. Il était même brûlant…

Il ôta son pantalon, son boxer et le jean de Skye et, lorsqu'ils furent nus tous les deux, ils se regardèrent. Debout devant elle, il prit alors son sexe dans sa main et commença à se caresser sous le regard mi-gêné mi-admiratif de Skye, qui n'avait jamais rien vu d'aussi érotique de sa vie.

— Allonge-toi, lui dit-il.

Une envie folle la saisit alors. L'envie de faire une chose qu'elle n'avait jamais faite et qui la tentait terriblement : le prendre dans sa bouche pour savoir quel goût il aurait sur sa langue. Mais, trop timide pour ce geste audacieux, elle se retint.

Doucement il s'allongea sur elle, sans cesser de la fixer. Elle haletait, ne disait rien mais le suppliait du regard.

— Viens…

— Non. Pas si vite.

Il s'écarta d'elle, glissa sur son ventre et déposa des baisers sur la peau douce, à l'intérieur de ses cuisses. Puis il remonta vers le cœur de sa féminité et lui prodigua la plus intime des caresses.

Eperdue, elle gémit lorsque, fou de désir, il s'allongea sur elle et, lentement, la pénétra. Dans un geste instinctif, elle enroula les jambes autour de ses hanches et l'attira désespérément contre elle, comme si elle avait peur de le perdre.

— Oh oui ! Lazaro.

Peu à peu, il accéléra le rythme, jusqu'au dernier coup de reins, plus violent, qui l'envoya au septième ciel.

Elle avait cru qu'elle n'oublierait jamais la nuit merveilleuse qu'elle avait passée avec lui à l'hôtel, à Dublin, et pensait avoir vécu ce que le monde pouvait offrir de plus fabuleux. Elle se trompait. Ce qu'elle vivait en cet instant était encore plus fantastique. C'était magique.

Étaient-ce les hormones, du fait de sa grossesse, qui décuplaient ses sensations ? se demanda-t-elle.

Elle hocha la tête. Non, c'était uniquement l'effet Lazaro.

Lazaro était au ciel et en enfer. Au ciel, parce qu'aucune femme ne lui avait jamais fait cet effet. En enfer, parce qu'il n'avait plus le contrôle.

Quand il s'était réveillé, c'était la fin de l'après-midi. Elle dormait encore, une jambe en travers de ses cuisses, un bras sur sa poitrine. Il n'avait jamais eu de maîtresse comme elle. N'avait jamais connu de femmes qui se donnent aussi totalement, aussi passionnément. La plupart de ses amantes n'avaient qu'une obsession : leur propre plaisir.

Quand il avait vu Skye dans ce qu'elle appelait son *atelier*, avant qu'elle ne remarque sa présence, elle était de profil, en contre-jour, devant la fenêtre frappée par le soleil. Il avait remarqué qu'elle s'était gentiment arrondie et, pour la première fois depuis qu'elle lui avait annoncé qu'elle était enceinte, il avait su que c'était bien vrai. Cela lui avait fait un choc. Il lui avait dit qu'il ne la toucherait plus, mais, à peine arrivé à l'hacienda, il l'avait dévorée des yeux, littéralement affamé d'elle. Il avait oublié pourquoi elle était fâchée contre lui. Il avait tout oublié.

Maintenant, il se rappelait.

Il fallait limiter les dégâts.

Il assumérait ses responsabilités, il le lui avait dit.

Lazaro alla dans la salle de bains et prit une douche. Froide… Le fait qu'ils soient au diapason, sexuellement, était incontestable. C'était une bonne chose. Ils auraient au moins cela, à l'avenir.

Il faisait déjà sombre quand Skye émergea d'un sommeil comme elle n'en avait pas eu depuis des mois. Désorientée, elle hésita quelques minutes avant de comprendre qu'elle n'était pas dans son lit, mais dans celui de Lazaro.

Tout lui revint, alors… Leurs caresses, leur étreinte torride, le plaisir inouï qu'ils s'étaient donné…

Elle laissa échapper un soupir.

Comment avait-elle pu, furieuse contre Lazaro comme elle l'était, le supplier de lui faire l'amour ?

Il lui avait dit que ça ne se renouvellerait pas, que leur relation, ce n'était pas *ça*, et voilà ce qui était arrivé… Clairement, il y avait entre eux une force plus puissante que sa volonté. Cela devait lui déplaire... Peut-être même lui en voulait-il ?

Elle sortit du lit, passa son jean, son haut et, sur la pointe des pieds, fila dans sa chambre où elle se déshabilla et prit une douche. Comme si l'eau pouvait laver son humiliation...

Après s'être séchée et coiffée, elle passa un jean propre et rougit de honte en repensant au commentaire peu flatteur de Lazaro sur ses vêtements. Elle avait du mal à l'admettre, mais il avait touché un point sensible. Les femmes qui fréquentaient le restaurant où elle travaillait étaient toujours chics et soignées. Elle leur enviait leur goût vestimentaire. C'étaient des femmes comme Leonora Flores de la Vega, des femmes toujours impeccables. On ne pouvait pas en dire autant d'elle.

Elle haussa les épaules et descendit dans la cuisine d'où s'échappaient de bonnes odeurs de viennoiseries. Almuneda, qui arrivait justement, lui sourit d'un air entendu, comme si elle se doutait de ce qu'ils avaient fait tout l'après-midi.

— Lazaro est dans son bureau, dit la gouvernante. Il demande que vous alliez le retrouver avant le dîner.

Impatiente et tremblante à la pensée de le voir, elle longea le couloir qui menait à son bureau. Il était au téléphone mais, d'un geste de la main, lui fit signe d'entrer.

— Tu voulais me parler ?

— Assieds-toi.

Après ce qui venait de se passer, il était bien solennel !

En s'approchant de la chaise qu'il lui indiquait, elle aperçut, sur sa table, ses dessins.

Furieuse, elle explosa.

— Comment as-tu osé fouiller dans mes affaires ? Tu n'avais pas le droit !

Il la regarda sans rien dire, puis sourit.

— Tes portraits sont bons. Très bons. Où as-tu appris le dessin ?

— Nulle part. Je suis autodidacte.

— C'est pour cela que je n'ai trouvé ton nom dans aucune école d'art, dans aucune fac...

— Pourquoi ? Tu as cherché ?

— C'est normal. Tu attends un enfant de moi, et je ne sais pour ainsi dire rien de toi.

— Je peux dire la même chose de toi.

— Si tu cherches sur Internet tu trouveras toutes les infos que tu veux à mon sujet.

— Qu'est-ce que tu sous-entends ? Que j'ai fait exprès de tomber enceinte. On en a déjà parlé, non ?

— Oui, mais je doute de quelqu'un qui prétend que l'argent ne l'intéresse pas. Dans le cas présent, si cet enfant est vraiment de moi, tu peux toucher le gros lot... Et tu le sais...

— C'est *ton* enfant et ce que tu insinues est immonde. Je ne suis pas là pour t'extorquer de l'argent. Tu es libre de ne pas me croire, mais c'est la vérité.

Il la regarda d'un air soupçonneux.

— Tout me dit de ne pas te croire et, malgré cela, je suis tenté de penser que tu me dis la vérité.

Après avoir marmonné quelques mots en espagnol, il reprit.

— Au fait, j'ai cru remarquer que tu comprenais l'espagnol. Je t'ai même entendue parler avec Almuneda. Où as-tu appris ?

— Comme le dessin, sur le tas. Ma mère et moi avons vécu comme des nomades. On a habité un peu partout, en Europe, au Moyen-Orient... Je dois avoir un don pour les langues, car je retenais très vite... Une technique pour survivre. Si par hasard j'étais inscrite dans une école, je n'y faisais qu'un passage éclair, car nous repartions très vite. C'est pour cela que tu n'as trouvé mon nom nulle part.

— Ah ? Et pourquoi déménagiez-vous tout le temps ?

Elle haussa les épaules.

— Ma mère. Elle est attirée par ce qui brille et qui est nouveau. Un boulot ou un nouvel amant. C'était une bonne mère, malgré tout. Je savais qu'elle m'aimait et elle m'a toujours protégée, où que nous soyons. Mais je ne veux pas de cette vie-là pour mon enfant. Ce qui me faisait très envie quand j'étais petite, c'était une maison. Un endroit dont j'étais sûre que c'était chez nous. Un endroit où je savais que je pourrais revenir.

Lazaro resta silencieux.

Il ne se sentait jamais en phase avec personne mais, avec elle, les mots sonnaient différemment. Ils touchaient une corde sensible. Petit, il lui arrivait de rester des heures dehors, épiant ce qui se passait à l'intérieur des belles maisons où vivaient sa mère, son père, ses demi-frères et sœurs, enviant la chance qu'ils avaient d'avoir des racines – une chose qui leur semblait certainement normale. De cette envie était née sa volonté de réussir coûte que coûte. Son ambition dévorante. Il y arriverait et *les autres* seraient bien forcés de l'accepter.

Sans même s'en rendre compte, il soupira.

Quelle drôle de coïncidence que Skye ait connu le même genre d'expérience que lui ! Elle non plus n'avait pas eu une enfance facile, mais elle n'en voulait à personne. Ni vengeance, ni ressentiment, elle souhaitait seulement faire autrement pour son propre enfant.

Almuneda frappa à la porte, ramenant Lazaro sur terre.

— Le dîner est servi.

— Je t'en prie, dit-il en montrant la porte.

6

L'irruption d'Almuneda soulagea Skye qui craignait que Lazaro poursuive son interrogatoire, qu'elle considérait comme inquisiteur. Elle s'empressa donc d'aller sur la terrasse où la table était dressée. Nappe blanche, argenterie, bougies, le décor était en place pour un tête-à-tête romantique... Si ce n'est que Lazaro, jusqu'à preuve du contraire, n'était pas du genre sentimental.

Une idée en amenant une autre, elle se demanda comment il se comportait avec sa fiancée et lui demanda tout à trac :

— Au fait, as-tu pu parler avec Leonora ?

— Pourquoi ?

— Parce que j'ai mauvaise conscience. Elle doit m'en vouloir terriblement.

Lazaro prit son téléphone et, après quelques secondes, le lui tendit. Elle lut tout bas :

> *« Gabriel Ortega Cruz y Torres épouse Leonora Flores de la Vega. La cérémonie a été célébrée dans l'intimité dans la propriété de la famille à Madrid en présence d'invités triés sur le volet. »*

— Ça alors ! Ils sont mariés ? Ce n'est pas possible ! s'exclama Skye. Elle sait que Gabriel Torres est ton demi-frère ?

Comme à son habitude, il demeura impassible. En apparence seulement car elle vit sa joue se creuser, un tic qui trahissait une certaine nervosité.

— À peine. Il ne le reconnaît pas lui-même. Je ne pensais quand même pas qu'il irait jusque-là pour me narguer.

— Il l'aime peut-être vraiment ?

— Tu plaisantes ! Les gens comme Leonora et lui ignorent ce qu'*aimer* veut dire. C'est un mot qui n'a pas cours dans leur monde. Ils naviguent dans les mêmes eaux. Elle a besoin d'argent. Je suis convaincu que c'est un arrangement entre eux.

Almuneda arriva avec l'entrée qu'elle posa sur la table.

— J'adore les asperges ! dit Skye les dévorant déjà des yeux.

— Alors, sers-toi.

Un verre de vin à la main, Lazaro la regarda.

— Tu fais plaisir à voir, dit-il. Tu as l'air de tellement te régaler...

— J'ai appris à apprécier tout ce qui se présente. Avec ma mère, il pouvait se passer beaucoup de temps entre deux repas. S'il lui prenait brusquement l'idée de sauter dans un train de Paris à Prague ou Berlin... on se passait de déjeuner ou de dîner.

— J'admire ton indulgence. Comment peux-tu être aussi peu... cynique ?

Elle haussa les épaules en souriant.

— Ma mère était un peu candide. Elle faisait confiance aux gens. Trop confiance, sans doute, mais nous n'avons jamais fait de mauvaises expériences. Les gens ont toujours été bienveillants envers nous, envers moi. Et ma mère m'aimait, ça j'en suis sûre. Elle aurait fait n'importe quoi pour moi.

— Sauf arrêter de déménager.

Surprise – il l'avait bien écoutée —, mais blessée par la critique, elle le regarda.

— Oui, sauf ça. À dix-sept ans, j'étais à Londres et je travaillais dans un salon de coiffure quand elle m'a annoncé que nous allions encore déménager. Je lui ai répondu que je ne bougerais pas. Je gagnais ma vie, j'ai pris un appartement en colocation. Cela a été la fin de mon errance forcée.

— Si je comprends bien, tu dessines et tu sais aussi couper les cheveux.

— Ça peut servir !

Elle sourit. Ce n'était sûrement pas le genre de conversation qu'il avait avec Leonora !

— Qui était l'artiste dans ta famille ?

— Certainement pas maman. Papa, peut-être ?

À quatorze, quinze ans, il adorait entrer dans les galeries et pouvait rester des heures devant un tableau. Il imaginait bien Skye faisant la même chose. Pour des raisons différentes, tous les deux avaient vécu un peu en marge, ce qui ne semblait pas avoir entamé la bienveillance de Skye, ni excité en elle l'envie d'obtenir ce à quoi elle avait droit de par sa naissance et qu'elle n'avait pas eu.

— Ton père est peut-être milliardaire ?

— Peut-être, mais il peut aussi bien être clochard… Ou mort.

— On dirait que tu t'en fiches ?

— Je ne dis pas que je n'aimerais pas savoir qui il est… ni lui parler. En revanche, ce qu'il possède ne m'intéresse pas. Ce qui compte à mes yeux, ce n'est pas ce qu'on voit mais ce qu'il y a derrière les apparences.

Il aurait pu penser que c'était une critique qui le visait mais elle le disait si gentiment que cela ne pouvait pas s'adresser à lui.

Ils attaquèrent la paella qu'Almuneda venait d'apporter.

— Je te souhaite de voir un jour le monde d'un œil moins cynique, déclara-t-elle.

Il ne répondit rien et la regarda manger. Il n'y avait aucune chance pour qu'il voie le monde d'un autre œil.

Ils finirent de déjeuner en silence et burent leur café. Almuneda desservit et s'en alla. Lazaro posa sa serviette et dit :

— Il faut que nous parlions sérieusement.

— D'accord. Je sais que tu n'aimes pas le quartier de Dublin où j'habite…

— Tu ne retournes pas à Dublin.

— Que proposes-tu, alors ? Que je reste ici… à *ta* disposition ?

— Tu n'es pas quelqu'un qui reste à la disposition de qui que ce soit, Skye. Ne parle pas de toi comme cela, tu te mésestimes.

Sans la rassurer, sa réponse la calma un instant.

— Alors, que proposes-tu ?

Il se leva, marcha jusqu'au muret qui séparait la terrasse de la pelouse et se retourna. Fascinée par sa silhouette, elle ne le quittait pas des yeux.

— Ce que je propose ? C'est que nous nous mariions. C'est la seule solution.

Elle ne réagit pas sur-le-champ mais, lorsqu'elle réalisa vraiment ce qu'il venait de suggérer, elle bondit.

— Parce que nous... avons fait l'amour ?

— Parce que tu es enceinte. Et jusqu'à preuve du contraire, tout le monde croira que je suis le père.

— Tu ne le crois toujours pas toi-même !

Elle le vit serrer les dents.

— Je suis comme saint Thomas, je veux des preuves.

À son tour, elle s'approcha du muret, mais garda ses distances avec lui.

— Je ne t'épouserai pas, Lazaro. Tu te fais des illusions.

— Ah ? Vraiment ?

Son ton, presque menaçant, la glaça.

— Je ne veux pas que la presse fasse des gorges chaudes de moi. De nous. Je serai cloué au pilori. *Le milliardaire ignore sa maîtresse enceinte*... J'imagine déjà les titres de la presse à scandale.

— Mais... Je ne suis pas ta maîtresse !

Si elle ne s'était pas retrouvée enceinte, elle ne serait déjà plus rien pour lui, qu'une petite aventure sans lendemain dont il ne se souviendrait même pas aujourd'hui. Rien de sérieux. Cela faisait mal.

— En tout cas, nous n'avons pas de raison de nous marier.

Il croisa les bras.

— Tu crois cela ? Tu ne comprends donc pas que tout le monde, ici, en Espagne, a maintenant les yeux braqués sur toi ? Ne crois pas que tu vas t'évaporer comme ça ! Sûrement pas. Pas tant que les gens croiront que tu es la mère de mon enfant.

— Je dirai que c'est un mensonge. Que j'ai tout inventé. Pour te soutirer de l'argent... Ou par jalousie envers ta fiancée.

— C'est trop tard. Nous n'avons pas d'autre choix aujourd'hui, nous devons nous marier. Et le plus vite possible. Dans le courant de la semaine prochaine.

Sentant qu'elle vacillait, Skye s'appuya au muret.

— Est-ce parce que ton demi-frère et ton ex se marient ? Pour les narguer ?

— Pas du tout. Je l'avais décidé avant de l'apprendre.

— Et si je refuse ? Tu ne vas quand même pas m'obliger à t'épouser ! Et puis il faut un certain délai pour se marier. Il faut publier les bans en mairie.

— Pour le délai, ne t'inquiète pas. J'ai les contacts qu'il faut. En ce qui concerne le fait de se marier, c'est toi-même qui as dit que tu voulais une vie *normale* pour ton bébé. Je n'invente rien. Quant à moi, je n'abandonnerai pas mon enfant.

Il avait raison. Elle n'avait cessé de répéter qu'elle offrirait à son enfant une vie différente de la sienne, plus stable, plus rassurante. Et un père.

— Ce que j'envisage, poursuivit-il, c'est que nous nous mariions et que nous restions ensemble pendant cinq ans, le temps que toi et le bébé soyez installés dans la vie. Puis nous nous séparerons, à l'amiable, et nous mettrons sur pied un calendrier pour les gardes alternées. Je serai en permanence dans sa vie et il ou elle saura qui est son père. Mon père m'a toujours traité comme un bâtard, une espèce de chien galeux. Je suis comme toi, je ne veux pas de ça pour mon enfant.

Il scruta son visage.

— Tu devais t'attendre à ça en venant m'annoncer que tu étais enceinte. Je te conseille de réfléchir à ce que je viens de te dire. Tu me feras tes commentaires demain matin. Mais tu sais aussi bien que moi que c'est la seule formule.

Sur ces mots, il partit, la plantant là, abasourdie. Contrairement à ce qu'il pensait, elle n'avait aucune arrière-pensée en venant à Madrid. Elle n'avait même pas imaginé, pas une seule seconde, qu'il aurait encore envie d'elle... Même si elle en avait rêvé en secret.

Elle se retourna pour regarder le paysage mais sa vue était brouillée tant les images qui défilaient devant ses yeux étaient puissantes. Lazaro et sa silhouette de torero aux hanches plates et aux larges épaules, leur rencontre, leur nuit d'amour torride... Lazaro et sa fiancée, leurs fiançailles rompues et sa colère froide, et, maintenant, cet ultimatum.

Parce que c'était un ultimatum.

Elle frissonna. Elle connaissait plusieurs facettes du personnage mais celle-ci, la dernière, était la bonne. Il n'était qu'un milliardaire seulement soucieux de sa réputation et de ses affaires. Skye et le bébé ne viendraient jamais qu'en seconde position. S'il avait épousé Leonora, se dit Skye, il aurait probablement agi de la même façon avec elle. Le problème, ce n'était donc pas elle, mais lui. Par chance, elle ne lui avait pas tout dit de ses rêves et de ses aspirations même si elle avait déjà trop parlé.

La nuit à venir serait rude, elle le sentait. Non pas parce qu'elle ne savait pas que faire, mais parce qu'elle n'avait pas le choix.

Entendant des pas, Lazaro leva le nez de sa tablette. Après une nuit quelque peu agitée, il prenait son petit déjeuner sur la terrasse. C'était Skye, très pâle et apparemment tendue, qui arrivait.

— Viens t'asseoir, lui dit-il.

Après sa douche, elle n'avait pas attaché ses cheveux qui lui tombaient sur les épaules. Il l'imagina nue, l'eau ruisselant sur sa peau claire, et il frissonna. Contrarié de constater le pouvoir qu'elle avait sur lui, il pesta tout bas.

— Viens, répéta-t-il comme elle ne bougeait pas.

— C'est d'accord, je me marie ! lança-t-elle alors, avec violence, comme si elle l'insultait.

Étonné mais soulagé, il se leva.

— Viens, je voudrais te donner quelque chose.

Il la précéda dans la maison, alla dans son bureau et ouvrit un coffre dont il sortit une petite boîte.

— Tiens, dit-il. C'est pour toi.

Elle avait accepté. Elle n'en revenait pas !

Sa réponse ne lui avait fait ni chaud ni froid car il n'avait pas changé d'expression. À quoi s'attendait-elle ? À des remerciements ? À des larmes d'émotion ? Elle raisonnait faux. Il l'épousait par obligation, pour sauver sa réputation.

Elle ouvrit l'écrin et en eut le souffle coupé.

Il contenait une bague. Un superbe diamant rose monté sur un anneau en or serti de petits diamants blancs. Superbe. Original.

Pas vraiment ce qu'elle se serait attendue à recevoir de la part de quelqu'un comme Lazaro.

Elle adorait.

— Elle est magnifique ! s'extasia-t-elle. Tu savais que j'allais accepter ?

— J'étais préparé... Donne-moi ta main.

Il glissa la bague à son doigt et ne le lâcha pas.

— C'est un symbole, se sentit-il obligé d'expliquer. Rien de plus. Entre nous, c'est physique, tu le sais. Je ne veux pas que tu confondes sexe et sentiments.

Skye dégagea sa main et la cacha derrière son dos.

— Ne t'inquiète pas. J'ai appris à ne m'attacher à personne... Quant à ce qui est d'aimer, j'ai vu le résultat avec ma mère... Elle a passé sa vie à courir après un insaisissable bonheur. Cela m'a guérie à tout jamais !

Il scruta son visage.

— C'est parfait, alors. Nous sommes sur la même longueur d'onde. J'avais peur de te faire de la peine.

Son ton protecteur la mit en colère mais elle n'explosa pas. Au contraire. Très calmement, elle lui répondit de ne pas s'inquiéter pour elle.

— De la peine ? se moqua-t-elle. Il y a belle lurette que plus rien ne me touche. Je suis blindée contre la méchanceté. Toi, en revanche...

Il sourit. Un de ces sourires à faire fondre et qui le rajeunissait... Comme par magie, il avait l'air plus décontracté, plus ouvert. Plus beau, aussi. Bon sang ! S'il riait comme cela chaque fois qu'il la regardait, dorénavant elle ne répondrait plus de rien.

Il lui empoigna le bras et sortit avec elle de son bureau.

— Ne t'inquiète pas pour moi ! rétorqua-t-il.

Sa remarque acheva de la mettre en colère. Que pouvait-elle faire pour le mettre à genoux ? Pour le rabaisser ? Pour faire taire son orgueil et sa suffisance ?

Comme elle aurait aimé, à cet instant, le dominer, un sourire triomphant sur les lèvres !

Sans s'en rendre compte, elle dut sourire car il lui dit :

— Qu'y a-t-il de si drôle ?

Instantanément, elle retrouva son sérieux.

— Rien, répondit-elle à la hâte.

— Allons déjeuner, dit-il. Nous avons beaucoup de choses à voir ensemble.

Deux jours plus tard

De profil devant la psyché, Skye se regardait, entourée d'une armada de femmes qui s'occupaient de la mettre en beauté pour son mariage.

— Vous êtes superbe, Miss O'Hara, dit la coach.

On l'avait coiffée en arrière et parée d'une robe empire qui lui arrivait en dessous des genoux. Elle était enceinte de quatre mois environ maintenant et cela commençait à se voir. Juste un peu. La coach lui fit passer un manteau léger, la regarda de la tête aux pieds et ordonna à son personnel de lui enlever son ensemble de mariage et de le ranger soigneusement en attendant la cérémonie.

— Pour le reste, ajouta-t-elle à l'adresse de Skye, vous verrez. Nous avons prévu des tenues pour toutes les circonstances. Robes du soir, de cocktail, robes de grossesse, lingerie, chaussures, bijoux...

Skye nota, avec satisfaction, qu'il y avait aussi des jeans, ce qui lui permettrait de rester ce qu'elle était.

— Je vous emmène maintenant en ville où vous avez rendez-vous chez l'esthéticienne et le coiffeur.

À la fin de l'après-midi, fatiguée par tous ces soins qu'elle jugeait superflus, Skye repensa à la question de Lazaro, ce matin.

Pourquoi lui avait-elle dit oui ?

Pour que son enfant ait un père, un nom et sache d'où il vient, avait-elle répondu, et c'était la vérité. Ce qui était nouveau, c'était l'émotion qui avait accompagné sa réponse. Cela faisait tellement longtemps qu'elle se demandait qui était son père, ce qu'il faisait, comment il s'appelait... qu'elle se croyait *blindée*, comme elle l'avait dit à Lazaro au petit déjeuner.

Ne pas connaître sa lignée, était-ce une blessure qui ne guérissait jamais ?

Lazaro resta coi de stupeur en voyant Skye revenir de chez le coiffeur. Il allait tous les bluffer avec une épouse pareille !

— Te revoilà ! dit-il essayant de ne pas montrer son étonnement.

— Oui, comme tu vois !

Elle prit la pose.

— Mon nouveau look te plaît ?

Il n'en était pas certain. Bien sûr, elle était belle mais sa nouvelle apparence le déconcertait un peu.

Instinctivement, il tendit la main vers son visage et ébouriffa ses cheveux.

Et ses taches de rousseur ? Qu'avait-elle fait de ses mignonnes taches de rousseur ? Elle les avait cachées sous une couche de fond de teint alors qu'il les adorait...

— Tu es belle.

Au lieu d'être flattée par le compliment, elle baissa la tête, regrettant sa question.

— Ce nouveau look, ce n'est pas moi, dit-elle.

Il ne releva pas et changea de sujet.

— J'ai reçu une copie de notre contrat de mariage. Si tu veux y jeter un coup d'œil, il est dans mon bureau. Suis-moi.

Ils longèrent un couloir jusqu'à une porte où il s'effaça pour la laisser passer.

— Assieds-toi. Veux-tu boire quelque chose ?

— De l'eau. Merci.

Des documents étaient étalés sur la table. Elle en prit un et lut tout bas.

Contrat entre... Skye Blossom O'Hara... Lazaro Sanchez. Un accord est signé pour un mariage d'une durée minimum de cinq ans... ou plus, après accord mutuel des deux parties.

Il y avait un paragraphe sur la garde de l'enfant si un divorce intervenait. Un autre sur les conditions financières en cas de séparation. Skye en resta bouche bée.

Voyant sa surprise, Lazaro, qui faisait les cent pas devant la fenêtre, s'arrêta.

— Qu'y a-t-il ?

Elle lui montra la page avec les chiffres.

— C'est insuffisant ?

— C'est obscène !

— Eh bien voilà ! Tu montres enfin ton vrai visage !

Vexée, elle bondit.

— Comment oses-tu ? Si c'est ce que tu penses de moi, je... je...

Sous le coup de l'émotion, elle continua de bafouiller.

— C'est exactement le contraire ! C'est... beaucoup trop ! Je suis choquée. Tu sais ce que la plupart des gens ont pour vivre, par jour...

Il pensa d'abord qu'elle mentait mais ravala son cynisme habituel avant de lui répondre.

— Qu'est-ce que tu crois ? Evidemment que je le sais. J'ai vécu avec bien moins que ça pendant des années.

— Oh pardon, j'avais oublié, dit-elle, penaude. Quoi qu'il en soit, c'est beaucoup trop pour moi, je ne veux pas vivre à tes crochets.

— Mais tu n'es pas seule, il y a notre enfant.

Soudain, elle se prit à regretter que Lazaro entre dans sa vie. Qu'il *s'impose* dans sa vie. Être seule avec l'enfant qu'elle portait lui irait finalement très bien.

— Même pour nous deux, c'est trop, insista-t-elle.

— On verra cela, dit-il. Autre chose ?

— Non, tout est clair. Tu as un crayon pour signer ?

Il lui tendit un stylo, elle signa sans même regarder le reste du document.

— C'est tout ?

— Tu es si pressée de t'en aller ?

Elle crut percevoir un semblant d'émotion dans sa voix mais se ravisa, elle se trompait sûrement. Lazaro Sanchez était incapable d'émotions.

Non seulement c'était dommage, mais quel gâchis !

Ils avaient tant de choses en commun et elle avait tant envie de lui, de se jeter à son cou et de le supplier de lui faire l'amour ! Mais c'était impossible, elle ne pouvait pas faire cela.

— Je vais remonter finir le portrait du vieux monsieur, dit-elle. Je l'ai commencé, il faut que je le termine. J'ai promis à sa fille qu'elle l'aurait avant le week-end.

Comme il ne disait rien, elle crut qu'il allait lui interdire de le continuer.

— Je pars pour Madrid tout à l'heure. Je reviendrai pour le mariage. La styliste et son équipe t'aideront à te préparer. Après la réception, nous nous envolerons pour Venise. J'ai des affaires à régler là-bas. Comme cela, je ferai d'une pierre deux coups. Affaires et voyage de noces.

Elle commença à paniquer. Comment pouvait-elle être dans un endroit aussi beau avec un homme aussi toxique ?

— Mais c'est un mariage pour rire ! lui lança-t-elle. Je dois vraiment partir en voyage de noces avec toi ?

C'était la première fois que Lazaro fréquentait une femme qui ne pensait qu'à le fuir. Les autres, au contraire, s'accrochaient à ses basques. Le fait qu'elle préfère monter finir le portrait du vieil homme plutôt que... Que quoi ? Rester avec lui ?

Sans réfléchir, il empoigna Skye et la serra contre lui. Remarquant ses joues rouges et ses pupilles dilatées, il dit :

— Tu as envie de moi ? Dis-le !

Elle n'hésita pas.

— Oui, tu le sais.

La robe en soie qu'elle portait était si mince et si fluide qu'elle semblait nue. Excité par ce corps plaqué contre lui, il baissa la tête et happa ses lèvres. Elle ne résista pas. Au contraire. Elle entrouvrit la bouche et le laissa la savourer.

Brusquement il recula, rompant le charme. Il la regarda et vit qu'elle ne rouvrait pas tout de suite les yeux. Avait-il réussi à l'emmener dans un autre monde ?

Elle finit par revenir à elle et le fixa.

— Ce n'est pas un mariage d'opérette, Skye. C'est un vrai mariage, dans tous les sens du terme. Crois-moi.

Peut-être, mais un mariage sans sentiment, pensa-t-elle.

Elle le détestait. Parce qu'elle avait trop envie de lui. Parce qu'elle aimait ses baisers, ses caresses, ses yeux qui se voilaient quand il la serrait contre lui. Parce qu'elle adorait son corps.

À contrecœur, elle se dégagea de ses bras.

— Bien, je monte, dit-elle. Le portrait m'attend.

Il resta impassible.

— On se voit samedi, Skye.

Elle tourna les talons et disparut, honteuse de s'être laissée aller.

7

Le mariage

— *Muy bonita, señorita.*

Skye remercia Almuneda d'un sourire. L'esthéticienne, le coiffeur et les autres étaient maintenant partis et une voiture l'attendait pour l'emmener à la mairie où elle devait retrouver Lazaro.

Quelques jours plus tôt, elle se lamentait parce qu'il était parti en la laissant et, maintenant, elle angoissait à la pensée de le revoir. Elle aurait aimé que le trajet en voiture dure plus longtemps pour retarder l'instant de leurs retrouvailles. Elle ne se sentait pas prête pour le bouleversement qui allait s'opérer dans sa vie. Pas prête à abandonner ce qu'elle aimait.

La voiture s'arrêta doucement devant la mairie et une femme s'approcha pour ouvrir la portière.

— Bonjour, je suis l'assistante de Lazaro. Je suis l'un des témoins.

Instable sur ses talons hauts, Skye descendit de voiture et commença à monter les marches.

— Il est là ? Il attend ?

— Oui.

Dorénavant, il n'y avait plus de retour en arrière possible.

Lazaro sentit qu'elle arrivait. Il ne se retourna pas pour le vérifier, quelque chose en lui l'avait prévenu.

Depuis la veille, depuis l'échange téléphonique qu'il avait eu avec son demi-frère Gabriel Torres, il était crispé.

— Je t'avais sous-estimé, Sanchez, lui avait-il dit. Personne ne se faisait d'illusion sur le but que tu recherchais en épousant Leonora Flores. Mais le fait que tu épouses la prétendue mère de ton enfant montre que tu as du cran. Je suppose que tu n'as pas pu faire autrement ? Elle ne s'est pas laissé acheter.

Lazaro avait été surpris par la rage que les propos de son frère avaient éveillée en lui. Il s'était contrôlé, non sans mal, et lui avait répondu que tout et tout le monde n'étaient pas à vendre.

— Mon projet pour le vieux marché du centre de Madrid est bien mieux ficelé que le tien, avait poursuivi Lazaro. Cette ville me tient à cœur. Je ne suis pas certain que tu puisses en dire autant.

Gabriel l'avait mal pris.

— Tu t'intéresses à ce marché, uniquement pour me nuire, Sanchez. Tu prétends que nous sommes parents ! Foutaises ! La honte dans cette histoire, c'est que tu as fait une victime, Leonora.

Lazaro avait serré les poings pour ne pas exploser.

— Ma prétention, comme tu l'appelles, est fondée, Gabriel, mais elle n'est pas intéressée. Je ne veux rien de toi, ni de ta famille, sauf être reconnu. Penses-tu que je vais croire que ton mariage avec Leonora n'est pas stratégique ? C'est une femme bien, Gabriel. Tu ne dois pas l'utiliser dans le seul but de me provoquer.

Gabriel avait botté en touche.

— Elle est à sa place où elle est, et elle y est bien.

Le regard perdu au loin, Skye tenait un petit bouquet qu'on aurait dit tout frais cueilli dans un jardin. De jolies fleurs toutes simples, nouées par un lien de satin blanc, qu'elle tenait serrées dans sa main.

Machinalement, Lazaro posa la main sur la sienne. Elle le regarda, rougit mais resta grave. Elle était émue.

Ils entrèrent dans la salle des mariages. L'officiant lut leurs obligations et les déclara très vite *mari et femme*.

— Vous pouvez embrasser votre femme, *señor* Sanchez.

Lazaro prit le menton de Skye mais sentit qu'elle résistait.

— Est-ce bien utile ? murmura-t-elle. Devant tous ces gens ?

— Oui.

Contrarié, il la prit par la taille et la serra contre lui puis il baissa la tête et l'embrassa, savourant en secret l'extrême douceur de ses lèvres.

Quand il se redressa, Skye le regardait durement. Ses yeux brillaient comme des étoiles.

— Qu'est-ce qui ne va pas ? dit-il prenant sa main pour sortir de la mairie.

— Rien.

— Attention, reprit-il. Il va y avoir des photographes dehors. Tiens-toi prête.

Elle esquissa un pauvre sourire. Elle n'avait pas le choix. Elle allait devoir s'habituer à être harcelée par la presse.

Ils sortirent. Aveuglée par le soleil, elle s'accrocha à Lazaro. Des voix les interpellaient.

— Lazaro... Skye... Ici... Encore une... *Una màs*...

Dans cette cacophonie, Lazaro entendit quelqu'un l'appeler.

— Hé, Sanchez, ça vous fait quoi de voir Gabriel Torres épouser votre ex ?

— Ma femme et moi leur souhaitons beaucoup de bonheur, répondit-il.

Ma femme et moi, entendit Skye. Comme s'ils ne faisaient qu'un...

La vitesse avec laquelle Lazaro semblait avoir intégré son nouveau statut d'homme marié étonnait Skye. Non seulement il abandonnait sa liberté de célibataire mais il épousait une femme avec laquelle il ne se serait sûrement pas marié en d'autres circonstances. Cela confirmait ce qu'elle pensait de lui : il n'était que façade. Il sauvait les apparences.

Sans lâcher sa main, il descendit avec elle vers la superbe limousine garée en bas des marches et l'aida à monter à bord. La voiture démarra et se faufila dans la circulation.

— Ça va ? demanda Lazaro en la regardant.

— Ça va, mentit-elle.

— Après le déjeuner, nous partons pour Venise. J'ai demandé qu'on prépare tes bagages.

Exaspérée, elle explosa.

— Ça va tout le temps être comme ça, maintenant ? Tu vas décider de tout sans me demander mon avis ?

Comme s'il ne l'avait pas entendue, il continua.

— Tu le sais, je suis très occupé. Je voyage dans le monde entier. Je compte t'emmener au début mais, après la naissance du bébé, ça ne sera plus possible. J'ai donc choisi de t'installer, avec l'enfant, dans un appartement en dehors de la ville. Je garde mon loft à l'hôtel pour les jours où j'aurai à sortir tard le soir.

Skye ne pipa mot, mais imagina aussitôt la scène : Monsieur dans son loft, sur son canapé, entouré de femmes plus sexy les unes que les autres, tandis qu'elle se morfondait dans sa banlieue résidentielle... Un éteignoir.

Non, elle ne voulait pas de ça !

Aiguillonnée par la jalousie, elle se tourna vers lui.

— Je refuse d'être traitée comme un objet à ta disposition, Lazaro. Je préfère retourner à Dublin, dans ces conditions.

— Dans ton trou à rats tout moisi ? Comme serveuse ? En faisant des portraits pour arrondir tes fins de mois ?

Elle protesta.

— Au moins, je serai indépendante ! Je ne serai pas ta chose, tu m'entends ?

— Je suis ton mari, Skye, pas ta mère. Nous sommes partenaires.

De peur de dire des choses qu'elle risquerait de regretter, elle ne répliqua pas.

Ils ne se dirent pas un mot de tout le déjeuner. Le dessert avalé, elle monta se changer dans sa chambre. Le personnel lui avait préparé une tenue pour le voyage, et ses bagages.

Avant de descendre rejoindre Lazaro, elle regarda son bouquet de mariée. Les fleurs étaient déjà fanées. Elle y vit un mauvais présage et retint ses larmes.

Lazaro l'attendait en bas. Impatient, il regardait sa montre. Lui aussi s'était changé et, comme toujours, il était séduisant dans un costume gris clair et une chemise à col ouvert. Il avait dû se passer la main dans les cheveux – agacé qu'elle le fasse attendre, sans doute – car il était décoiffé. La décontraction, du moins vestimentaire, lui allait bien. Comme chaque fois qu'elle le voyait, elle frissonna.

Non, non et non ! Puisqu'il ne l'aimait pas, il ne fallait pas qu'elle le voie avec ces yeux-là, des yeux d'amoureuse transie.

Bon sang ! Quand parviendrait-elle à se mettre cela dans la tête ?

Il s'avança et lui prit la main. Malgré elle, elle frissonna de nouveau. Sa main était grande et chaude, la sienne toute petite sous ses doigts. Bêtement, elle se sentait protégée quand il la tenait. Il avait dû l'ensorceler...

— Tu es prête ?

Angoissée, elle plaqua la main sur son cœur. Elle n'avait qu'une envie, lui dire *non*, se dégager, remonter dans sa chambre, se débarrasser de ces vêtements neufs et de ce maquillage qui la faisaient ressembler à une bimbo et grimper tout là-haut, dans la pièce vide qui lui servait d'atelier et dessiner, dessiner, dessiner jusqu'à recouvrer son calme.

Evidemment, elle ne pouvait pas faire ça. Alors, hochant la tête, elle répondit d'un air absent :

— Je suis prête.

Elle avait dormi pendant tout le vol vers Venise. De fatigue et, aussi, pour oublier qu'elle était maintenant mariée. C'est Lazaro qui l'avait réveillée quand l'avion s'était posé.

Elle était tout à fait alerte maintenant, assise à côté de lui dans un vaporetto, et ils filaient sur le Grand Canal. Émerveillée par les palais qui défilaient, elle se leva.

— C'est la première fois que tu viens à Venise ?

Elle hocha la tête.

— J'ai habité ici avec ma mère pendant six mois. J'en garde le souvenir d'une ville de conte de fées. Je m'étais toujours promis de revenir.

— Tu parles l'italien alors ?

Elle nota une drôle d'intonation dans sa voix.

— Je me débrouille.

Il s'était levé à son tour et le vent le décoiffait. Ils se regardèrent.

Lazaro enroula une mèche de ses cheveux roux autour de son doigt et rapprocha son visage du sien.

— À part l'italien, tu connais d'autres langues ?

— Oui, un peu de français, du grec et même de l'arabe. J'ai vécu deux mois au Caire quand j'avais douze ans. On apprend vite à cet âge-là.

Le vaporetto ralentit et accosta devant un splendide palais. Ils descendirent, montèrent les marches et entrèrent. Un impressionnant lustre en verre de Murano étincelait dans la réception. Le sol était en marbre. C'était sublime et il y faisait délicieusement frais.

Dès qu'il les aperçut, le directeur de l'hôtel se précipita et les escorta jusqu'à l'ascenseur. Étonnée par l'empressement de l'homme, Skye posa la question qui lui brûlait la langue.

— Cet endroit t'appartient, aussi ?

Adossé à la paroi de la cabine, les mains dans les poches, très à l'aise, il semblait chez lui.

— Non, répondit-il. Mais je suis en pourparlers pour faire son acquisition. C'est pourquoi je suis ici.

Les portes coulissèrent et ils sortirent dans une pièce grandiose, comme elle n'en avait jamais vu. Magnifique parquet couvert de tapis d'Orient. Lustres en verre de Murano, fresques au plafond, trois immenses portes-fenêtres qui ouvraient sur un balcon donnant sur le Grand Canal. Elle s'y dirigea aussitôt, s'étonnant de l'incroyable activité déployée sur le canal.

— Ça te plaît ? demanda-t-il. C'est vrai que c'est spectaculaire.

— C'est fascinant. Mais pourquoi veux-tu acheter ce palais ?

— Parce que j'en ai les moyens. Et que ce palais sera un plus dans mon portefeuille.

Il rentra dans la pièce et l'interpella.

— Je te sers un jus de fruits ? De l'eau ?

Elle rentra à son tour et ôta ses chaussures avant de s'enfoncer dans un des canapés moelleux, les jambes repliées sous elle.

— De l'eau gazeuse, s'il te plaît.

Il lui versa un verre et, un whisky à la main, s'assit à l'autre bout du canapé. Détendu, il allongea le bras sur le dossier du siège, ce qui tendit sa chemise sur son buste.

Troublée, Skye se fit violence pour ne pas se précipiter sur lui et défaire ses boutons. Elle avait envie de revoir cette poitrine nue, envie de l'admirer, de glisser les doigts dans son duvet.

Regarder son visage ne lui suffisait pas. Elle voulait plus. Beaucoup plus. En dépit de tout.

C'étaient sûrement ses hormones qui lui jouaient un tour.

— On dirait que tu n'es pas impressionnée ?

Etonnée, elle l'interrogea du regard.

— Que je sois sur le point d'acquérir le palazzo le plus prestigieux peut-être de Venise...

Sa vanité la surprit.

— Inutile de te dire que lorsque j'ai vécu ici avec maman, nous habitions loin du Grand Canal, dans un quartier sans charme. Je rêvais de prendre un vaporetto et de descendre dans un de ces palais, comme s'il m'avait appartenu. C'était un rêve de petite fille. En fait, je m'en moque un peu. Je ne dis pas que je n'apprécie pas d'être ici, mais...

Elle laissa sa phrase en suspens.

— Il n'y a pas de mais, Skye. Ce sera ta réalité dorénavant.

Elle se leva sans rien dire et alla sur le balcon où il la suivit.

— Regarde-moi. Qu'y a-t-il ?

— Rien. Enfin, si... Je pense à Leonora. Tu devais la désirer... C'est elle qui devrait être ici. Dans tout ce luxe. Pas moi.

Skye l'ignorait, mais elle se trompait.

— Non, je ne la désirais pas. Pourquoi crois-tu que j'aie rompu si facilement ?

À cet instant, il prit conscience qu'une rupture avec Skye aurait été beaucoup plus douloureuse. Qu'il le veuille ou non, il l'avait dans la peau et avait en permanence envie d'elle.

Mais il n'y avait pas que le sexe. Son enthousiasme quand ils étaient arrivés à Venise l'avait rasséréné. On aurait dit qu'elle découvrait cette merveilleuse cité et il avait été presque jaloux qu'elle l'ait déjà visitée sans lui.

— Tu veux dire que tu n'as jamais...

— Non, je n'ai jamais couché avec elle. Et je ne voulais pas l'épouser parce que je la désirais. Le désir complique trop la vie.

Il vit son visage se fermer.

— Avec toi, dit-il lui relevant le menton, c'est une complication qui me plaît.

Il hocha la tête.

— Allez ! Assez bavardé comme ça. Nous sommes mari et femme, maintenant. Nous avons mieux à faire…

Il l'attira à lui, et la sentit trembler. Alors, n'écoutant que son désir, il se pencha sur elle et prit sa bouche. Passionnément.

Il n'avait pas couché avec Leonora. Skye sourit : cette nouvelle lui plaisait. C'était elle que Lazaro désirait. Elle le sentait dans son baiser. Il était fougueux, passionné.

Encouragée par l'ardeur qu'il mettait à l'embrasser, elle s'enhardit, passa les bras autour de son cou et répondit à son baiser avec la même flamme. C'était si bon !

Soudain, il la prit dans ses bras et l'emmena dans sa chambre. Elle fit alors ce qu'elle rêvait de faire tout à l'heure : elle défit ses boutons et ouvrit sa chemise. Sa peau était tiède et douce.

— Toi, dit-il brusquement. Je veux te voir, toi.

Il passa derrière elle, défit sa fermeture Éclair et fit glisser sa robe à terre. Se retrouvant à demi nue devant lui avec son ventre rond, elle croisa les bras sur elle pour se cacher un peu.

Il revint devant elle, lui releva le menton et la regarda, lentement, de haut en bas.

— Tu es très belle, Skye.

Elle baissa de nouveau la tête mais la releva aussitôt et dégrafa son soutien-gorge.

Lazaro retint son souffle.

Ses seins avaient grossi, ils étaient plus pleins. Il les prit dans ses mains, en caressa les pointes qui se dressaient sous ses doigts.

Elle se mordit les lèvres pour ne pas gémir de plaisir. C'était sa plus grande crainte : ne pouvoir s'empêcher de crier son bonheur.

Quand il la souleva et la déposa sur le lit, elle retint son souffle et le regarda se déshabiller. Une fois nu, il resta debout devant elle, près du lit, sans comprendre qu'il la tétanisait.

Il était terriblement viril, dans sa splendide nudité. Dans aucun musée, dans aucune galerie, jamais, elle n'avait vu statues ou peintures d'hommes aussi majestueux. Il ne cherchait pas à cacher qu'il la désirait avec force. Au contraire. Il semblait fier d'exhiber le pouvoir insensé qu'elle avait sur lui.

Il s'approcha encore plus près et, les yeux fixés sur son ventre, s'allongea sur elle. Comme elle gémissait, il se releva sur les coudes.

— Non, reviens...

Il se rallongea et la caressa. Ses mains étaient partout sur sa peau. Comme jamais, elle avait envie de lui, qu'il la prenne, la pénètre et lui dise qu'il l'aimait.

Doucement, il se releva, s'agenouilla entre ses jambes et embrassa l'intérieur de ses cuisses, puis plus haut, et encore plus haut... Jusqu'au cœur moite de son désir.

Quand elle sentit sa langue, sur ses plis lisses et tendres, elle se cambra. Elle le voulait en elle, elle ne pouvait plus attendre...

Elle n'attendit pas. Tendue comme un arc, offerte, elle se rendit au plaisir qui la submergeait comme une lame de fond.

Quand elle rouvrit les yeux, Lazaro se tenait au-dessus d'elle et se penchait pour écarter les mèches rousses qui lui barraient le front. Il haletait... à la fois assouvi et affamé de plus.

— Ça va ? lui demanda-t-il.

Incapable de parler, elle hocha la tête.

— Tu es prête ?

Elle hocha de nouveau la tête.

Donnant un coup de reins, il glissa en elle, profondément, puis se mit à aller et venir, de plus en plus vite.

Il rejeta la tête en arrière, se cambra, et sentit se resserrer autour de lui ses muscles intimes. Il commença alors à trembler de tout son corps, terrassé par un plaisir qui balaya tout sur son passage et, ensemble, ils jouirent dans un même cri.

8

C'est la corne d'un bateau sur le Grand Canal qui sortit Skye de ses songes. Elle regarda autour d'elle et, en l'air, le plafond à caissons avec ses fresques dignes de Michel-Ange.

Lazaro n'était plus dans le lit mais son oreiller portait encore la marque en creux de sa tête. Le ciel, dehors, était couleur lavande.

Entendant un bruit, elle leva les yeux. Lazaro entrait, en pantalon noir et chemise blanche. Il avait pris une douche et ses cheveux étaient encore mouillés.

Il leva les mains.

— Tu pourrais m'aider à attacher mes boutons de manchettes ? On part dans trois quarts d'heure.

— Il faut que je me prépare, alors ? Je vais me doucher.

Elle lui attacha ses boutons de manchettes et disparut dans la salle de bains. Il y avait de la place pour deux dans la douche. Ce qu'elle imagina la fit rougir… Pour chasser cette image, elle pensa à la soirée qui l'attendait, sa première apparition en public avec Lazaro, en tant qu'épouse.

Quand elle revint dans la chambre, elle trouva sur le lit une robe qu'elle avait essayée en Espagne et qui lui avait plu. En soie couleur champagne, manches longues et col montant, et entièrement rebrodée de perles de nacre et de cristaux Zwarovski, elle était sublime.

Après avoir frappé, une personne passa la tête à la porte.

— Madame Sanchez, votre mari dit que vous avez peut-être besoin d'aide.

Votre mari. Elle détestait ces deux mots autant qu'elle les aimait. Ils sonnaient la fin d'une indépendance qu'elle revendiquait à cor et à cri.

— Oui, merci.

La jeune personne entra, souriante, charmante.

Très bas, comme si elle conspirait, elle dit à Skye qu'elle avait reçu l'ordre de ne pas raidir ses cheveux.

— Tant mieux, rétorqua Skye, ravie.

Après quelques secondes, son visage s'assombrit. Qu'il l'aime naturelle ne signifiait rien. Rien du tout.

La jeune fille regarda la robe et décréta avec une assurance qui amusa Skye :

— Avec ça, il vous faut des dessous couleur chair.

Toujours très concentré d'habitude quand il s'agissait de négocier un contrat, Lazaro, ce soir, avait la tête complètement ailleurs. Son attention était fixée sur Skye qui se trouvait à quelques mètres de lui, en grande conversation avec une dame âgée.

Quand ils étaient entrés dans le salon de réception, tout à l'heure, main dans la main, tous les yeux s'étaient tournés vers eux. Ceux des hommes s'étaient même attardés sur la silhouette de Skye moulée dans un fourreau, presque provocante, et un accès de jalousie l'avait fait pester intérieurement.

Pour l'heure, elle semblait l'ignorer. Elle parlait, plaisantait, rejetait la tête en arrière et riait aux propos de la vieille dame, attirant les regards des hommes. Il s'apprêtait à la rejoindre quand une voix l'interpella.

— Sanchez… Dites-moi, vous allez vraiment signer pour le Palazzo Rizzoli, demain ?

Lazaro détacha les yeux de sa femme. Il avait presque oublié qu'il était ici pour affaires. Pour assurer sa place dans ce monde où l'on ricanait derrière son dos en guettant le faux pas qui trahirait ses origines.

Il porta son attention sur celui qui l'interpellait.

Skye sentit tout de suite que Lazaro ne la regardait plus. Un sixième sens, chez elle. Un coup d'œil vers l'endroit où il se trouvait et elle l'aperçut, en grande discussion avec un aréopage d'hommes et de femmes aux airs importants.

Elle soupira. Elle commençait à avoir mal aux pieds et la vieille dame avec laquelle elle bavardait avait dû s'éclipser. Elle était seule maintenant et ne savait que faire.

Les personnes présentes ressemblaient comme des clones à celles qu'elle avait croisées en Espagne, le soir où elle était venue retrouver Lazaro. Chics. Riches. Influentes...

Lazaro avait dû souffrir en évoluant dans ce milieu qui lui avait sûrement fait sentir qu'ils n'étaient pas du même monde. Ce qui était à la fois vrai et faux. Elle comprenait mieux maintenant d'où lui venait cette furieuse envie de réussir.

Mais les épater, se venger ? Quelle satisfaction en tirerait-il ?

Elle posa la main sur son ventre. Comment une mère pouvait-elle infliger un tel sort à son enfant ?

Une pensée en amenant une autre, elle se rappela sa mère. Elle non plus n'avait pas été parfaite, imposant à sa fille ses lubies d'électron libre. Décidément, le rôle de parents ne devait pas être facile !

Lazaro ne prêtant pas attention à elle, elle partit aux toilettes se refaire une beauté. Une femme qui s'y trouvait et se remaquillait se tourna vers elle.

— Ah ah, tomber enceinte ! C'est un truc bien connu pour ferrer un gros poisson ! Bien joué, *señora* Sanchez, vous avez attrapé le plus gros !

— Pardon ? dit Skye, offusquée.

— Je vous aurais donné le bon Dieu sans confession, ajouta l'élégante. Comme quoi ! Mais dites-moi, le divorce, ce sera quand ? Un an après la naissance ? Deux ans ? Peu vous importe de toute façon, car vous êtes à l'abri pour la vie, n'est-ce pas.

Skye resta sans voix, au bord des larmes. Dans un froissement de soie sauvage, la femme se dirigea vers la porte, puis se retourna.

— Profitez de lui tant que vous le tenez ! Mais je ne donne pas cher de votre mariage... Je le vois tellement peu en père de famille heureux. Et vous ?

Des picotements dans la nuque, Lazaro comprit tout de suite que Skye s'était éclipsée. Un coup d'œil de côté et il aperçut ses cheveux roux. Elle se dirigeait vers les toilettes.

La conversation, qu'il suivait d'une oreille distraite, l'ennuyant à mourir, il s'excusa et s'approcha de la porte des toilettes.

Les minutes passant, il s'impatienta. Que faisait-elle ? Avait-elle un problème ? Le bébé... ?

Il commençait à s'inquiéter vraiment quand elle sortit, livide.

— Ça ne va pas ? Tu es fatiguée ? dit-il en se précipitant.

— Non, non, tout va bien. J'ai mal aux pieds, c'est tout. Je vais chercher une chaise pour m'asseoir.

Il hocha la tête.

— Tu mens, Skye. Tu mens même très mal.

Penaude, elle tenta une excuse mais il ne l'écouta pas.

— Moi aussi je suis fatigué, dit-il. Allons-nous-en !

Ils sortirent. Le bateau de Lazaro, accosté en bas des marches, les attendait pour les ramener. Le silence régnait maintenant sur le Grand Canal et ils savouraient le calme retrouvé.

— À quoi penses-tu ? lui demanda Lazaro.

Elle le regarda puis, gênée, détourna les yeux. La lune voilait son visage d'une lumière laiteuse.

— Je me demande qui vit dans ces demeures. Dans ma vie de nomade, j'ai toujours envié les familles classiques avec des traditions, des rituels...

Lazaro sentit son cœur se serrer.

— Moi, j'ai passé beaucoup de temps à épier ce qu'il se passait chez mes parents... dans leurs familles respectives. Elles vivaient tout près l'une de l'autre, dans le quartier huppé de Madrid. Je les regardais aller et venir dans leurs grandes maisons et me demandais ce que ça devait faire de savoir d'où l'on venait. D'être accepté.

Sans même la regarder, il sentait son regard posé sur lui.

— Ce qu'ils t'ont fait est une honte. Ça n'a pas de nom. Ils ne méritent pas de te connaître.

Elle parlait bas, d'une voix pleine d'émotion. Elle compatissait. C'était la première fois qu'on lui témoignait de l'empathie sauf, peut-être, à une ou deux reprises, Ciro, son grand ami.

Le nœud qui lui étreignait la poitrine se desserra.

C'était déconcertant. Une femme qui ne lui était rien lui manifestait de l'empathie alors que sa propre mère l'avait abandonné, bébé, et qu'il n'avait été, pour ses maîtresses, qu'un objet pour satisfaire leurs appétits sexuels ou matériels.

Skye regarda Lazaro mais, perdu dans ses pensées, il avait les yeux dans le vague. Ce que lui avait fait sa mère était indigne et elle avait mal pour lui.

Le bateau accosta en bas des marches du *palazzo* dans lequel ils entrèrent en silence. Ils montèrent tout droit dans la suite où elle ôta immédiatement ses chaussures, et lui, sa veste et sa cravate.

— Je crois que je vais aller me coucher, dit-elle. La journée a été longue.

Il déboutonna sa chemise.

— Comment cela ? s'étonna-t-il.

— Comment quoi ? Je suis fatiguée, c'est tout.

— Non, ne me raconte pas d'histoires, il y a autre chose. Tout à l'heure je t'ai vue disparaître dans les toilettes et quand tu es ressortie, tu étais bizarre… triste.

Elle haussa les épaules.

— C'est que je n'aime pas trop ce genre de manifestations.

— Skye… Non…

— OK. Il y avait une femme aux toilettes… Elle m'a accusée de t'avoir piégé, m'a dit qu'en étant enceinte j'étais à l'abri pour la vie et que notre mariage ne tiendrait pas longtemps.

De toute manière, le contrat stipulait qu'ils étaient mariés pour une durée de cinq ans. En conséquence…

— À quoi ressemblait-elle ?

— Genre mannequin, sculpturale, blonde et très branchée, et…

— Arrête, je sais. C'est Alessandra Basanti. Une peste.

— Une de tes maîtresses ?

Il hocha la tête.

— Non. Justement, elle a mal pris le fait que je ne m'intéresse pas à elle.

Skye se sentit soulagée, ce qui la contraria. Les fréquentations de Lazaro avant elle auraient dû la laisser indifférente. Hélas, ce n'était pas le cas. Quand parviendrait-elle à se guérir de lui ?

Il s'approcha du canapé et s'assit.

Elle le regarda. Il était près. Tout près d'elle. Pas assez cependant à son goût...

Des pensées contradictoires se télescopaient dans sa tête. Elle le détestait tout en le désirant. Tellement qu'elle avait peur que cela ne se lise sur son visage.

— Il y a autre chose, dis-le ! insista-t-il.

— Depuis quand lis-tu dans la tête des gens autour de toi ?

— Depuis que je connais quelqu'un qui est incapable de cacher ce qu'il ressent.

Il remit une mèche de ses cheveux roux derrière son oreille, ce qui la fit frissonner. Si elle s'était écoutée, elle aurait tourné la tête et niché sa joue au creux de sa grande main. Mais non, il ne fallait pas.

— Je suis totalement désemparée quand je suis en présence de personnes négatives, dit-elle. Je ne suis pas naïve au point d'espérer que tout le monde soit gentil mais elle... Elle était si... méchante.

— C'est une punaise. Comme beaucoup de femmes dans ce milieu où les enjeux sont importants.

— La femme à qui j'ai parlé avant d'aller aux toilettes était charmante.

— Oui, dit Lazaro souriant. Parce que tu as quarante ans de moins qu'elle et que tu n'es donc pas une menace.

— Ce que tu peux être cynique !

— Non, réaliste.

Elle se tut quelques secondes et, soudain, lui lança :

— Dis-moi franchement : tu penses que je t'ai piégé ?

Il se raidit.

— Je dois dire qu'au début, sous le coup de la colère, je me suis dit que tu m'avais bien eu. Puis, que je ne pouvais m'en prendre qu'à moi. Je n'avais qu'à me protéger. Maintenant que je te connais mieux, je ne pense pas que tu aies cherché à me piéger.

Elle se détendit.

— Merci.

Il se pencha vers elle et, sans lui laisser le temps d'esquisser le moindre geste, prit sa bouche pour le plus brûlant des baisers.

Elle avait essayé de se persuader qu'elle ne l'aimait pas mais il n'y avait aucun doute, elle était follement amoureuse. Hélas, tôt ou tard, elle allait devoir affronter la blessure qu'elle avait passé sa vie à éviter. Ce n'était qu'une question de temps.

— Où est-elle ?

— Place Saint-Marc, répondit le chef de la sécurité privée de Lazaro.

— Ne me dites pas qu'elle est en train de faire le portrait de touristes !

— Non. Elle est assise à une terrasse. Avec une glace et du thé glacé.

Lazaro regarda les intervenants assis autour de la table.

— Cela fait des semaines qu'on discute de ce contrat. J'en ai assez ! Je signe ou je quitte cette pièce.

Son conseil se leva.

— Lazaro, est-ce bien raisonnable ?

— Alors, signons !

Moins de vingt minutes plus tard, il était dehors et se dirigeait vers la place Saint-Marc. Il venait d'acquérir l'un des plus remarquables *palazzi* de Venise, ce qui le hissait dans le club très fermé des plus riches propriétaires immobiliers du monde. Bizarrement, cette signature ne lui apportait pas la satisfaction que lui procurait d'habitude ce genre d'achat. Ni la paix intérieure. Il se sentait agité.

Son agitation se dissipa dès qu'il aperçut ses cheveux roux, flamboyant dans le soleil de la fin d'après-midi. Elle était là. Sa femme, le visage offert au soleil, les épaules nues dans une petite robe d'été retenue par de fines bretelles.

Brusquement, il s'arrêta.

Que lui arrivait-il ? Au risque de faire capoter l'affaire qu'il convoitait, il venait d'abréger une réunion qu'il préparait depuis des mois.

Il avait passé la nuit dernière dans les brumes du désir et de la sensualité, tant et si bien qu'il s'était endormi dans la journée et était arrivé en retard à cette fameuse réunion. Cela ne lui ressemblait pas. Il n'avait pas passé des années à se battre pour se hisser au sommet, pour tout détruire aujourd'hui.

Recouvrant la raison, il fit demi-tour.

Aveuglée par le soleil, Skye ferma les yeux. Elle se sentait un peu seule, mais ce n'était pas un vrai voyage de noces, après tout. Lazaro était insaisissable et la déstabilisait par ses changements d'humeur. Un jour charmant, un autre distant et sombre…

Elle paya, puis fit signe au garde du corps qui la suivait partout.

Revenue au *palazzo*, elle trouva Lazaro au téléphone, manches remontées, décoiffé. Il parlait fort. Il y avait de l'électricité dans l'air.

Il raccrocha vite et lui demanda ce qu'elle avait fait.

— Je me suis promenée le long du canal jusqu'à la place Saint-Marc où j'ai acheté une glace et bu du thé.

Il regarda sa montre.

— On part pour Madrid dans une heure.

— Déjà ? Tu as signé ton contrat ?

— Oui, c'est clos et cacheté. Je suis désormais propriétaire de ce *palazzo*.

— Tu dois être content ?

Il n'en avait pas l'air. Il semblait même passablement agacé.

— Je vais faire mes bagages, annonça-t-elle avant de s'éclipser.

Madrid.

Le dîner terminé, Lazaro reposa son verre.

— Je vais passer les deux jours qui viennent en réunions. J'ai répondu à un appel d'offres pour la réhabilitation du vieux marché couvert, je dois maintenant consulter les entreprises.

Il s'arrêta, la mine sombre.

— Je suis en concurrence avec mon demi-frère qui va tout faire pour m'évincer. Je dois finaliser des détails avant la consultation publique, veux-tu venir avec moi ?

— Oh oui !

Son enthousiasme fit sourire Lazaro. Il souriait rarement mais quand il souriait, il était irrésistible et semblait beaucoup plus jeune. Il valait mieux qu'il ne la touche pas maintenant car elle ne répondait plus de rien…

Heureusement, il se leva.

— J'ai du travail, ce soir. Profites-en pour te reposer. Ces deux journées ont été fatigantes.

Les nuits aussi, pensa Skye.

Partagée entre soulagement et déception, elle prit un ton dégagé pour le rassurer.

— Tout va bien. Ne t'inquiète pas pour moi. Je m'occupe très bien toute seule et puis, tu as raison, ces deux journées ont été fatigantes.

— Parfait. Je te dis à demain matin, alors…

Il n'aurait jamais dû l'amener, pensa Lazaro en l'apercevant sur le balcon, écoutant attentivement un membre de son équipe. Elle était en jean et portait un casque de chantier. Malgré cet accoutrement, pas vraiment féminin, il avait envie d'elle. Il avait pensé à elle toute la nuit, avait rêvé de se glisser en elle, dans sa douce moiteur et, finalement, s'était dit qu'il était idiot de se priver. Pourquoi un homme, marié avec une femme qu'il désirait et qui le désirait, se refusait-il le plaisir auquel il avait droit ?

Agacé, il essaya de se concentrer sur ce qui se disait.

— Ça me plaît beaucoup ! dit Skye comme ils rentraient en voiture. Ce fer forgé avec ce verre, c'est à la fois ancien et futuriste. C'est très réussi.

Lazaro se passa la main dans les cheveux.

— Je vois que tu as bien compris mon intention. Mon équipe a mis des mois à comprendre.

— Quelquefois, un œil neuf voit mieux…

Leur voiture s'arrêta devant l'hôtel.

— Je vais travailler quelques heures au bureau. Nous partirons pour Paris, demain matin. Tu te souviens que nous avons un gala, demain soir ? Mets ton fourreau noir et n'attache pas tes cheveux, je te prie. C'est comme cela que tu me plais.

La voiture repartait avec Lazaro quand elle se rendit compte qu'elle avait gardé les plans du marché.

Pas grave, je vais voir ce que j'aurais fait à leur place.

Quand Lazaro revint, tard ce soir-là, Skye avait déjà dîné.

Dommage. Pour la première fois de sa vie, il avait envie d'autre chose que de satisfaire son ambition. Il se découvrait un autre centre d'intérêt.

Sa femme.

Il aimait être avec elle. Voir ses réactions. Elle l'étonnait toujours. Elle avait de la personnalité, ce qui ne l'empêchait pas d'être aimable et tournée vers les autres, des qualités rares dans le monde qu'il fréquentait. Almuneda l'avait adorée. Sa gouvernante madrilène, habituellement austère, souriait en la voyant.

Pour la première fois de sa vie, son cynisme lui pesait comme un fardeau inutile.

Il entrait dans le salon en défaisant sa cravate, pensant la trouver au lit, quand il aperçut une forme allongée sur le canapé.

Il s'approcha.

Elle dormait, les plans du marché posés sur la table basse, à côté d'elle. Il se pencha pour regarder. Elle avait dessiné un logo pour son projet.

Il hocha la tête. Son logo était réussi. Il permettait d'identifier immédiatement le vieux marché rénové. C'était brillant.

Il n'avait pas fait de bruit, mais elle dut sentir sa présence car elle ouvrit les yeux et lui sourit. Un sourire charmant, adorable, qui le troubla infiniment.

— Quelle heure est-il ? demanda-t-elle, souriant toujours.

Voyant la feuille avec le logo qu'elle avait dessiné dans la main de Lazaro, elle rougit.

— Je me suis amusée.

Il s'assit auprès d'elle.

— C'est bien, tu sais. J'ai payé mes créatifs des milliers d'euros et ils ne m'ont rien sorti d'aussi bon.

— Sers-t'en si tu veux, dit-elle timidement.

— Ce que je veux...

Il la regarda.

Comprenant à ses yeux fiévreux ce qu'il voulait, elle déboutonna sa chemise et en écarta les pans. Ses seins jaillirent dans leur écrin de dentelle.

L'air faussement innocent, elle croisa alors les bras derrière sa tête.

— À moins que tu sois trop fatigué ?

Il se pencha, passa un bras derrière son dos pour défaire son soutien-gorge.

— Je n'ai jamais été aussi peu fatigué, rétorqua-t-il, la voix rauque.

Il posa la tête contre ses seins et resta ainsi un moment, ne pensant à rien d'autre qu'à la douceur de cette poitrine, véritable cocon protecteur.

9

Paris, le lendemain soir

Après un dernier regard dans le miroir de la salle de bains, Skye sortit dans la chambre. Elle avait mis son fourreau de soie noire, comme il le lui avait demandé, et se trouvait légèrement provocante. Elle tourna la tête un peu vite et ses cheveux roux dansèrent sur ses épaules. Lazaro, qui fixait son nœud papillon sous son col, s'arrêta.

— Tu es… magnifique.

Il s'approcha et lui prit la main.

— Viens, j'ai quelque chose pour toi.

Il l'emmena dans le salon de leur suite et lui montra une collection d'écrins qu'il ouvrit l'un après l'autre. Il y avait des saphirs, des rubis, des émeraudes. Dans l'un d'eux, un superbe collier en diamant brillait de tous ses feux.

— C'est mon ami joaillier qui me les a prêtés. Essaie ce qui te plaît.

— Non, je ne peux pas porter ça.

— Je sais, tu n'es pas comme la plupart des femmes, mais choisis quand même. S'il te plaît… Non ? Je vais choisir pour toi, alors. Tourne-toi et soulève tes cheveux.

Elle sentit qu'il glissait quelque chose de froid et de lourd autour de son cou.

— Ce n'est pas tout, dit-il. Essaie ça. Et ça.

Il lui tendit des boucles d'oreilles et un bracelet.

— Regarde-toi dans la glace, maintenant.

Elle se retourna et vit, horrifiée, qu'elle ressemblait à ces femmes refaites et trop sophistiquées qu'elle avait vues à Madrid.

— Ce n'est pas moi, ça.

— Si. C'est ta nouvelle image.

Il lui tendit une pochette.

— Tu es prête ?

Skye resta collée à Lazaro, effarée par l'étalage de richesse et de glamour des invités qui se pressaient dans les salons de l'immeuble haussmannien, situé près de l'Arc de triomphe, où avait lieu le gala.

C'était la *Fashion Week* de Paris. L'événement, organisé pour venir en aide aux plus démunis, réunissait ce que Paris comptait de plus huppé – stars de cinéma, mannequins, grands couturiers, patrons du CAC 40 et autres célébrités.

Skye se sentait déplacée dans ce parterre de *happy few* ; elle sortit sur le balcon. La soirée se déroulait au dernier étage avec vue imprenable sur la tour Eiffel qui scintillait, de l'autre côté de la Seine.

Soudain, elle entendit un bruit derrière elle et se retourna.

— Oh !

La femme qui entrait s'arrêta net.

Elle reconnut Leonora Flores de la Vega. Ou plutôt, Leonora Torres. Elle portait un chignon, des bijoux et une élégante robe bleu nuit. Classique.

— Pardon, dit-elle dans un anglais sans accent, j'ignorais qu'il y avait quelqu'un.

Elle se détournait pour partir quand Skye la rappela.

— Non… Non. S'il vous plaît. Ne… ne partez pas, bafouilla-t-elle.

La femme s'arrêta, le visage impassible. Skye aurait juré, pourtant, que quelque chose passait dans son regard. Quelque chose d'humain, de bienveillant.

— Je voulais vous dire que… je suis désolée. Que je ne voulais pas rompre vos fiançailles. Je voulais seulement entrer en contact avec Lazaro, mais c'était impossible. Alors je suis entrée dans le salon et...

Il y eut un silence, qui se prolongea. Skye crut voir Leonora chanceler un peu.

— Je sais, dit-elle. Mais vous vous êtes connus avant qu'il me demande en mariage.

— Oui ! s'exclama Skye, soulagée. Sinon, jamais je n'aurais...

Leonora s'approcha, puis sourit avec douceur.

— Ça n'aurait pas été bien. Mais il n'aurait jamais fait ça. Ces hommes sont... corrects.

— Vous voulez dire Lazaro et Gabriel ?

— Oui.

Leonora regarda le ventre de Skye.

— Félicitations ! Je vous souhaite le plus grand bonheur avec Lazaro.

Sur ces mots, elle se retourna pour partir. Elle était pâle et semblait triste.

— Je suis désolée, répéta Skye. Et, à vous aussi, je souhaite beaucoup de bonheur.

Leonora la regarda :

— Merci.

Skye crut voir des larmes dans ses yeux.

Quel gâchis ! Leonora aurait pu être une très grande amie, si les circonstances avaient été différentes.

— Sanchez...

Lazaro se crispa. Cela faisait un moment qu'il cherchait Skye et ne la trouvait pas.

Il se détourna lentement.

— Torres.

Un verre à la main, Gabriel affichait une apparente décontraction mais Lazaro sentait qu'il était tendu.

— Alors, le marché ? Prêt pour la semaine prochaine ?

— Autant que toi, Torres.

Gabriel leva son verre.

— Que le meilleur gagne ! Mais on le connaît déjà, non ?

Bouillant de rage intérieurement, Lazaro lui adressa un de ses sourires sarcastiques dont il avait le secret.

— Tu risques d'être surpris, Gabriel, car, cette fois, ce ne sera peut-être pas Torres et son insatiable besoin de dominer qui l'emportera.

Gabriel s'approcha.

— Je me souviens bien de toi, tu sais. Je me rappelle le jour où tu as agressé mon père dans la rue et lui as dit que tu étais son fils. Tu es amer, Sanchez, il est temps de dépasser tout ça et de cesser de te raconter que tu as été traité injustement. Tu n'es pas une victime.

Chacun muré dans son silence, ils se toisèrent. Mais, soudain, une voix les sortit de leur haine rentrée.

— Bonjour, Lazaro. Quel plaisir de te voir !

Lazaro cligna des yeux. C'était Leonora, charmante, qui s'était approchée de Gabriel et lui prenait le bras. Elle avait quelque chose d'émouvant sur le visage. Une certaine fragilité.

— Je suis navré de ce qui s'est passé, Leonora. Je regrette de t'avoir mise dans cette situation. Crois bien que je ne l'ai pas cherché.

Elle lui adressa un joli sourire.

— Je sais. Je viens de parler avec ta femme. Félicitations pour le bébé !

Lazaro regarda son demi-frère et lui fit un petit signe de tête.

— À une prochaine fois, Torres.

Sur ces mots, il s'éloigna, en proie à des sentiments... encombrants.

Sa rancœur contre sa famille biologique commençait à lui peser. Dans le même temps, affronter verbalement son frère lui procurait une jouissance presque malsaine. Peu de gens pouvaient se permettre de lui tenir tête, mais Gabriel en faisait partie. Il osait. Il n'avait pas peur.

Alors qu'il s'éloignait, ressassant les propos de Torres, la rage le reprit. Son frère l'avait nargué.

« Tu es amer, Sanchez... Je me rappelle bien le jour où tu as agressé mon père dans la rue et lui as dit que tu étais son fils... »

Brusquement, il lui parut plus important que jamais de

remporter le marché pour lequel il concourait contre son frère. Ce serait la première fois que quelqu'un supplanterait un Torres, et, même si Gabriel refusait de reconnaître qu'ils étaient parents, il serait obligé de l'admettre comme un égal et de le respecter.

Attends un peu, Torres… Je n'ai pas dit mon dernier mot.

Jouant des coudes, il se fraya un chemin dans la foule. Il y avait beaucoup de monde, des gens qui avaient l'air heureux. Des gens qui lui donnaient envie d'être heureux.

À mesure qu'il accélérait le pas, il sentait son ressentiment se dissiper. Il y a peu de temps encore, il aurait savouré les occasions qu'un événement comme celui-ci lui offrait mais, aujourd'hui, tout ce qu'il désirait, c'était…

Justement, elle était là, dans l'encadrement de la porte, l'air un peu étourdi par cette foule, et souriante cependant.

Il avança vers elle. Elle était bien trop pure pour ce milieu.

Dès qu'elle l'aperçut, leurs regards se soudèrent.

— Je suis fatiguée. On s'en va ?

— Oh oui !

Il lui saisit la main et l'aida à monter dans la voiture qui les attendait.

— Tu as parlé avec Leonora, lui dit-il, prenant place à côté d'elle. Je le sais, elle me l'a dit.

— Oui, je lui ai fait mes excuses. Elle a été très bien. Vraiment très bien. C'est quelqu'un qui me plaît.

— Elle est trop bien pour Gabriel Torres, rétorqua-t-il.

Skye se renfrogna. C'était stupide d'être jalouse mais c'était plus fort qu'elle. Il ne s'était rien passé entre eux, pourtant, mais…

Mais elle savait qu'elle avait usurpé le rôle de Leonora qui aurait dû être assise là, dans la voiture, à sa place, et c'était inconfortable.

— J'ai montré ton idée de logo à mon équipe. Ils ont beaucoup aimé. Si on s'en sert, je veillerai à ce que tu sois rémunérée.

Skye rougit de plaisir.

— Ça ne sera pas la peine de me payer. Je l'ai fait pour m'amuser.

— Tu sais que tu as du talent.

— J'aurais adoré faire les Beaux-Arts, mais je n'ai pas pu.

La voiture s'arrêta devant l'hôtel et ils descendirent.

— Je ne te l'ai pas dit mais, tout à l'heure, j'ai senti le bébé bouger. C'était la première fois.

Le visage de Lazaro s'assombrit. Sa mère aussi avait dû le sentir bouger. Comment avait-elle pu...

D'un geste las de la main, il chassa les pensées tristes qui l'accablaient subitement.

— Pardon, je n'aurais pas dû...

— Ce n'est pas grave. Pour l'instant, il n'y a qu'une chose qui m'intéresse, c'est de...

— Lazaro...

Il lui coupa la parole.

— Dès que je t'ai vue dans cette robe, je n'ai eu qu'une envie, te l'enlever.

Il la prit par la taille et la serra contre lui aussi près que sa silhouette maintenant arrondie le permettait. Elle lâcha sa pochette, qui tomba à terre, et elle se rapprocha encore jusqu'à le sentir, dur contre elle.

Son téléphone portable sonna mais il l'ignora. Seuls comptaient Skye et le bébé qu'il sentait bouger sous ses doigts.

Le lendemain matin, il se réveilla le premier. Skye dormait sur le côté, une jambe en travers de ses cuisses. Son ventre effleurait sa hanche et c'était excitant.

Il la regarda. Elle était toujours aussi délicieuse. Le plus troublant c'est que plus il la prenait, plus il avait envie d'elle. Leur désir, qui semblait réciproque, augmentait au fil des jours.

Il valait mieux qu'il se lève. Une bonne douche froide lui remettrait les idées en place. Délicatement, il repoussa sa jambe et son bras et alla se doucher.

Quand il revint dans la chambre, une serviette nouée autour des hanches, Skye dormait toujours. Qu'avait-elle de si fabuleux que son appétit d'elle demeure insatiable ? Ce n'était pas la plus belle des femmes, encore moins la plus expérimentée.

Non, elle avait autre chose. Elle était unique. Différente de tout et de tout le monde.

Attiré dans le salon par son portable qui sonnait encore, Lazaro décrocha. Il avait un fer au feu, il ne pouvait pas prendre le risque de rater un appel important et de laisser le fameux projet du marché tomber dans l'escarcelle de Gabriel. D'autant que son demi-frère n'était pas le seul, dans les coulisses, à guetter sa chute.

Déjà, hier soir, lors du gala de charité, il avait filé à l'anglaise. C'était une faiblesse qu'il regrettait déjà et qui ne devait pas se reproduire. Il fallait qu'il se concentre sur son objectif, sur ses affaires. Il ne pouvait pas laisser Skye continuer à le distraire de son but. Il avait des priorités et devait s'y tenir.

Les jambes repliées sous elle, Skye sirotait sa tisane, devant la vue imprenable sur Madrid, qu'ils avaient regagnée tôt ce matin. Dès leur arrivée, Lazaro était allé tout droit dans son bureau et elle ne l'avait pas revu.

Entendant un bruit derrière elle, elle se retourna. Lazaro venait d'entrer, il était beau comme un dieu avec son pantalon et son polo noirs. Il tenait à la main un paquet de brochures qu'il vint lui donner.

— J'ai pris rendez-vous pour toi avec un agent immobilier. Il viendra te chercher demain pour te montrer des maisons. Sélectionnes-en quelques-unes et je viendrai les visiter avec toi ensuite.

Elle le regarda.

— Tu fais confiance à mon jugement ?

— Tu es une artiste, non ? Tu as un sens de l'esthétique doublé d'un bon sens pratique. J'ai demandé qu'il y ait des écoles tout près. Vois…

Il consulta sa montre.

— Il faut que j'y aille, j'ai une réunion, ce soir. Tu n'auras pas besoin d'être là. Nous nous retrouverons demain après la visite des maisons.

Quand il se retourna et quitta la pièce, Skye sentit un frisson remonter dans son dos. Elle ressentait la même impression de vide et d'abandon, autrefois, quand sa mère partait, la laissant derrière elle.

Glacée, elle se précipita à la fenêtre et croisa les bras sur la poitrine comme pour se réchauffer. Ou se protéger. C'était terrible, elle détestait être dans cet état-là à cause de lui !

— Oui, je vois, il y a des caméras de surveillance partout, acquiesça Skye, horrifiée à l'idée d'être enfermée dans une maison qui ressemblerait à une prison.

— J'ai deux autres propriétés à vous montrer, proposa l'agent immobilier. On les voit tout de suite ?

Elle déclina et lui promit de reprendre rendez-vous plus tard. Elle ne se sentait pas le courage de faire d'autres visites comme celle-ci. Bien sûr, cette demeure était magnifique. Une autre femme se serait crue au paradis mais c'était trop pour elle, trop luxueux, trop sécurisé, trop éloigné de tout.

Comme ils regagnaient l'appartement de Lazaro, la voiture passa devant un parc.

— Arrêtez-vous, demanda Skye au chauffeur.

Elle descendit et alla s'asseoir sur un banc.

Lazaro ne l'avait pas accompagnée. Évidemment ! Leur avenir le captivait tant qu'il n'avait pas de temps à perdre à visiter des maisons.

En fait, il n'avait pas l'intention de partager sa vie, ni celle de leur enfant, c'était pour cette raison qu'il gardait son appartement.

Il n'avait pas jugé utile qu'elle l'accompagne, hier soir. C'était clair. Il se détachait progressivement d'elle. Un jour, elle ne serait plus pour lui que de l'histoire ancienne.

Elle ressassait ces idées sombres quand elle aperçut, venant dans sa direction, un homme aux cheveux châtains un peu longs, à l'élégance décontractée.

Son cœur s'affola. Bien sûr, c'était lui, Lazaro ! Contrairement à ce qu'elle s'était raconté, il était venu. Elle s'était trompée. Le choix de leur maison ne le laissait pas indifférent.

Folle de joie, elle se levait quand elle se rendit compte de sa méprise. Ce n'était pas Lazaro. D'ailleurs, cet homme-ci était plus petit et moins beau que lui.

Dépitée, elle retomba sur le banc, le cœur en berne. Elle avait donc raison, cette maison ne l'intéressait pas. Il ne se sentait pas concerné.

Toute la semaine suivante, ils se virent peu. La décision concernant l'attribution du chantier du vieux marché devait être prise bientôt, et la tension était à son comble.

Mercredi soir, Skye s'assoupissait sur le canapé en regardant un documentaire à la télévision quand elle entendit Lazaro rentrer. Aussitôt, elle éteignit et se leva. Il entrait dans le salon en défaisant sa cravate. Il avait l'air fatigué.

— Tu es encore debout ! lui lança-t-il en la détaillant des pieds à la tête.

Elle avait passé un pantalon en molleton et une chemise beaucoup trop grande pour elle… Ce n'était pas très chic. Ce n'était certainement pas comme cela qu'elle allait le retenir…

— Mais il n'est même pas 21 heures !

Il avait l'art de la mettre dans l'embarras. Avec lui, elle se sentait toujours coupable de quelque chose. Il devait lui en vouloir pour ses fiançailles rompues.

— Il y a des restes du dîner dans la cuisine. Veux-tu que je te réchauffe un plat ?

Il fit la moue comme si elle avait dit quelque chose d'indécent. Ou qu'il ne voulait pas entendre.

— Non, j'ai dîné au bureau.

Il se passa la main dans les cheveux.

— Je veux que tu saches que ton logo n'a pas été retenu pour notre campagne de promotion.

— Ce n'est pas grave, je l'avais fait pour m'amuser.

Au fond d'elle-même, elle était déçue. Être impliquée dans une affaire sur laquelle Lazaro travaillait lui plaisait. Elle avait l'impression que cela les rapprochait.

— Au fait, j'ai encore visité des maisons. J'en ai vu une que j'aime bien.

Lazaro qui se servait un whisky se retourna.

— C'est parfait. Où est-ce ?

— En pleine ville. Près du parc El Retiro. Les autres ne me plaisaient pas, elles étaient loin de tout.

— Peut-être, mais elles se trouvaient dans le plus beau quartier de Madrid. Là où habitent…

— Tes parents ? Ton frère ? Tout ce que Madrid compte de gens riches ? Non, merci !

Il se rembrunit et reposa son verre.

— Je viens de la rue, Skye. Je n'élèverai pas mon enfant en face du parc où j'ai erré et dormi à la belle étoile.

Elle s'approcha de lui, cherchant à l'amadouer.

— Je te comprends, Lazaro, mais, moi… Je refuse d'élever mon enfant dans un quartier où il ne verra que des domestiques et des chauffeurs sur les trottoirs, où il sera baladé dans une voiture aux vitres fumées d'endroit chic en endroit chic, sans aucun contact avec la vie. La vraie. Je veux qu'il puisse traverser la rue et aller jouer dans le parc. Je veux qu'il s'amuse avec les petits voisins. Qu'il fréquente l'école du quartier. Qu'il mène une vie aussi normale que possible.

Il resta de marbre. Il espérait la trouver couchée, en rentrant, mais elle était debout, dans des vêtements sans forme, avec une chemise qui avait glissé sur son bras et laissait voir un sein magnifique, qui appelait la caresse… Avec ses cheveux à moitié défaits, elle dégageait une sensualité peu commune.

Seigneur, comme il avait envie d'elle ! Là, tout de suite… Il reprit son verre. Une gorgée de whisky allait peut-être le calmer.

— Le tableau que tu dresses d'une vie idéale pour notre enfant n'est pas réaliste, Skye. En tout cas, pas pour des gens comme moi. Ce n'est pas aussi simple.

— Parce que tu te compliques la vie. Tous les jours, tu sors d'ici et il ne t'arrive jamais rien. Pourquoi veux-tu qu'il nous arrive quelque chose ?

Elle ne comprenait donc pas que le bébé et elle seraient des cibles faciles.

— Je sais pourquoi tu tiens à vivre là-bas, reprit-elle. Parce que tu as passé ta jeunesse à épier ce qu'il se passait dans ces maisons, à regarder vivre leurs occupants. Ta famille… Tu rêvais qu'on t'accorde de l'attention et je te comprends. Ça devait être…

Une émotion violente, douloureuse, étrangla Lazaro. Elle le remarqua mais continua.

— Si tu te figures que vivre au milieu d'eux te réconfortera…

— Ça suffit ! J'en ai assez entendu pour ce soir. J'ai du travail à finir. Va te coucher. Nous en reparlerons une autre fois.

Le cœur en miettes, elle le regarda s'en aller. Il aurait suffi qu'il lui prenne la main, elle ne lui aurait pas résisté. Mais il n'avait pas voulu d'elle.

10

Le jour de l'attribution du chantier, le chauffeur de Lazaro vint la chercher à l'appartement. Elle s'était faite belle – petite robe en soie ivoire et caraco assorti – et était même allée chez le coiffeur. Elle voulait faire honneur à Lazaro.

Arrivée au marché, où la décision allait être prise, elle tomba sur Sara, qui était là le jour de leur mariage. Sara était charmante et sa présence soulagea Skye, encore sous le choc de l'échange un peu rude qu'elle avait eu, la veille, avec Lazaro.

Lazaro était là, beau comme d'habitude, et grave. Gabriel Torres, aussi, mais lui paraissait nettement plus détendu. Sûr de lui, presque suffisant.

— Vous savez que votre logo…

— Pardon ? dit Skye, plus occupée à scanner l'assistance qu'à écouter Sara.

— Votre logo… *Señor* Sanchez serait fou s'il m'entendait, mais nous préférions tous votre logo. C'est lui qui n'en a pas voulu. Selon lui, il ne convenait pas au projet.

— Ah, je pensais que c'était votre agence…

Justement, Lazaro approchait. Son assistante s'empressa de partir.

— Je t'emmène t'asseoir, lui dit-il.

Essayant d'oublier ce que Sara lui avait dit, Skye suivit Lazaro qui lui expliqua comment allait se dérouler la séance, puis repartit.

Chacun à son tour, Gabriel Torres d'abord puis Lazaro, exposa son projet. Leur vision du futur marché était très différente. L'une avant-gardiste. L'autre, beaucoup plus conventionnelle, faisait la part belle aux stands traditionnels de fruits et légumes, viandes et poissons auxquels le concepteur adjoignait des ateliers artisanaux, des galeries d'art, quelques restaurants et de petites boutiques.

Très intéressée, Skye écoutait attentivement. L'homme qui parlait avec une sorte de tendresse du futur marché qui devait « garder sa fonction de marché » ne pouvait pas rêver d'une vie dans un bocal en verre, dans une banlieue résidentielle étouffante. Elle le savait.

La présentation terminée, un cocktail suivit. Lazaro vint rejoindre Skye. Il était agité, nerveux. Être en concurrence avec son frère n'était pas simple.

— Bravo, lui dit-elle. C'était très bien.

Il la regarda et allait lui répondre quand il releva les yeux et blêmit.

— Qu'y a-t-il ? Tu me fais peur.

— C'est ma mère.

Skye suivit son regard. Une femme grande et élégante, aux cheveux bruns et au port altier, fixait Lazaro sans bouger.

Sans réfléchir, Skye se leva et se précipita vers la femme qui braquait maintenant sur elle ses yeux verts, interdits, semblables à ceux de son fils. De Lazaro.

Skye posa la main sur son ventre où son bébé bougeait, puis lança sans préambule :

— Comment avez-vous pu abandonner votre enfant ?

La femme resta de glace, mais Skye crut deviner une petite étincelle - triste ? - dans son regard... qui s'éteignit aussitôt.

— Parce que mon milieu est cruel, *señora* Sanchez. Sans pitié. Mais je suis heureuse que mon fils vous ait trouvée.

Sur ces mots, elle se détourna et, chaussant de grandes lunettes de soleil, s'éloigna. Au même instant, une poigne ferme lui saisit le bras. Elle leva les yeux.

Lazaro, blême de colère, gronda :

— Tu te rends compte de ce que tu viens de faire ?

Furieuse, elle dégagea son bras.

— Lâche-moi. Je rentre.

Sans attendre elle sortit, prit le premier taxi qui passait et s'en alla. Mais, cette fois, il ne la rappela pas.

Lazaro regarda le taxi filer.

Malheureux et furieux à la fois, il ne pensait plus. Le marché, le cocktail, plus rien n'existait que son désarroi.

Voir sa mère avait été un coup de poignard dans le cœur. Il l'avait très peu vue depuis sa naissance, et, cette fois-ci, elle était seule et avait dans le regard une sorte de... regret ? De remords ? Comme si elle venait lui demander pardon.

Et puis Skye, telle une furie, s'était jetée sur elle. Il l'avait entendue l'incendier. D'abord furieux contre Skye, il avait dû admettre qu'il avait apprécié ses paroles. Apprécié qu'elle les dise à sa place car lui en était incapable. Parce que les sentiments que sa mère lui inspirait étaient trop douloureux. Trop violents.

Malgré tout, il déplorait l'intervention de Skye. Il se sentait honteux, mal à l'aise, et il lui en voulait.

Une voix derrière lui le tira de ses pensées.

— Alors, Sanchez, on lave son linge sale en public ?

Lazaro se retourna. Gabriel le narguait, l'air cruel, triomphant. Le bras derrière le dos, Lazaro serra le poing. Cette fois, il n'était pas sûr de pouvoir se retenir.

Gabriel sourit, sarcastique.

— Eh bien, vas-y, Sanchez ! Frappe-moi. Cogne. Tu en crèves d'envie depuis le jour où tu nous as suivis, au restaurant.

Sans savoir comment, Lazaro trouva la force de résister. Non, il n'allait pas frapper ce demi-frère qui le provoquait sans cesse.

Il n'en vaut pas la peine, aurait dit Skye.

Ramenant son bras sur le côté, il desserra le poing et ravala son chagrin.

Skye... Il lui en voulait d'être entrée dans sa vie et d'avoir rouvert ses plaies. Il lui en voulait d'avoir besoin d'elle. Il avait toujours fonctionné seul. Il n'avait besoin de personne. Ni maintenant, ni jamais.

Après avoir pleuré toutes les larmes de son corps, Skye allait mieux. Elle se sentait plus calme et attendait le retour de Lazaro. Elle savait ce qu'elle devait faire maintenant. Pour elle et le bébé.

Entendant un bruit, elle se raidit. Lazaro arrivait, cravate défaite et cheveux en pétard. Au lieu de s'inquiéter comme elle l'aurait fait normalement, elle le toisa. Il était contrarié, cela se lisait sur son visage et dans ses yeux.

— De quel droit t'es-tu adressée à ma mère ? Tu l'as agressée !

— Je suis ta femme et la mère de ton enfant. Cela me donne certains droits.

— C'est toi qui le dis !

Soudain, il découvrit la valise posée à côté d'elle.

— Où vas-tu ?

— Je rentre à Dublin. J'ai un vol ce soir. Je ne peux pas continuer comme ça, Lazaro. Ça ne marche pas. Je ne veux pas vivre dans une de tes banlieues dorées, loin de tout, pendant que tu mènes ta vie de ton côté, en ville. Tu me l'as clairement dit, je n'arrive pas en premier dans tes priorités, en conséquence, je rentre chez moi.

Il ne pipa mot, se contenta de la regarder.

— Je sais que c'est toi qui as refusé mon logo alors que tout le monde avait voté pour. C'est ton assistante qui me l'a dit. Et je sais pourquoi ! Parce que tu redoutes que je sois mêlée à tes affaires.

Et à ta vie.

Il lui sembla qu'il rougissait un peu, ce qui ne la réconforta pas pour autant.

— Je me suis renseignée sur le divorce en Espagne. Après trois mois de mariage, on peut divorcer en deux mois. Je veux mettre mon bébé au monde à Dublin. Quand il naîtra, nous aurons été mariés assez longtemps pour pouvoir divorcer.

Elle reprit son souffle avant de poursuivre.

— Je vais prendre contact avec ma mère, je suis sûre qu'elle pourra m'aider après la naissance. Toi et moi discuterons de la suite plus tard. Sois heureux, je te rends ta liberté, Lazaro ! Il te faut une femme comme celles qui évoluent dans ta sphère. Je ne suis pas cette femme-là, je ne le serai jamais.

Craignant d'en dire trop et de trahir sa fragilité, elle se tut.

Sans voix, Lazaro alla à la fenêtre. Il regarda dehors un bon moment et finit par se retourner.

— C'est peut-être une bonne idée que tu t'en ailles un peu. Ce que tu souhaites… Ce que tu demandes, c'est une vie que je n'ai jamais envisagée. Je n'ai besoin de personne pour me défendre, Skye. Je n'ai rien demandé.

Skye sentit les larmes lui monter aux yeux.

— Ce n'est pas une chose qu'on devrait avoir à demander... Sur ce, j'ai appelé un taxi, il faut que j'y aille.

— Non, mon chauffeur va t'emmener. J'espère que tu ne retournes pas dans ton taudis. Sais-tu où tu dors ce soir ?

Le fait qu'il ne cherche pas à la retenir redoubla son envie de pleurer.

— Chez une amie avec qui je travaillais au restaurant. Je resterai chez elle jusqu'à ce que je trouve un appartement.

— Tu auras de l'argent. Tu n'auras pas besoin de travailler.

Elle ne le lui dit pas, mais elle avait l'intention de refuser son argent.

Elle marcha jusqu'à la porte en traînant sa petite valise et se retourna.

— Au revoir...

Elle n'entendit pas de réponse.

Il la laissait partir dans la plus totale indifférence. Elle avait dépassé les bornes, l'autre soir, avec sa mère, et il ne lui pardonnait pas.

Lazaro resta dans un brouillard épais pendant plusieurs jours. Un après-midi, il se retrouva dans un lieu vide, quelque part en banlieue, ne se souvenant absolument pas de ce qu'il venait faire là, si ce n'est, vaguement, d'un rendez-vous avec un agent immobilier pour voir des maisons que Skye avait visitées.

Il n'arrêtait pas de ressasser ce qu'elle lui avait asséné. Qu'il voulait vivre là pour être là où habitaient ses parents... pour les narguer.

Elle lui avait dit que tout cela n'était pas la vraie vie, ou quelque chose d'approchant. Elle avait aussi prétendu que vivre ici ne lui apporterait rien de bon, en tout cas pas la paix. Au fond de lui, il savait que c'était vrai.

Il n'empêche, il aurait voulu voir ses parents ici, avec lui, Skye et le bébé. Il était presque certain qu'ils apaiseraient ses démons.

— Je sais, dit-il, interrompant l'agent immobilier qui lui cassait la tête avec sa sécurité. Je sais que ma femme a visité une maison en centre-ville, près du Retiro. J'aimerais la voir.

Une semaine plus tard

— Vous pouvez entrer.

Lazaro prit son souffle et entra dans le bureau de Gabriel Torres. Celui-ci se tenait debout près de la fenêtre, les mains dans les poches. Décontracté.

— Que me vaut ce plaisir, Sanchez ?

Lazaro avança jusqu'à la table et y déposa une grande enveloppe bien remplie.

— Tu trouveras là tous les éléments qui prouvent que nous sommes parents, Torres. Et même frères. Encore une fois, je ne veux rien de toi, ni de ta famille, seulement que vous reconnaissiez que nous sommes du même sang. J'estime que vous me devez bien ça. De plus, j'ai décidé de me retirer de l'appel d'offres concernant le vieux marché. Je reste convaincu que mon offre est la meilleure, mais ce chantier n'est plus ma priorité. Et oui, tu as raison : une grande part de ma motivation m'était dictée par mon envie de me confronter à toi. Tu es un adversaire de taille, Gabriel, digne d'intérêt, mais j'ai perdu le goût de me battre contre toi.

Il partait quand Gabriel réagit.

— Qu'est-ce qui a changé, Sanchez ?

Lazaro se retourna. Il sourit et comprit qu'il ne s'était jamais senti aussi léger.

— J'ai pris conscience de ce qui a une réelle importance dans la vie… C'est tout.

Il sortit, laissant Gabriel interdit.

Skye avait retrouvé son restaurant avec son animation habituelle du vendredi soir. Son patron l'avait embauchée de nouveau – quelques heures par semaine – ce qui lui permettait de se faire quelques dollars et de penser à autre chose qu'à Lazaro, qui n'avait même pas essayé de la retenir.

Cela faisait quinze jours maintenant qu'elle n'avait pas entendu parler de lui, ce qui voulait bien dire qu'il était passé à autre chose.

Son carnet de commandes à la main et son crayon planté dans son chignon, elle s'approcha, tel un automate, de la première table qu'elle devait servir.

— Vous avez choisi ? dit-elle sans regarder le client.

Tout à coup, une main se posa sur son bras. Sous le choc, elle tituba. Deux yeux verts la fixaient, deux flaques émeraude.

— Skye, s'il te plaît, ne t'évanouis pas.

Le ton autoritaire la ramena à elle. Elle battit des paupières.

Il était là. Lazaro était là. En personne !

Comme si elle avait vu un fantôme, elle recula, si brusquement qu'elle faillit tomber sur la table derrière elle.

— Que fais-tu là ?

— Il faut que nous parlions.

— Je travaille. Ce n'est pas le moment.

Il se leva alors et, sans se soucier du ridicule, ameuta tout le restaurant.

— Cette femme est la mère de mon enfant. Je suis là pour lui parler, mais elle refuse.

Alarmé par la voix – et les rires – le patron arriva sur ces entrefaites.

— Skye, s'il te plaît, allez régler vos comptes dehors.

Il lui prit son carnet de commandes et lui tendit son manteau et son sac.

Elle sortit. Lazaro était déjà dehors, plus chic que jamais dans un pardessus gris foncé.

— Tu te rends compte de ce que tu viens de faire ? Comment as-tu osé ?

— Et toi, il y a deux mois ? Devant mes pairs. Et les journalistes. Comment as-tu osé ?

Cette juste remarque la fit redescendre.

— Que fais-tu là ? Tu aurais pu me téléphoner. Ton assistante avait mon numéro. Que me veux-tu ?

Au lieu de lui répondre, il happa sa bouche pour le plus fougueux des baisers, puis lui souffla :

— Je suis dans le même hôtel que la dernière fois. Viens. S'il te plaît. J'ai des choses à te dire.

Il ne demandait pas, il ordonnait. Le ton était presque menaçant.

— Je te suis.

Ils marchèrent en silence jusqu'à l'hôtel où, un certain soir, il avait pris sa virginité. Comme elle était excitée, ce soir-là ! Et comme il l'avait aimée ! Hélas, depuis, tout avait changé et toute sa vie s'en trouvait bouleversée.

Ils montèrent. Il s'arrêta devant la suite qu'il occupait déjà à l'époque et la pria d'entrer.

Etranglée par le chagrin, elle retint à grand-peine un sanglot.

— Du thé ? Un café ?

Incapable de prononcer un mot, elle fit non de la tête. Elle se sentait tendue, prête à fondre en larmes. Mais il ne fallait pas. Elle n'allait pas, en plus, se ridiculiser devant lui.

Elle fit un effort pour se ressaisir.

— Qu'as-tu à me dire ?

Il planta les mains dans ses poches.

— Je veux que tu viennes à Madrid avec moi. Je veux que le bébé naisse en Espagne. J'ai visité la maison près du parc. Elle est belle. Ce n'est pas un endroit que j'aurais envisagé, mais pourquoi pas ? Il y aura des travaux à prévoir mais ils seront terminés pour la naissance du bébé.

— Pourquoi ? Tu l'as achetée ? Mais... Le parc de l'autre côté de la rue ?

Il haussa les épaules en riant.

— Pour tout te dire, j'ai toujours préféré la ville aux banlieues résidentielles.

— Pourquoi ? Tu vas... vivre avec nous ? Je ne le pensais pas...

— Moi non plus ! Mais, aujourd'hui, j'ai changé et je rêve d'une vie à trois... Tous ensemble.

Agité, il se passa la main dans les cheveux.

— Je vois que cela t'étonne. Tout a vraiment changé pourtant, Skye. J'ai vu Gabriel. Je lui ai laissé un prélèvement de mon ADN et lui ai dit de faire le test de son côté s'il veut savoir si nous avons effectivement un lien de parenté. S'il ne le fait pas, tant pis, ça n'a pas d'importance. Pas plus que l'appel d'offres pour le vieux marché... Ça m'est égal. D'ailleurs, je lui ai dit que je me retirais.

— Mais j'adorais ton projet !

— Peut-être, mais... Gabriel a raison. J'ai concouru plus pour me heurter à lui que pour autre chose. Et toi aussi, tu as raison. J'ai refusé de me servir de ton logo pour essayer de te... rejeter. De t'éloigner. Je ne voulais plus penser à toi.

Il la regarda.

— J'ai été trop dur avec toi à propos de ma mère. J'ai été choqué que tu l'agresses comme tu l'as fait. Je l'ai à peine vue dans ma vie. Nous n'avons jamais parlé ensemble. Ce que je ressens pour elle est ambigu. Je lui en veux mais, le peu de fois où je l'ai vue, elle m'a ému par sa tristesse. Elle me paraît fragile et, sans comprendre pourquoi, j'éprouve une certaine envie de la protéger. Personne n'a jamais rien fait pour moi, Skye. J'ai toujours été seul. Je ne sais pas comment réagir. Je me sens désarmé.

Skye lui répéta ce que sa mère lui avait dit. Que ce monde était cruel et qu'elle était contente qu'il l'ait trouvée.

— Elle a dit, aussi, que rien n'est jamais tout blanc ou tout noir. Plus exactement, que le monde est sans pitié. J'ai pensé qu'elle voulait me faire comprendre qu'elle n'avait pas eu d'autre choix que de t'abandonner.

Il se renfrogna.

— Peut-être, mais nous ne sommes pas là pour parler d'elle.

Prenant une chaise, il s'assit en face d'elle.

— Elle a eu raison sur un point : je ne pensais pas rencontrer un jour quelqu'un comme toi. Tu es un esprit libre. Tu n'es pas le genre de femme à jouer les épouses modèles et pourtant... Je ne veux personne d'autre dans ma vie, Skye. Que toi.

Déstabilisée, elle alla à la fenêtre devant laquelle se déroulaient les pelouses de St. Stephen Green, une mini version du Retiro de Madrid à Dublin, et réfléchit. Lazaro avait fait des efforts. Il cherchait à tout prix à la reconquérir et faisait preuve de bonne volonté. Les concessions qu'il faisait étaient importantes.

— Écoute, dit-elle, dubitative. J'ai passé ma jeunesse avec quelqu'un qui pensait d'abord à lui-même. J'arrivais en second.

Ma mère m'a trimbalée avec elle comme un paquet, dans sa quête de paix ou de je ne sais quel bonheur. Je ne veux pas revivre cela.

Lazaro s'était levé et son ombre portée sur le mur était immense, inquiétante.

— Je veux plus que des concessions, continua-t-elle. J'estime que je mérite mieux. Je trouverai peut-être ce mieux un jour. Pour l'instant, je ne le trouve pas chez toi. Je sais que, physiquement, c'est merveilleux entre nous mais ce n'est pas tout car... ça ne durera pas. La passion, l'amour fou c'est deux ans, Lazaro... Non ?

Pleine d'espoir, elle attendit qu'il la contredise mais il ne dit rien. Comme elle était vulnérable ! Un seul mot aurait suffi pour qu'elle tombe de nouveau dans ses bras...

S'efforçant d'afficher une certaine assurance, elle reprit, plus fermement.

— Quand il n'y aura plus d'amour entre nous, que restera-t-il ? Rien. Rien d'assez fort, en tout cas, pour que dure notre relation. Je croyais que le plus important pour moi, c'était la stabilité, la sécurité, des racines. C'est vrai mais je veux plus que ça. Je veux une vraie vie. Je veux une famille.

Le mot était lâché. Il s'approcha d'elle.

— Non, ne me touche pas. Quand tu me touches, je perds mes moyens, j'oublie tout...

Il prit ses mains et enlaça ses doigts.

— J'ai oublié de te dire une chose, Skye, mon trésor, je t'aime. Je t'aime tellement que cela me fait peur. J'ai compris combien je t'aimais quand je t'ai vue fondre sur ma mère et l'invectiver, mais j'étais trop stupéfait pour réagir. Mon parcours était tout tracé avant que je ne te rencontre mais tu as tout bouleversé. Je n'ai mesuré ma solitude que lorsque tu es entrée dans ma vie. Et, plus je sentais que j'avais besoin de toi, plus je te repoussais. Rechercher ta présence, avoir envie de toi s'apparentaient, pour moi, à de la faiblesse !

Pouvait-elle le croire ? N'étaient-ce pas que de belles paroles pour la faire revenir sur sa décision ?

— Tu ne dis rien. Tu m'entends ?

— J'ai peur moi aussi, Lazaro, murmura-t-elle. Je t'aime tant !

Mais je me suis toujours juré de ne jamais laisser quelqu'un m'approcher... de peur d'avoir mal. Et toi, tu m'as déjà fait mal.

Plongeant dans ses yeux bleus, il prit son visage dans ses mains et, du bout des pouces, essuya les larmes qui lui échappaient.

— Je m'en veux, je m'en veux. Je suis un imbécile. S'il te plaît, dis-moi oui. Viens. Laisse-moi te montrer combien je t'aime.

Il lâcha son visage et, l'air mystérieux, plongea la main dans sa poche.

— Attends. J'ai quelque chose pour toi.

Il s'agenouilla devant elle et prit sa main.

— Je ne t'avais pas demandé de m'épouser. Je t'ai annoncé que nous allions nous marier sans te laisser le choix. Aujourd'hui, tu as le choix. Skye Blossom O'Hara, acceptez-vous de devenir ma femme, la mère de mon enfant et, je l'espère, de nombreux autres bambins ?

Il ouvrit la main et lui montra la bague de fiançailles et l'alliance qu'elle avait laissées sur le guéridon en partant.

Bien sûr qu'elle acceptait ! Elle en mourait d'envie depuis le premier jour, mais il lui demandait d'oublier ce que la vie lui avait appris et de se remettre entre ses mains.

Voyant le tourment qui l'agitait, il reprit :

— J'ai vu le croquis que tu as fait de moi. Il m'a fait peur. Personne ne m'avait jamais vu avant, vraiment vu. Excepté toi. Je crois que c'est la même chose pour toi. Moi, je te vois, Skye. Nous existons tous les deux. Je t'aime et je sais que tu m'aimes, toi aussi. Aie confiance en moi, mon amour. Je ne te laisserai jamais.

Elle plongea ses grands yeux bleus dans les lagons verts.

— Oui, j'accepte de devenir votre femme, Lazaro Sanchez.

Elle s'abandonna dans ses bras, contre son cœur qu'elle sentait battre à l'unisson du sien.

Ils tombèrent à terre, jambes mêlées, corps ardents. Puis se relevèrent et gagnèrent la chambre, impatients de revivre la première nuit de leur amour... Une nuit d'amour qui cette fois durerait toute la vie.

Épilogue

Huit mois plus tard, en Andalousie.

— Bonjour, jolie marmotte, il faut se réveiller !

Skye sourit et attira Lazaro à elle.

— Pas cette fois, insatiable tentatrice… J'ai quelque chose à te montrer.

Il l'aida à s'extraire du hamac suspendu entre deux arbres de l'hacienda.

C'était l'été et l'air regorgeait des parfums des multiples fleurs du jardin.

Skye se leva et sourit à son nourrisson qui dormait paisiblement dans le harnais fixé sur le buste de son père. Il avait quatre mois déjà et elle était fière de le nourrir.

— Qu'as-tu à me montrer ?

Il la prit par la main et monta avec elle au dernier étage de l'hacienda dont elle rêvait de faire son atelier. Il poussa une porte et la laissa s'extasier.

L'espace avait été transformé en atelier, un atelier digne des plus grands artistes. Les ouvertures avaient été agrandies pour laisser passer un maximum de lumière. Il y avait plusieurs chevalets. Des pinceaux, des couteaux, des tubes de peinture. Du papier. Des toiles. Toutes sortes de crayons. Absolument tout ce dont elle pouvait rêver. Les murs étaient blancs pour réfléchir la lumière. Il y avait des tapis, des plantes, des bougies.

— Ça te plaît ?

— J'adore, dit-elle, des larmes plein les yeux.

Il serra sa main.

— C'est à toi. Tu es chez toi, ici. Pour développer le talent de l'artiste que tu es.

Débordante d'émotion et de tendresse, elle se retourna.

— Après Max, c'est le plus beau cadeau que tu pouvais me faire. C'est merveilleux.

Il sécha ses larmes.

— Si c'est aussi merveilleux que le bonheur que je ressens chaque matin, au réveil, près de toi, je vois ce que tu veux dire.

Elle se hissa sur la pointe des pieds et déposa une nuée de baisers sur les lèvres qu'il lui tendait.

— Je t'aime, Lazaro. Tu es mon soleil, mon ciel bleu.

Quand elle retomba sur ses pieds et le regarda, elle vit une immense émotion dans ses yeux et sourit. Les serrant alors tous les deux près d'elle, Lazaro et leur fils, elle les entoura de ses bras. Ils formaient un cercle, une famille, la famille qui leur avait tant manqué, et dont les racines couraient sous la terre de l'hacienda.

ABBY GREEN

La passion de Leonora

Traduction française de
CHRISTINE MAZAUD

AZUR

HARLEQUIN

Titre original :
REDEEMED BY HIS STOLEN BRIDE

Ce roman a déjà été publié en 2020.

1

C'était l'évidence même... Leonora Flores de la Vega ne parvenait pas à détacher les yeux de l'homme qui se trouvait au fond de la salle de réception. Très grand – il dominait la foule d'une tête au moins –, il affichait un air désabusé qui ajoutait à sa dégaine de beau gosse suffisant. Malgré la distance qui les séparait, Leonora était sensible à la sensualité qu'il dégageait. Elle se sentait même attirée par lui comme si un aimant invisible s'était glissé quelque part entre eux.

Elle savait qui était Gabriel Ortega Cruz y Torres. Tout le monde le savait. Il était issu d'une des plus anciennes familles aristocratiques d'Espagne, propriétaire d'hectares et d'hectares de terres dans tout le pays, qui tirait ses revenus de la finance, de vignobles et d'investissements immobiliers... pour ne citer que quelques-unes des sources de son incalculable fortune.

C'était un homme très secret, réputé, aussi, pour son intransigeance, tant au lit qu'en affaires. M. Gabriel Torres, pour faire court, était impitoyable. Célibataire, considéré comme l'un des partis les plus intéressants d'Europe, sinon du monde, il était jeune, beau et riche, donc très convoité. Mais il ne semblait pas pressé de se caser. Lorsqu'il le ferait, ce serait avec une femme au moins aussi enviée et qui respirerait le même air rare que lui.

Mais qu'est-ce que cela peut te faire ? songea Leonora. Comme lui, elle était issue d'un excellent milieu et évoluait dans un cercle huppé, mais là s'arrêtait la ressemblance. Sa famille, en effet, avait dilapidé sa fortune et vivait chichement des fonds que lui procurait l'ouverture de son château au public, juste à l'extérieur de Madrid. Cette situation, que ses parents jugeaient dégradante, tendait même à s'aggraver.

Elle n'avait jamais parlé à Gabriel Torres, et il n'y avait aucune chance pour que cela arrive. Un homme comme lui ne s'abaisserait jamais à considérer quelqu'un qui venait, comme elle, d'une famille ayant perdu tout son lustre. Elle, en revanche, l'avait toujours admiré. Dès l'instant où elle avait posé les yeux sur lui – il avait vingt et un ans, elle en avait douze. Elle le regardait jouer au polo – c'était du temps de la splendeur de sa famille, avant que celle-ci perde tout à cause du penchant de son père pour le jeu, un vice à l'origine de la honte dans laquelle vivaient ses parents, ruinés, qui n'osaient plus apparaître en public.

Ce jour-là, elle n'avait pas réussi à détacher les yeux de ce beau cavalier. Il avait une telle présence, il était si vivant. Lui et son cheval ne faisaient qu'un, unis dans ce que ce sport athlétique avait, en même temps, d'élégant et de fluide. Mais c'était surtout son visage qui l'avait subjuguée. Il était tellement concentré, tellement sérieux.

Elle avait entendu un membre de l'équipe adverse lui crier :

— Hé ! Torres, détends-toi ! C'est un match amical !

Il n'avait rien dit, juste fusillé l'autre du regard. Elle se rappelait qu'elle avait eu mal pour lui et envie de le consoler… De le faire sourire.

C'était ridicule.

Un certain frémissement dans le salon la sortit de sa rêverie. Des centaines d'yeux étaient rivées sur elle. Tout le monde attendait l'annonce qui allait changer sa vie pour toujours.

Prise d'angoisse, elle plaqua la main sur sa poitrine et, discrètement, respira à fond pour recouvrer son calme.

Elle faisait cela pour sa famille. Pour Matias. Elle n'avait pas le choix. Elle était leur seul espoir de rédemption.

Conséquence indésirable de son accès de panique, ses mains devinrent moites. Détachant alors les yeux, non sans mal, de l'homme debout au fond de la salle, elle chercha du regard le seul homme qui aurait dû, à cet instant, occuper ses pensées. Son fiancé, Lazaro Sanchez. Il était beau, lui aussi, avec sa longue chevelure blonde et ses yeux d'un vert étonnant. Il était grand, presque aussi grand que...

Non, elle ne devait plus s'aventurer sur ce terrain-là. Elle était sur le point de se fiancer avec ce Lazaro... qu'elle connaissait à peine. Ils étaient un peu sortis ensemble. Elle n'avait pas ressenti grand-chose lors de ces sorties et ne ressentait toujours rien quand elle était avec lui. Ce n'était pas comme... lui, au fond...

Mais il était gentil et la respectait. Plus important encore, il était disposé à tirer sa famille du bourbier de dettes dont elle ne se sortait pas et, ce faisant, à restaurer sa respectabilité et à assurer l'avenir de Matias. En échange... Comment dire ? Leonora était assez cynique pour reconnaître l'arrivisme quand il était là...

Lazaro Sanchez l'épousait pour se hisser au niveau du monde auquel elle appartenait et y être, enfin, admis. Elle allait devenir son trophée et n'avait d'autre choix que d'accepter.

Elle nota à cet instant le visage peu souriant de Lazaro, alors que Gabriel Torres... Quelque chose lui vint alors à l'esprit, mais, avant de pouvoir approfondir, elle vit quelqu'un faire signe à Lazaro, comme pour lui dire : « C'est l'heure. »

— Lazaro ? murmura-t-elle.

Il la regarda, l'air sombre.

— Quelque chose ne va pas ? Tu sembles mécontent.

Il changea d'expression et lui tendit la main qu'elle prit aussitôt. Rien. Toujours pas d'émotion. Une nouvelle fois, elle s'en voulut de sa bêtise. Elle savait bien que, dans son milieu, on ne se mariait pas par amour. Un mariage était un arrangement entre deux familles. Exactement ce qui lui arrivait.

— Non, non, tout va bien. Je suis juste un peu préoccupé, dit-il.

Incapable de se retenir, elle regarda de nouveau au fond de la pièce. Cette fois, Gabriel Torres croisa son regard. Elle sentit qu'elle rougissait et, machinalement, serra plus fort les doigts de Lazaro.

— Tu vas bien, toi ? s'inquiéta-t-il.

Honteuse, elle se demanda comment, alors qu'elle était sur le point de se fiancer officiellement à un homme, elle ne pensait qu'à un autre.

Se forçant à sourire, elle regarda Lazaro.

— Oui, ça va.

Il lui pressa la main.

— Je suis heureux que tu aies accepté de m'épouser, Leonora. Je pense que nous devrions former un beau couple, je pense que nous pourrons être… heureux.

Le pensait-il vraiment ?

Elle n'avait jamais été claustrophobe, mais là, subitement, il lui sembla que les murs de cette salle immense se refermaient sur elle… Elle commença à suffoquer. Lazaro lui lâcha la main pour la prendre par la taille. L'impression d'étouffement s'aggrava. Il la serra plus fort.

— Tu me fais mal, murmura-t-elle.

— Oh ! pardon ! dit-il, la lâchant aussitôt.

Elle se força à sourire. Plus vite ils auraient annoncé leurs fiançailles, plus vite ils quitteraient ce salon et plus vite son supplice prendrait fin. Car elle manquait vraiment d'air.

Bien décidée à éviter de regarder du côté de Gabriel Torres qui dominait d'une tête tous ceux qui l'entouraient, elle soupira intérieurement. Pourquoi fallait-il qu'il ait une telle présence ? Qu'il soit si magnétique ? Si dérangeant ?

Un serveur s'approcha avec des flûtes de champagne. Elle en prit deux et en tendit une à Lazaro.

— Tes conseillers te font signe. Il est temps de faire ton annonce. Tu es prêt ?

Il choqua son verre contre le sien en la regardant, et elle lut quelque chose d'indéfinissable dans ses yeux.

— Oui. Allons-y.

Il la reprit par la taille, ce qui amplifia l'impression qu'elle avait d'étouffer, et commença son discours que, l'esprit ailleurs, elle n'enregistra pas. Malgré elle, et en dépit des efforts qu'elle faisait, son regard était attiré i-nexo-ra-ble-ment par Gabriel Torres. D'ailleurs, lui aussi la regardait. Avec insistance. C'était même déstabilisant. Elle se mit à trembler…

À cet instant, une voix s'éleva, haletante.

— Attendez ! Arrêtez !

Les cris sortirent Leonora de ses songes. C'était une femme, portant l'uniforme des serveuses, jupe noire et chemisier blanc, qui bousculait tout le monde pour approcher. Un des gardes de la sécurité la ceintura. Avec ses cheveux roux flamboyant en chignon sur le sommet de la tête, elle était plutôt jolie. Elle avait les yeux bleus, très vifs, et regardait Lazaro.

— Il faut que tu saches un... un... un truc, bafouilla-t-elle. Je suis enceinte. De toi.

Stupeur... Le temps parut s'arrêter. Puis la vie reprit mais au ralenti. Lazaro lâcha la taille de Leonora qui regarda la femme. Celle-ci parlait encore, mais Leonora, l'esprit embrouillé sous l'effet de la surprise, ne l'entendait pas.

Lazaro s'avança vers la femme rousse et lui saisit le bras. Elle semblait minuscule à côté de lui. Bizarrement, vu les circonstances, Leonora se dit qu'ils allaient bien ensemble. Elle les vit échanger quelques mots puis les gardes l'emmenèrent.

Lazaro se tourna pour regarder Leonora. À sa mine, elle comprit qu'il était partagé entre choc, colère et remords.

Revenu à sa place, il s'adressa aux invités présents dans le salon. Que leur dit-il ? Mystère !

Bousculée par les sentiments qui se télescopaient dans sa tête, elle ne l'entendait pas, mais une chose était sûre, et elle en avait honte : elle se sentait soulagée... Un soulagement qui s'estompa quand elle vit les invités chuchoter. Certaines femmes la regardaient avec pitié, d'autres avec des sentiments peut-être moins avouables, jubilant – peut-être ? – de voir l'une des leurs mordre la poussière.

Elle avait essayé de faire ce qu'il fallait pour mettre les dettes et la honte de ses parents derrière eux, et voilà qu'elle se sentait aussi exposée que si elle avait été nue. Et *il* était toujours là. Au fond. Et *il* la regardait, avec insistance.

Voyant Lazaro approcher, elle recula d'un pas. Peut-être était-ce une méprise. Une erreur sur la personne.

— C'est vrai, Lazaro ?

Il ne dit rien, mais son silence était éloquent. Il avait l'air coupable.

— S'il te plaît, Leonora..., dit-il lui tendant la main. Laisse-moi t'expliquer.

Donc c'était vrai.

Humiliée, elle secoua la tête.

— Non, je ne t'épouse plus. En tout cas, pas maintenant.

Grâce au ciel, ses parents n'étaient pas là pour assister à cette nouvelle humiliation. Matias non plus. Il l'aurait vue sens dessus dessous et aurait été bouleversé.

Elle regarda autour d'elle, cherchant une issue, mais ne vit que des yeux qui jugeaient ou se moquaient.

— Comment as-tu pu me faire ça ? Devant tous ces gens !

Une dernière fois, elle regarda Lazaro puis posa sa flûte sur une table et s'enfuit ne sachant où diriger ses pas.

Voyant la porte des toilettes, elle s'y engouffra et remercia le ciel en les voyant déserts. Elle s'enferma dans un box et s'assit sur la cuvette.

Elle tremblait, son cœur cognait. Elle inspira de petites bouffées d'air pour tenter de se calmer et commençait à se sentir mieux quand la porte s'ouvrit. Trois femmes étaient entrées, et jacassaient. D'elle bien sûr et de Lazaro.

« Qui va l'épouser maintenant ? Elle était tellement aux abois qu'elle était prête à se marier avec un nouveau riche… mais milliardaire ! »

« Vous savez, vous, d'où il vient ce Sanchez ? »

« Il paraît qu'il vivait dans la rue. »

« Les Flores de la Vega ne s'en remettront pas. Ils n'ont qu'elle et son frère dont tout le monde sait qu'il… »

À la mention de son frère, qu'elle adorait, son sang ne fit qu'un tour. Elle sortit de sa cabine et se dirigea vers les trois commères qui se turent sur-le-champ.

L'une d'elle pâlit, la deuxième piqua un fard, quant à la troisième, elle la nargua. Trop choquée pour dire un mot, Leonora les toisa. Les trois femmes prirent leurs affaires et sortirent en silence laissant Leonora seule avec la certitude que ces trois mauvaises langues allaient continuer leurs commentaires dehors.

Elle s'approcha du lavabo et se rafraîchit le visage, les mains et les poignets. Puis elle se regarda dans la glace, étonnée par le calme de l'image que le miroir lui renvoyait alors que l'orage grondait en elle.

En soupirant, elle se tournait pour sortir quand elle vit une tête surgir. C'était lui, Gabriel Torres. Elle rougit puis frissonna à la pensée qu'il avait été témoin de l'humiliation qu'elle venait de subir en public.

Heureusement, elle n'aurait plus l'occasion de le revoir, car elle ne se montrerait plus nulle part.

Elle prit sa respiration et, raide comme un piquet, sortit, bien décidée à filer à l'anglaise.

Où était-elle passée ?

Gabriel Torres regarda à droite, à gauche... Personne. Aucune trace de la femme aux cheveux noirs vêtue d'une longue robe bustier rouge qui moulait sa silhouette de mannequin, une silhouette qui lui avait fait monter le rouge aux joues et avait mis le feu à ses reins... pour la première fois depuis longtemps. Aucun doute, Leonora Flores de la Vega n'était plus là.

Contrairement à son habitude, ce genre d'impétuosité ne lui ressemblant pas, il éprouvait un besoin frénétique de la retrouver.

Il n'était venu ici, ce soir, que pour voir de ses yeux jusqu'où pouvait aller Lazaro Sanchez pour le narguer. Il ne faisait aucune confiance à cet homme dont chaque décision n'avait qu'un but : se heurter à lui. Dernière en date, Sanchez avait répondu à un appel d'offres – la rénovation des vieux bâtiments du marché couvert de Madrid – uniquement parce qu'il savait qu'ils seraient tous les deux en compétition. C'était du vice.

Récemment, Sanchez était même allé jusqu'à inventer une histoire selon laquelle ils seraient frères, plus exactement demi-frères. Une autre fois, lors d'une réception à laquelle ils assistaient tous les deux, ce Sanchez l'avait abordé. Gabriel l'avait ignoré, exaspéré de l'entendre faire courir le bruit qu'ils étaient apparentés. Alors que Gabriel partait, Sanchez l'avait arrêté et lui avait rappelé le fameux jour où il s'était planté devant son père en affirmant, haut et fort, qu'il était son fils. Cela se passait de nombreuses années auparavant.

Curieusement, Gabriel se souvenait parfaitement de l'incident et du gosse maigrichon qui les attendait à la sortie du restaurant de Madrid. C'était son anniversaire, une des rares occasions où la famille Torres, qui partait à vau-l'eau, présentait un front uni.

Gabriel n'avait jamais été dupe des relations de ses parents. Il était tout à fait possible que son coureur de père ait essaimé et laissé un bâtard en chemin. Dans les grandes familles comme celle des Cruz y Torres, dont les illustres ancêtres remontaient au Moyen Âge, il n'était pas rare que des opportunistes tentent leur chance dans l'espoir d'hériter.

Sanchez pouvait donc être son frère, mais Gabriel le soupçonnait d'avoir inventé cette histoire pour le harceler.

Ironie de la vie, le père de Gabriel, aussi, assistait ce soir à la réception de Sanchez, mais Gabriel l'ignorait. Ils se supportaient à peine, et la raison de la présence de son père ici, ce soir, était simple. Selon Gabriel, c'était soit une femme, soit la perspective de boire jusqu'à plus soif sans débourser un fifrelin, qui l'avait attiré.

Depuis que Sanchez se prétendait de la même famille que Gabriel, on le fuyait. Mais ce soir, toute la haute société était là, car il s'apprêtait à annoncer ses fiançailles avec l'une des femmes les plus convoitées d'Espagne, une femme dont la famille n'avait rien à envier à celle de Gabriel compte tenu de son ancienneté et de ses glorieux ancêtres. Pour Sanchez, un triomphe ! Un mariage avec une femme comme Leonora Flores de la Vega devait l'élever socialement, à un rang où il aurait été, dorénavant, difficile de l'ignorer.

Selon Gabriel, Sanchez avait un drôle d'aplomb, car il était évident qu'il n'épousait pas Leonora Flores pour son argent. Ce n'était un mystère pour personne que sa famille était ruinée en raison de l'addiction de son père au jeu. Leonora tenait son mérite de son beau nom et de ses glorieux ancêtres. Par amour, alors ? Gabriel avait surpris des murmures dans la foule. On chuchotait que Sanchez avait proposé un marché : il rembourserait les dettes de la famille en échange de son entrée dans un monde dont il méritait de faire partie au prétexte qu'il était du même sang que les Torres.

Gabriel ne connaissait pas personnellement Leonora, mais il avait entendu parler d'elle, et leurs chemins s'étaient croisés lors de diverses mondanités. Mais la voir là, ce soir, au côté de

Sanchez... Il y avait quelque chose, chez cette femme qui avait tout de suite capté son attention. Il l'avait encore noté ce soir. Au point qu'il en avait oublié sa haine envers ce Lazaro Sanchez !

Le visage de cette femme, beau et régulier, ne laissait filtrer aucune émotion. Ses longs cheveux noirs, lisses et tirés en arrière, dégageaient ses traits délicats. Elle avait de grands yeux en amande, des cils noirs. Sa bouche pleine suggérait un niveau de sensualité avec laquelle, aux yeux de Gabriel, elle ne semblait pas à l'aise.

Il s'était creusé la cervelle pour se souvenir de la dernière fois qu'il l'avait croisée. Cela ne datait pas d'hier, et elle avait grandi depuis. C'était une femme maintenant, une femme superbe de surcroît.

Gabriel s'était surpris à la dévorer des yeux avec, au fond de lui, la secrète envie qu'elle le remarque. Plus qu'une envie, un besoin. Justement, elle l'avait fait. Le choc qu'il avait ressenti avait été énorme malgré la distance qui les séparait, puisqu'il se tenait au fond de la salle. Cela avait été comme un feu d'artifice, éblouissant, l'évidence terrifiante du désir charnel qu'elle lui inspirait. Il avait su, sur-le-champ, qu'il avait envie de la posséder.

Elle n'avait pas détaché les yeux de lui, et il avait lu comme de la panique dans son regard. De la panique et autre chose encore, de beaucoup plus vertigineux.

Elle le désirait.

Cette certitude, ajoutée au fait de voir Sanchez la tenir par la taille, avait troublé Gabriel et lui avait inspiré quelque chose d'inattendu. Quelque chose d'ardent, de viscéral. Un besoin de posséder. Comme si elle devait être à lui...

Quand Sanchez avait commencé à annoncer ses fiançailles, Gabriel avait été submergé par l'envie inexplicable de fracasser ce qui se déroulait là, mais, juste à cet instant, une voix s'était élevée dans la salle. La voix d'une petite femme rousse qui criait : « Arrêtez tout, je suis enceinte de toi ! » Ou quelque chose comme ça.

Après un moment de stupeur, Leonora s'était sauvée, et Gabriel l'avait regardée s'enfuir sachant immédiatement qu'il allait la suivre. Jamais de sa vie il n'avait éprouvé cette attirance magnétique, quasiment animale, pour un autre être humain.

Il avait regardé Sanchez et, par animosité envers l'homme,

s'était cru obligé de se moquer de sa tentative avortée pour acheter sa respectabilité, et de la vulgarité de la situation, dans laquelle il se trouvait, celle où une femme étalait sur la place publique son drame domestique.

Pour l'heure, Sanchez ne lui occupait plus l'esprit.

Elle était partie.

Une sensation qui lui était inconnue étreignit Gabriel, l'impression, étrange, que quelque chose lui glissait entre les doigts.

Pour un homme à qui rien n'était jamais refusé, c'était inhabituel. Et déroutant.

Suivre une femme quand rien ne le justifiait n'avait aucun sens. Venant de lui, surtout. S'il avait à ce point besoin d'une compagnie féminine, il n'avait qu'à retourner dans le salon et en choisir une. Oui mais… Aucune des femmes qui se trouvaient là ne l'intéressait. C'était *elle* qu'il voulait. Elle seule.

À cet instant, comme par magie, elle apparut. Elle se trouvait dans le hall de l'hôtel, à moitié dissimulée par les plantes vertes, et regardait dehors la bande de reporters qui attendait qu'elle sorte.

Il était hors de question qu'il la perde une nouvelle fois de vue. Et si l'occasion lui était donnée de rappeler à Sanchez où était sa place, il n'allait pas s'en priver.

Leonora pesta tout bas. Entre les palmes des plantes exotiques, elle voyait les cameramans prêts à capturer les images de son couple, souriant, sortant de l'hôtel. Il n'y avait pas d'autres issues possibles. Donc, ils allaient la voir… Soit détalant comme une voleuse, soit…

De toute manière, sans son fiancé.

Elle prenait son courage à deux mains pour affronter une nouvelle humiliation quand, sentant des picotements sur sa nuque, elle se retourna. Gabriel Ortega Cruz y Torres se trouvait quelques pas derrière elle et la regardait.

Mon Dieu ! De près, il était encore plus grand. Plus athlétique. Une mèche de cheveux bruns lui barrait le front. Il avait des yeux noirs, très noirs, des sourcils épais. Un grand nez, droit et noble, et une bouche sensuelle.

Sa lèvre inférieure, cependant, étonnamment charnue, adoucissait ce que son visage exprimait de dur, d'intraitable. Elle se surprit à se demander ce qu'elle ressentirait si elle passait les doigts sur ses lèvres, si elle les embrassait. Elle le voyait volontiers, allongé sur un canapé couvert de plaids et de coussins à ramages rouge et or, sonnant ses domestiques.

Ses maîtresses.

Elle rougit. Elle perdait la tête ou quoi ? Elle ne s'était jamais imaginée embrassant des hommes. À vingt-quatre ans, elle était vierge parce que sa vie avait toujours tourné autour de ses parents, du château familial et de son frère handicapé. Elle avait été plus qu'une sœur pour lui, une mère, depuis que le ciel leur était tombé sur la tête quand sa famille s'était retrouvée ruinée à la suite des dettes de son père. Dès lors, elle n'avait plus eu de temps pour elle. Plus de temps pour une vie normale de jeune fille de son âge. Plus de temps pour sortir et nouer une quelconque relation.

Avant même qu'elle trouve quelque chose à dire, Gabriel s'approcha, environné d'un parfum corsé – poivre noir et jasmin peut-être ? – incontestablement « pour homme ».

— Voulez-vous que je vous aide à sortir d'ici ?

Sa voix était profonde, irrésistiblement sensuelle.

Leonora n'hésita pas, elle acquiesça de la tête.

— Nous allons sortir par l'entrée principale. Ne regardez ni à droite ni à gauche, laissez-vous guider.

Il sortit quelque chose de sa poche – un téléphone portable, nota Leonora – donna un ordre, bref, et le remit dans sa poche.

Il ne l'avait pas quittée des yeux.

— Ma voiture attend dehors. Allons-y.

Aussitôt, il lui prit le bras et traversa la réception avec elle. Alors qu'ils n'étaient pas encore à la porte, les flashs se mirent à crépiter. Dehors on criait, on appelait.

— Leonora... Où est Lazaro Sanchez ?

Ignorant le vacarme, elle fit ce que Gabriel lui avait recommandé et avança, regardant droit devant elle.

Une somptueuse berline gris métallisé était garée le long du trottoir. Le voiturier lui ouvrit la portière avant, et elle se glissa à l'intérieur, sur un siège en agneau plongé plus doux que du satin.

Gabriel prit place à côté d'elle, au volant, et démarra sans attendre. Le luxe de la berline et le silence la réconfortèrent très vite. Elle en avait besoin.

— J'aurais dû essayer de trouver une porte dérobée pour m'enfuir, car je vais faire la une des journaux demain.

Elle sentit le regard de Gabriel posé sur elle.

— Pourquoi dites-vous cela ? Vous n'avez aucune raison d'avoir honte de quoi que ce soit.

Elle avait le cœur qui battait très vite. Elle suivait la main de Gabriel sur le levier de vitesse, sur le volant. De longs doigts puissants. Des ongles courts, coupés net. Masculins.

Elle frissonna.

— Vous n'aviez aucune raison de faire ce que vous avez fait.

Elle avait la voix rauque.

— Non, mais je ne voulais pas vous voir livrée aux chiens !

Elle eut l'impression qu'il était en colère. Pour elle ! Elle le connaissait à peine, pourtant. Bizarrement, elle n'en voulait même pas à Lazaro... Comme si elle était soulagée d'un poids.

— C'est gentil. Merci.

Elle nota alors qu'ils roulaient dans un des quartiers de Madrid les plus huppés. Boulevards bordés d'arbres, restaurants chics et cosmopolites, magasins d'antiquités et boutiques de designers, galeries, beaux immeubles, mélange d'ancien et d'architecture contemporaine.

Un peu gênée, car Gabriel regrettait peut-être maintenant de l'avoir aidée, elle lança :

— Ne vous croyez pas obligé de me ramener chez moi. J'habite de l'autre côté, de toute façon. Déposez-moi là, je vais prendre un taxi.

Il secoua la tête et regarda dans le rétroviseur.

— Je vous le déconseille sauf si vous tenez à être poursuivie jusque chez vous.

Elle se retourna pour voir des motards qui les suivaient. Si, chez elle, au château, on avait suivi sa mésaventure... Quel désastre ! Matias surtout devait être effondré.

— Accrochez-vous ! dit-il soudain. Je vais essayer de les semer.

Il appuya sur l'accélérateur et fonça vers le feu qui passait au rouge. Il négocia quelques virages à quatre-vingt-dix degrés dans des ruelles mal éclairées, sans se soucier de la frayeur de Leonora qui griffait de ses ongles le cuir tendre de son siège.

Brusquement, elle se mit à rire. Finalement, cette course-poursuite était excitante, et puis elle le sentait sûr de lui. Sa conduite lui inspirait confiance.

— Je pense qu'on les a semés au dernier carrefour, dit-il en entrant dans un garage dont le portail s'était levé automatiquement à leur approche.

D'autres voitures, aussi luxueuses que la sienne, étaient stationnées là.

— Où sommes-nous ? demanda-t-elle.

— Chez moi. Vous n'avez qu'à attendre ici qu'ils vous oublient. Vous rentrerez chez vous ensuite. Si vous voulez...

Si vous voulez ?

Elle se tourna vers lui. Il la dévorait du regard, mais son expression était indéchiffrable. Elle perçut tout de même quelque chose, quelque chose qu'elle ne comprenait pas ou ne cherchait pas vraiment à comprendre.

— D'accord. Mais je ne veux pas vous importuner.

— Vous ne m'importunez pas. Ne vous inquiétez pas.

Il défit sa ceinture de sécurité, descendit de voiture et en fit le tour pour l'aider.

— Donnez-moi la main. Ces sièges baquets sont impossibles.

Elle hésita. Lui donner la main ? Alors qu'elle sentait encore, depuis tout à l'heure, la chaleur de ses doigts sur son bras ?

Mais comment refuser ? Elle lui tendit la main qu'il serra. Elle avait eu raison de redouter ce contact, car une décharge électrique remonta jusqu'à son épaule la laissant sans souffle.

— Ça va ? demanda-t-il.

Elle le regarda et sourit. Il était hors de question qu'il voie qu'il l'intimidait, qu'elle était impressionnée... troublée surtout par sa proximité.

— Très bien. Un peu choquée par tous ces paparazzis. Je ne suis pas habituée...

Ce n'était pas comme lui. Il était régulièrement harcelé par une presse avide de ragots sur lui, ce milliardaire qui vivait en ermite.

— De toute façon, il faudra bien que je rentre.

Elle pensa au lendemain, à la réaction de ses parents, à la déception que ce déboire allait leur infliger. Ils comptaient sur elle pour redorer le blason des ancêtres et renflouer leurs finances, pas pour ajouter un nouvel esclandre à la déroute familiale.

— Oh là là ! dit-elle soudain. Je n'ai pas ma cape. Ni mon sac.

— Ne vous inquiétez pas. Je vais les faire livrer ici. Vous n'avez qu'à me suivre.

Une main dans son dos, il la conduisit vers un ascenseur. C'était agaçant. Le simple contact de cette grande main sur elle – sur sa robe – lui faisait un effet incroyable... lui donnait l'irrépressible envie de se pencher vers lui et de s'abandonner dans...

Non, c'était ridicule. Sa réaction était ridicule. Et comme tout ce qui est excessif, elle n'avait pas de sens.

Les portes coulissèrent, et ils entrèrent.

Prudente, méfiante, elle resta le plus loin possible de lui dans la cabine. Quelques étages plus haut, l'ascenseur s'arrêta, et les portes s'ouvrirent sur un loft inondé de lumière avec des œuvres d'art accrochées partout sur les murs. Le mobilier, très contemporain, était rare ; l'espace, net, très dépouillé.

Elle respira à fond. Elle n'avait jamais vu un aussi bel appartement.

Gabriel s'avança vers les baies vitrées et les ouvrit pour laisser entrer un peu d'air, car la chaleur, en ville, en cette fin d'été, était encore oppressante. Il prit son portable dans sa poche et parla à voix assez basse. Sans doute organisait-il la livraison de ses affaires.

Il se tourna alors vers elle et défit nerveusement son nœud papillon. Puis il ouvrit son col de chemise. Troublée, ayant l'impression d'être une voyeuse, elle regarda ailleurs.

— Asseyez-vous, dit-il, lui montrant le canapé.

— Ça va, merci, dit-elle, intimidée bien qu'elle se l'interdise.

Sans cape et sans sac, elle se sentait nue. Décidément, ce qu'elle pouvait être ridicule !

— Vous avez un très bel appartement.

Sans doute en avait-il beaucoup d'autres, tout aussi somptueux, puisque sa famille possédait tellement de propriétés tant en Espagne qu'à l'étranger.

— Je vous offre quelque chose à boire ? Whisky, cognac, champagne, vin, gin…

— Une goutte de whisky, s'il vous plaît.

Il en versa dans un verre et le lui apporta.

— C'est de l'Irlandais. Il devrait être bon.

Leonora prit le verre, l'esprit distrait par le nœud papillon défait qui pendait autour de son cou et la chemise ouverte qui laissait deviner un duvet sombre et une peau bronzée.

— Vous n'y avez pas goûté ?

— Je ne bois pas.

Elle se demanda pourquoi, mais ne posa pas de question. Il dut lire dans ses pensées, car il expliqua que l'alcool affectait le jugement et d'autres facultés encore. L'esprit de décision, entre autres.

— Je l'ai constaté chez mon père, ajouta-t-il. Et cela n'a pas affecté que lui… Son alcoolisme a détruit presque toute la famille.

— Je comprends ce que vous voulez dire, répondit-elle sans s'étendre.

Par chance, il ne releva pas. Elle ne se sentait pas d'humeur à parler des travers de son père. De toute façon, il était sûrement au courant… comme tout le monde. Bizarrement, pour la première fois, l'infortune de sa famille ne la mettait pas mal à l'aise. Sans doute parce qu'il venait de dire qu'il y avait des problèmes dans sa famille aussi.

— Je suis désolé de ce qui vous est arrivé ce soir. Vous ne méritiez pas ça. De toute façon, vous êtes trop bien pour un homme comme Lazaro Sanchez.

Elle but une gorgée de whisky et pressa le verre contre sa poitrine.

— Ne soyez pas désolé. Vous n'y êtes pour rien. Mais, qu'est-ce qui vous fait dire que je suis trop bien pour lui ? Vous ne me connaissez pas !

— Nous venons du même monde, Leonora. Nous n'avons peut-être jamais eu l'occasion de parler ensemble, mais nous savons beaucoup de choses l'un de l'autre. Je ne parle pas des rumeurs qui circulent, évidemment. Je parle des vies que nous menons, de ce que l'on attend de nous, de nos devoirs, de nos responsabilités.

2

Gabriel regardait Leonora avec admiration. Comme choquée par ce qu'il venait de dire, elle le fixait de ses grands yeux gris tel l'océan un jour de tempête.

Très vite, elle détourna le regard et, cherchant à se donner une contenance, but un peu de whisky. Il nota que sa main tremblait et faillit la prendre dans la sienne, mais il se retint. Ce n'était pas l'envie qui lui manquait, pourtant.

Elle était superbe, sans doute la plus belle femme qu'il ait jamais vue, et elle l'attirait. Plus qu'être attiré, il avait envie d'elle. Tout son corps la désirait. C'était si violent que plus rien n'existait que le besoin de la prendre, d'assouvir ce désir. Jamais de sa vie il n'avait expérimenté quelque chose d'aussi fort. Jamais aucune femme ne l'avait excité à ce point.

Il recula – pour ne pas faire de bêtise – et lui montra une nouvelle fois le canapé.

— Asseyez-vous, je reviens tout de suite.

Leonora ne bougea pas. Elle était sous le choc. Le résumé que Gabriel avait fait de leurs existences était saisissant.

« Je parle des vies que nous menons, de ce que l'on attend de nous, de nos devoirs, de nos responsabilités. »

Elle ne s'attendait pas que quelqu'un comprenne ce qu'elle vivait. Elle n'avait aucune vraie raison de se plaindre et, pourtant, souvent, elle se sentait piégée, comme en prison.

Se sentant nerveuse, elle avança vers la grande baie vitrée qui donnait sur une terrasse d'où la vue s'étendait sur tout Madrid.

Il faisait déjà nuit, et le ciel, d'un bleu profond, était piqué de milliards d'étoiles.

Rêveuse, elle se demanda ce que Lazaro pouvait faire à cet instant. Sans doute discutait-il avec la mère de son futur enfant.

Comment avait-il pu lui faire ça ?

Prise d'un accès de jalousie, elle but un peu de son whisky pour tenter de se calmer. Gabriel revenait. Elle voyait son reflet dans la vitre. Il avait enlevé sa veste. En chemise, il semblait encore plus large d'épaules. C'était vraiment un bel athlète.

Elle regarda son propre reflet dans la vitre. Sa robe bustier rouge n'était pas neuve, mais, comme le sont souvent les vêtements vraiment élégants, elle était intemporelle. Ses boucles d'oreilles brillaient comme des diamants ; c'était en fait du zircon, du faux, en somme. Cela faisait belle lurette qu'elle n'avait pas porté de vrais bijoux de famille. Ils avaient tous été vendus pour rembourser une partie des dettes de son père.

Avec ces faux diamants, elle trichait. Et comme elle n'aimait pas tricher, elle rougit de honte et d'humiliation. Pour se réconforter, elle finit son verre puis se tourna vers Gabriel.

— Il faut que je rentre. Mon père et ma mère vont s'inquiéter.

Matias aussi, pensa-t-elle.

Comme chaque fois qu'elle pensait à lui, elle sentit son cœur se serrer. Qu'allait-il se passer maintenant ? S'ils perdaient le château, ce serait la fin. Ils seraient au fond du trou sans la moindre chance d'en sortir. Toute une dynastie éliminée et son héritage dilapidé.

— Non, ne partez pas. Vos affaires ne vont pas tarder à être livrées.

Elle regarda Gabriel. Son visage, dur mais beau, était adouci par une bouche d'une grande sensualité.

Quant à elle, elle était déchirée. Elle aurait aimé avoir l'air à l'aise, comme ces bimbos snobs et sophistiquées qui minaudent, alanguies dans les coussins moelleux de canapés, et jouent les chattes avec des hommes qui écoutent, faussement émerveillés, leur doux babil. Mais ce n'était pas elle, ces attitudes. Cela n'avait jamais été elle.

— Je les prendrai demain. Ça ira.

Plus elle s'éterniserait, plus il verrait qu'il la troublait, et elle ne voulait pas qu'il le remarque.

Il s'approcha pour lui prendre son verre et, ce faisant, lui caressa les doigts. Geste délibéré ou hasard ? se demanda-t-elle. En tout cas, elle retint son souffle. Lazaro pouvait lui prendre la main ou la taille, elle ne ressentait jamais rien. Pourquoi ce quasi-inconnu lui faisait-il un tel effet ?

— À l'heure qu'il est, les journalistes savent sûrement que vos fiançailles sont rompues. Ils doivent être en train de vous chercher pour un scoop. Vous devriez appeler vos parents et leur dire de rester chez eux.

Il avait toujours la main sur la sienne, il ne caressait pas ses doigts, mais c'était tout aussi délicieux.

— Mais... Je ne peux pas rester ici.

— Bien sûr que si. Tenez, prenez mon téléphone et appelez-les.

Il lâcha sa main, et elle s'éloigna.

— Allô, maman ?

— Ah ! Ma chérie.

— Tout va bien, ne t'inquiète pas.

Elle raconta la journée, sans s'étendre, et ajouta qu'elle ne rentrerait pas pour éviter d'avoir à répondre aux reporters et les tenir éloignés de leur domicile.

Sa mère parut déçue et, ensuite, étonnée. Ils avaient déjà eu la presse devant chez eux, ce n'était pas nouveau.

— Comment va Matias, maman ?

Sa mère lui répondit par quelques mots puis elles raccrochèrent.

— Votre frère ne va pas bien ? demanda Gabriel.

— Il a des difficultés d'apprentissage, dit-elle avec un sourire timide. Depuis la naissance. Il est scolarisé en dehors de Madrid, mais il est à la maison en ce moment.

Les visites du château et de ses jardins ainsi que les bijoux et les vêtements haute couture que Leonora vendaient en ligne depuis des années servaient à payer l'école. L'école qu'il aimait et qui représentait sa chance d'affronter sans trop de mal le monde sans pitié des adultes. L'école qu'ils seraient dans l'incapacité de payer s'ils devaient vendre le château, la seule chose qui les maintenait à flot dans un océan de dettes.

— Il est fragile psychologiquement et serait stressé s'il voyait des journalistes dehors ou s'il m'arrivait quelque chose.

— Vous êtes très proches ?

Elle regarda Gabriel, s'attendant à lire sur son visage l'une des expressions qu'elle ne connaissait que trop bien : de la pitié ou une curiosité malsaine. Parfois même, un dédain à peine déguisé. Mais il n'y avait rien de tout cela.

— Très, très proches. Il a dix-huit ans. J'en avais six quand il est né. C'était plus mon poupon que mon petit frère.

— C'était avant que les choses pour votre famille… se gâtent.

Leonora apprécia son tact. Il faisait évidemment référence au fait que ses parents avaient été – en d'autres temps – très en vue dans la vie mondaine espagnole… À tel point, d'ailleurs, qu'ils avaient *oublié* d'être des parents présents et attentifs à leurs enfants. Leur chute n'en avait été que plus rude. Un jour, son père et sa mère avaient même été jetés hors du casino de Monte-Carlo, sa mère accrochée aux basques de son père et pleurant toutes les larmes de son corps.

Pour cette raison, ils vivaient en reclus, aujourd'hui, bouffis de honte, d'où leur désir et la nécessité de se relever par le biais de Leonora.

Elle chassa ces souvenirs parasites.

— Quelque chose comme ça, oui, dit-elle.

Puis elle regarda ailleurs.

— Ce sont vos parents… Pas vous. Vous n'êtes pas comme eux.

— Qu'en savez-vous ? Vous ignorez si je n'ai pas la même addiction au jeu que mon père.

Leonora le regarda. Il s'était rapproché et la fixait étrangement. Un frisson courant dans son dos, elle frissonna.

— Cela m'étonnerait, dit-il.

Il était tout près d'elle maintenant. Si près qu'elle voyait des paillettes dorées dans ses yeux.

Elle secoua la tête.

— Pourquoi faites-vous ça ? Pourquoi ce qui m'arrive vous préoccupe-t-il ? On ne se connaissait pas avant ce soir. Enfin, pas vraiment.

— En effet. Mais nos chemins se sont déjà croisés, et je réalise quelque chose aujourd'hui. Une chose que j'avais déjà notée, en fait : vous n'aimez pas qu'on vous remarque.

Elle soupira. Elle détestait l'idée qu'on la devine aussi facilement.

— Je note encore autre chose…, ajouta-t-il.

Elle le regarda, étonnée.

— Que vous êtes devenue une très belle femme.

Sur ces mots, il fit un autre pas vers elle et, persuadée qu'il allait l'embrasser, elle plaqua la main sur sa poitrine. Elle étouffait. Elle avait chaud, partout. Surtout là où aucun homme ne lui avait encore jamais fait aucun effet.

— J'ai envie de vous, Leonora.

Le temps sembla s'arrêter. Immobile, il la regarda… Elle essayait de comprendre ce qui se passait. Cette chaleur, partout, au creux du ventre, c'était à cause de lui. Il la trouvait belle, il la désirait. *Elle*. Elle qui vivait plus recluse qu'une nonne. C'était incroyable. C'était impossible.

À cet instant, quelqu'un frappa à la porte.

— Ne bougez pas, dit-il. Ça doit être le concierge avec vos affaires.

Elle le regarda s'éloigner, admirant sa démarche féline et ses très longues jambes. Pendant qu'il parlait à la porte, elle s'approcha de la baie vitrée, ayant besoin d'air, d'oxygène. Elle sortit sur la terrasse et inspira une immense bouffée d'air. Le bruit de la circulation qui montait des rues proches la ramena à la réalité.

Elle perdait la tête ou quoi ? Elle n'allait pas tomber dans les bras de Gabriel Torres sous prétexte qu'il lui avait dit quelques mots gentils. À quoi pensait-elle ?

Il était simplement poli et essayait de la réconforter après le traumatisme qu'elle venait de subir… croyait-il ! Car elle ne s'en était pas vantée, mais elle était plutôt soulagée.

De fait, c'était osé d'accepter d'épouser quelqu'un par calcul. Ce n'était pas parce que, dans son milieu, on se mariait sans amour – comme ses parents – qu'elle devait faire de même. Encore que ses parents avaient fini par développer un semblant d'affection l'un pour l'autre, ce qui leur avait permis d'affronter, ensemble donc plus forts, leur dégringolade sociale.

Mais Leonora avait toujours abrité un désir secret pour autre chose. Pour une relation vraie. Pour de l'amour. Du bonheur. Elle voyait des touristes qui visitaient leur propriété, main dans la main, se donnant des baisers, apparemment amoureux. C'était ce qu'elle voulait pour elle.

Elle avait croisé un couple d'Anglais, marié depuis cinquante ans, qui dégageait tellement de tendresse et de bonheur qu'elle en avait rêvé pour elle.

Quand Lazaro Sanchez était sorti avec elle et l'avait demandée en mariage, mettant en avant le fait qu'il rembourserait les dettes de ses parents, elle avait dit oui. Avait-elle eu le choix ? Elle avait une responsabilité, comme avait dit Gabriel. Le nom des Flores de la Vega était plus important que ses espoirs secrets et ses fantasmes d'une vie différente. D'une vie riche d'amour.

« J'ai envie de vous, Leonora. »

Il ne faisait pas froid, mais elle tremblait quand même.

« Vous n'aimez pas qu'on vous remarque. »

Comment un homme qui était à peine plus qu'un inconnu pour elle – même si leurs deux mondes n'étaient pas très éloignés l'un de l'autre – pouvait-il lui plaire à ce point ?

Elle avait toujours eu l'impression d'être incolore et sans saveur. La femme invisible. Elle se tenait toujours en marge à cause d'une timidité qu'elle ne parvenait pas à surmonter. À cause de Matias dont le comportement posait de gros problèmes.

Et, aussi, à cause de ce milieu qui ne lui plaisait pas.

Il lui faisait penser aux cours royales du Moyen Âge avec leurs intrigues et leurs complots politiques. Leur cruauté, également. La façon dont leurs prétendus amis les avaient traités, elle, ses parents et son frère, comme des parias, depuis qu'ils étaient devenus *persona non grata*, l'avait édifiée sur la nature humaine. On les avait écartés. Reniés.

Elle chassa ces pensées, néfastes pour son moral, pour repenser à Gabriel Torres. Lui avait-il vraiment dit qu'il la désirait ? De cette façon ? Si brutale, si directe…

Oui. C'était le genre d'homme à dire, sans détour, ce qu'il voulait et à l'obtenir sur-le-champ.

Leonora regarda la ville illuminée qui s'étendait à perte de vue devant ses yeux. Des millions de personnes y vivaient leur vie. Des millions de possibilités.

Elle soupira. C'était comme si elle avait mis le pied dans un monde étranger où tout pouvait arriver. Ici, elle se trouvait hors du temps, dans un lieu où elle ne pensait jamais mettre les pieds. Avec un homme dont elle ne se serait jamais attendue qu'il connaisse son nom. Encore moins qu'il la désire.

Sauf que ce n'était peut-être pas du désir.

Mais de la pitié.

Humiliée, elle plaqua la main sur sa bouche, mais, entendant un bruit, elle sursauta.

Gabriel. Oh !

Il était urgent qu'elle s'en aille.

Au mouvement de ses épaules, Gabriel vit que Leonora l'avait entendu. Elle s'était raidie. Debout derrière elle depuis un moment sans qu'elle s'en rende compte, il avait eu le temps de l'admirer. Sa silhouette d'abord, et sa peau dorée, et ses cheveux noirs qu'il aurait aimé empoigner pour tirer sa tête en arrière et happer sa bouche.

Il avait commencé la soirée obsédé par Lazaro Sanchez dont il se demandait ce qu'il manigançait, mais maintenant Sanchez était oublié ; c'est cette femme qui le hantait.

— J'ai vos affaires, dit-il.

Elle se retourna, mais il vit qu'elle évitait son regard.

— Merci. Il faut que je me sauve, maintenant. Je vais emprunter la porte de derrière. Personne ne me verra.

Gabriel lui tendit son sac et sa cape qu'elle prit en faisant attention de ne pas le toucher... ce qu'il ne manqua pas de remarquer. Habitué à des femmes qui se jetaient à son cou, surtout s'il leur disait qu'il avait envie d'elles, ce genre de recul était nouveau pour lui.

— Vous tenez vraiment à prendre ce risque ?

Comme pour se protéger, elle enroula sa cape autour de ses épaules et la croisa sur sa poitrine.

— Merci de m'avoir aidée et ne vous inquiétez pas pour moi. Vous en avez déjà assez fait.

Il s'approcha d'elle en la dévisageant. Elle était visiblement troublée et avait les joues rouges. Elle le désirait, c'était sûr. C'était criant !

— Vous n'avez pas entendu ce que j'ai dit ?

Elle resserra sa cape autour d'elle. L'espace d'une seconde, il se dit qu'à l'inverse des femmes qu'il fréquentait, elle ne devait pas être expérimentée en amour, mais cette pensée s'envola aussi vite qu'elle l'avait effleuré. Elle avait vingt-quatre ans. Ne pas avoir d'expérience à son âge, surtout belle comme elle était et dans le monde actuel, tellement cynique, relevait de l'impossible. En fait, elle le faisait marcher ! Elle savait qu'il avait envie d'elle et s'amusait de ses efforts pour lui plaire. Et plus, si affinités...

Sarcastique, il secoua la tête. Il ne se passait jamais rien de très original dans son monde ; dans celui de Leonora non plus, sans doute. Elle lui ferait difficilement croire qu'elle était une gentille bécasse alors qu'elle s'apprêtait à annoncer son mariage, un arrangement financier, en fait, un simulacre d'union, une mascarade... Non, elle n'était pas crédible.

— J'ai envie de vous faire l'amour, Leonora. Et vous aussi vous en avez envie. Je l'ai bien vu, ce soir.

Elle rougit jusqu'aux oreilles.

— Mais... On ne se connaît même pas. Comment est-ce...

— Comment est-ce possible ? C'est que l'attirance physique se joue des conventions sociales.

Elle était crispée, cela se voyait.

— Vous n'êtes pas obligé de faire ça, vous savez...

Son visage exprimait sa fierté aristocratique, et son regard avait changé. Il s'était voilé.

— Je ne veux pas de votre pitié, Gabriel.

Fermement décidée à quitter cet endroit, Leonora passa près de Gabriel, mais il la rattrapa par la main. Sentant des frissons la parcourir, elle serra les dents.

— Vous pensez sérieusement que j'ai pitié de vous ?

L'air incrédule, il fronçait les sourcils.

— Vous n'avez peut-être pas pitié mais vous êtes désolé pour moi. Du coup, vous vous sentez obligé de faire quelque chose pour que je me sente mieux.

Il secoua la tête.

— Je ne suis pas aussi généreux que vous semblez le croire. Je vous ai dit que j'avais envie de vous parce que j'ai *vraiment* envie de vous. N'allez pas chercher plus loin. Et je pense que vous aussi vous me désirez. Vous aviez déjà envie de moi quand vous étiez près de votre fiancé.

Elle rougit de honte et voulut dégager sa main, mais il ne la lâcha pas. Au contraire, il essaya de l'attirer à lui.

— Vous ne me croyez pas ? Je peux vous prouver que j'ai raison de dire que vous me désirez.

Elle savait qu'en se débattant un peu elle pouvait dégager sa main, mais elle savait aussi que si elle le faisait et partait, il ne la retiendrait pas. Il était trop orgueilleux pour s'abaisser à cela.

Elle ne bougea pas. En fait, elle n'avait pas envie de s'en aller. Cette sensation d'être hors du temps, hors de la vie lui plaisait.

Comme s'il percevait son hésitation, il insista.

— Vous n'avez plus personne, maintenant ! Vous n'avez aucune obligation, pas de responsabilités. Nous sommes un homme et une femme qui se désirent, et libres de satisfaire leur attirance mutuelle.

Elle le dévisagea. Était-ce aussi simple qu'il le disait ? Était-elle vraiment libre ?

Où serait-elle, maintenant, si cette femme n'avait pas interrompu l'annonce de ses fiançailles ?

Elle serait dans une situation quasiment identique, mais avec un homme qu'elle aimait bien sans le désirer. Il serait peut-être en train de l'embrasser, et elle ne ressentirait rien, résignée, parce qu'il y avait beaucoup de choses en jeu. L'avenir de sa famille. Celui de son frère…

Elle se mit à penser aux hasards de l'existence, aux vies qui se croisent à des moments précis. Au fait qu'elle aurait pu ne pas être là du tout, qu'elle aurait pu ne pas ressentir ce qu'elle éprouvait à cette seconde, cette folie, cette chaleur sauvage qui courait dans ses veines et enflammait ses sens.

Mais elle était bel et bien là, et Gabriel Torres était on ne peut plus sérieux. Il ne parlait pas pour lui faire plaisir. Ni par pitié. Mais, tout bonnement, parce qu'il la désirait. Et elle aussi le désirait. Juste pour un soir. Une nuit hors du temps.

Ce qu'elle ressentait dans son corps, ce bouillonnement fou devint insupportable. Il avait raison. Ce soir, elle était vraiment libre. Demain, elle retournerait à la réalité et retrouverait les lambeaux de sa vraie vie.

Il fallait qu'elle saisisse cet instant que le sort lui présentait. Cette occasion de connaître l'amour physique avec un homme qui la désirait, non pour ce qu'elle représentait – pour son nom —, mais pour elle.

Gabriel la regarda, essayant manifestement de deviner ses pensées.

Sans dire un mot, ses gestes parlant pour lui, il lui lâcha la main et défit la cape qu'elle avait sur les épaules. L'étoffe qui glissait sensuellement sur sa peau la fit trembler. Elle ne s'était jamais vue comme quelqu'un de sensuel, mais elle se trompait sur elle-même. Ses sens la dominaient. Et il le voyait.

Sans la quitter des yeux, il déposa la cape sur le dossier d'une chaise, prit son sac qu'il posa à terre. Le feu intérieur qui l'exaltait, la dévorait, redoubla de puissance. Elle le sentait envahir son corps, sa poitrine, ses reins. Et elle ne parvenait pas à détacher les yeux de cet homme envoûtant.

— Je vous ai dit que je vous désire et c'est vrai. Je n'ai pas eu envie d'une femme à ce point depuis longtemps. À vous de décider de ce qui peut se passer maintenant.

Elle laissa échapper un soupir. Elle ne s'attendait pas à ce genre de remarque et lui en voulait presque de ne pas l'embrasser et prendre les devants.

Ne sachant que répondre, elle resta sans voix. Elle pouvait prendre ses affaires et lui dire : « Non, désolée, pas maintenant », mais quelque chose s'était éveillé en elle, et il devait le savoir.

Brusquement, elle se sentit très gauche. Une autre femme aurait passé les bras autour du cou de cet homme et se serait serrée contre lui. Tout contre lui. Elle, au contraire, était paralysée par une timidité subite.

Il plissa les yeux et la fixa.

— Leonora, je ne vous force pas... Si vous ne voulez pas...

— Mais... Je veux ! Je vous veux !

Elle s'approcha de lui, à le toucher, et cette proximité, au lieu de lui faire peur, l'excita.

Elle posa les mains sur son torse dont elle sentit les muscles très durs se contracter sous ses doigts. Il était vraiment athlétique.

Il leva les bras et, prenant son temps, commença à lui dénouer les cheveux tout en les caressant. Sa douceur la surprit, la fit même frissonner. Non de désir mais d'émotion.

Soudain, la prenant au dépourvu, il baissa la tête et, sans cesser de la regarder, prit sa bouche.

Dès qu'elle sentit ses lèvres sur les siennes, elle oublia tout ce qui s'était passé et pourquoi elle était là, avec cet homme qu'elle connaissait si peu.

Qu'elles étaient douces ses lèvres ! Et fermes, pourtant. Et elles ne lâchaient plus sa bouche, les gourmandes !

Encouragée par l'ardeur de ses baisers, elle s'enhardit et leur répondit avec la même fougue. C'était merveilleux. Cette langue toute douce qui fouillait sa bouche... Ces cuisses qui se pressaient contre elle... Mais elle voulait plus. Tout son corps criait oui. Il demandait plus de proximité, plus d'intimité. Elle voulait le sentir en elle. Elle était prête à se donner. D'ailleurs, il la serrait de plus en plus fort.

Elle ne pouvait plus ni respirer ni penser, mais elle savait une chose : il ne fallait pas que cela s'arrête. Elle n'avait jamais rien vécu d'aussi fort, d'aussi excitant. Bien sûr, elle avait embrassé quelques garçons dans sa vie, mais ces baisers-là ne lui avaient fait ni chaud ni froid alors que ceux de cet homme, que la bouche de cet homme, la langue de cet homme... le corps de cet homme qui lui faisait sentir son désir... Elle ferma les yeux.

Quand elle les rouvrit et reprit son souffle, il lui fallut quelques secondes pour recouvrer ses esprits. Sans même s'en rendre compte, elle avait empoigné la chemise de Gabriel et la froissait entre ses doigts comme pour l'empêcher de se sauver. Elle était tellement serrée contre lui qu'elle le sentait dur contre son ventre.

Elle aurait dû être choquée. Au contraire. Oubliant toute pudeur, elle ondula contre lui pour le sentir mieux encore, pour s'exciter contre lui s'il en était besoin. Pour l'exciter. Mais lui non plus n'en avait pas besoin.

Il sourit, mais son sourire n'était pas tendre. C'était le sourire d'un homme qui savait où il allait, mais cela n'arrêta pas Leonora. Elle voulait que cet homme soit son premier amant pour que, quoi qu'il arrive ensuite, elle garde cette expérience à jamais en mémoire. Comme un souvenir immortel. C'était pour cela qu'elle lui avait répondu : « je vous veux ! » Parce qu'elle avait compris qu'elle était passée à deux doigts de ne jamais connaître *ça*.

— Faites-moi l'amour, Gabriel.

Il prit une de ses mains et lui enlaça les doigts.

Son cœur se mit à battre très fort dans sa poitrine. Le triangle secret en haut de ses cuisses pulsait lui aussi. Et il était très chaud. Moite et mouillé de désir.

— Vos désirs sont des ordres, Leonora.

Sans ajouter un mot, il la prit dans ses bras et l'emmena dans la chambre. Contrairement au reste de l'appartement, cette pièce était presque monacale. Des murs blancs, quelques meubles contemporains.

Gabriel alluma une lampe qui diffusa une lumière tamisée, bienvenue pour arrondir les angles d'un mobilier, élégant mais anguleux, si différent des commodes et armoires anciennes, énormes et sombres, qui meublaient le château où avaient vécu des lignées de Flores de la Vega.

Elle regarda le lit qui occupait le centre de la pièce, tellement grand qu'il en était indécent. Draps gris foncé, une ribambelle d'oreillers, c'était très masculin et très moderne.

— Venez, Leonora.

Elle cessa de regarder le lit pour fixer Gabriel. Ne perdant pas de temps, il défaisait déjà ses boutons de manchette.

— Retirez vos bijoux, dit-il.

Sans même réfléchir, elle obéit. Totalement soumise, elle allait se donner à cet homme pour une nuit.

Elle ôta ses boucles d'oreilles qu'elle posa près des boutons de manchette sur la commode puis enleva son bracelet. C'était du faux. Il s'en était sans doute rendu compte, mais elle s'en fichait.

— Aidez-moi à retirer ma chemise.

Elle s'avança et, la respiration hachée tant son émotion était forte, commença à la déboutonner. Ce qu'elle devinait de ses muscles l'impressionnait. Elle avait les doigts qui tremblaient, mais avec un peu de chance il ne le verrait pas. La chemise ouverte, elle en écarta les pans et admira son torse. Une belle musculature et un duvet soyeux descendant en V jusqu'au-dessous de sa ceinture.

Il ôta complètement sa chemise qu'il laissa glisser à terre.

— À vous maintenant. Je veux vous voir.

Personne n'avait jamais vu Leonora nue. Bébé bien sûr mais jamais ensuite. Adolescente, à la sortie du collège, ils jouaient tous, garçons et filles, dans le noir, à voir ce qu'ils avaient « dessous ». Ce n'était que des jeux de mains bien innocents. Loin de ce « Je veux vous voir » comminatoire, lancé par ce personnage intimidant et, de toute évidence, homme à femmes.

Avant de réfléchir à ce qu'elle était en train de faire et de se raviser, elle tourna le dos à Gabriel pour qu'il défasse sa fermeture Éclair. D'un revers de main, elle balança ses cheveux sur son épaule gauche et se raidit pour affronter le contact de ses mains sur son dos. Elle sentit soudain son haleine sur sa nuque puis un baiser et le doux contact de sa langue sur son cou. Tout à coup, ses jambes flanchèrent. Elle se trouvait à la merci d'un séducteur consommé, pas du tout en présence d'un jeune homme tout fou à la sexualité débridée.

Il avait des mains expertes qui caracolaient sur sa peau comme pour en apprécier la texture. C'était si excitant qu'elle en eut subitement la chair de poule. Elle avait chaud, pourtant. Plus que chaud. Elle fondait... Il descendit d'un trait sa fermeture Éclair, jusqu'en bas, à la limite de ses fesses. Il y passa la main, et ce qu'elle éprouva fut plus intime qu'un baiser.

— Tournez-vous, dit-il.

Le cœur battant follement, elle s'exécuta. Gabriel la dévorait du regard. Un regard fiévreux, fou de désir. Elle frissonna à la pensée de ce qu'il avait en tête.

Il lui écarta les bras puis les lui ramena le long de son corps. Sa robe glissa sur ses reins découvrant une poitrine dans un soutien-gorge en dentelle rouge sans bretelles.

Il passa les mains derrière son dos pour le dégrafer, et le laissa tomber à terre. Il la regarda un moment sans rien dire.

— Vous êtes encore plus belle que je ne l'imaginais, dit-il enfin.

Il prit ses seins dans ses mains et, du bout des pouces, en caressa les pointes qui se raidirent sous ses doigts lui donnant envie de gémir parce qu'il lui faisait du bien tout en lui faisant mal. Puis il s'arrêta et prit son visage entre ses mains en coupe, cherchant de nouveau à happer sa bouche, mais elle lui saisit les poignets. Elle voulait, elle avait besoin d'autre chose, de beaucoup plus que ses caresses, que ses baisers et ses regards. Elle voulait vivre son rêve.

Le frottement de ses seins nus contre le torse de Gabriel lui fit l'effet d'une décharge électrique. Mais ce n'était rien...

Il baissa de nouveau la tête, laissa sa bouche, sa langue courir sur sa joue, son cou, sa gorge, son sein droit puis le gauche. Il les prit dans ses mains et les happa l'un après l'autre avec gourmandise, comme deux bonbons exquis.

La regardant droit dans les yeux, il s'amusa à les mordiller, se délectant de la voir se tordre de plaisir sous les petites morsures de ses dents, sous les assauts de sa langue.

Bientôt, elle ne put plus s'empêcher de gémir. La voix déformée par l'excitation, elle le supplia d'arrêter, de ne pas arrêter... jamais... de continuer. Elle posa les mains sur sa tête, lui empoigna les cheveux pour le serrer contre elle, lui offrant ses mamelons pour qu'il s'en délecte.

Quand il s'arrêta et releva la tête, Leonora ne tenait presque plus debout. Il saisit le fourreau de soie qui glissa sur ses cuisses et tomba à ses pieds.

Elle n'avait plus que sa culotte et ses bas, maintenant. Avec ses chaussures, dont elle se débarrassa d'un petit coup de pied sur les talons. Ayant perdu quelques centimètres, elle était nettement plus petite que Gabriel qui ressemblait à un géant. Un géant très impressionnant.

Puis, alors qu'elle commençait à flageoler sur ses jambes, il la prit dans ses bras et alla la déposer sur le lit, tout doucement, comme s'il tenait une poupée de porcelaine.

3

Gabriel se demanda comment il avait pu ne pas la mettre dans son lit plus tôt, mais il savait que quelque chose l'en avait empêché. Sa réticence – mais elle jouait sûrement la comédie – l'avait retenu.

Pour un homme qui avait couché avec quelques-unes des plus belles femmes du monde et qui était actif sexuellement depuis l'adolescence, il avait découvert récemment que ses aventures lui apportaient un plaisir modéré – quand elles n'étaient pas simplement décevantes – alors qu'avec Leonora, qu'il n'avait fait qu'embrasser, il venait de vivre une expérience érotique comme il n'en avait pas connu depuis longtemps. Peut-être même jamais.

Ce qu'il avait ressenti en la voyant s'était confirmé. Elle était exquise. Son corps était parfait. Sa peau, de la soie. Ses seins, des merveilles. Et ses mamelons… À cette seule pensée, il saliva. Il avait adoré leur goût et les sentir se raidir au contact de sa langue.

Pour l'heure, elle le regardait, les yeux écarquillés, comme si elle n'avait encore jamais vu un homme. C'était irritant d'être troublé par cette femme qui lui jouait sûrement la comédie. Fallait-il qu'il soit lassé de ses fréquentations habituelles pour se laisser abuser par cette fausse naïve !

Allez, assez joué ! pensa-t-il.

Leonora regarda Gabriel se dévêtir. Il avait un beau corps, musclé et ferme, et un sexe impressionnant.

Une fois nu, il s'allongea sur elle, une main de chaque côté de ses épaules. Gênée à l'idée de le décevoir, elle commença à s'angoisser. *Pourvu qu'il ne se rende pas tout de suite compte de mon inexpérience*, se dit-elle. *Et vais-je avoir mal ? Et s'il est trop... ?*

— Vous n'êtes pas obligée, vous savez...

Il se pencha et prit un mamelon dans sa bouche. Elle se cambra.

— Obligée de quoi ?

Il releva la tête, un sourire diabolique sur les lèvres.

— De jouer les naïves. Vous n'avez pas besoin de jouer ce jeu-là pour m'exciter. Je le suis déjà.

Sans lui laisser le temps de répondre, il happa son second mamelon pour lui administrer la même exquise torture.

Quel jeu ? De quoi parle-t-il ?

Tout aux délices qu'il lui faisait éprouver, elle ne raisonnait plus, ne pensait plus. C'était impossible, c'était trop bon, c'était magique.

Il abandonna ses seins pour descendre plus bas, sur son ventre, son nombril et à la jonction de ses jambes. Il glissa un doigt sous l'élastique de sa petite culotte et tira. Instinctivement elle souleva les fesses, acquiesçant tacitement. Il la lui retira, et les bas suivirent.

Elle était totalement nue maintenant, comme lui. Et elle ne ressentait aucune gêne. Elle avait juste envie... À en avoir mal. Elle se sentait vide. En manque. Comme si un creux, dans son ventre, attendait d'être comblé.

Il la regardait, son regard fiévreux courait sur son corps. Brusquement, prenant conscience qu'elle n'était pas, esthétiquement, *aux normes*, elle éprouva une vraie gêne. Les autres femmes s'épilaient, soignaient leur apparence, même les parties du corps qu'on ne découvre que lorsqu'on fait l'amour. Mais Gabriel ne semblait pas rebuté.

Il posa la main sur la toison noire et frisée entre ses cuisses.

— J'aime qu'une femme ressemble à une femme, dit-il.

Rassurée, elle le laissa écarter ses jambes et fouiller la petite touffe noire sous laquelle bouillait un désir fou. Quand ses doigts la touchèrent, là, toute mouillée, prête, elle poussa un cri. Il la caressa, la caressa encore. Il avait les doigts experts de l'homme habitué aux femmes, qui sait où faire du bien, où exciter, et il n'arrêtait pas.

Brusquement, elle se cambra. Il la taquinait à tel point qu'elle pensa qu'elle mourrait s'il ne la...

À cet instant, il plongea deux doigts en elle, profondément, la libérant d'une tension devenue insupportable. Elle sursauta, gémit, l'appela. Son plaisir était si intense qu'elle cria. Puis, lui saisissant les poignets pour l'empêcher de continuer à la toucher, elle supplia.

— Non !

Mais il ne l'écouta pas.

Gabriel regarda Leonora transfigurée par le plaisir. Elle avait les joues rouges, elle transpirait. Quand elle rouvrit les yeux, il vit qu'ils étaient voilés.

— C'était... C'était...

Il hocha la tête.

— C'était formidable.

Oui, cela avait été formidable. La voir tendue, excitée, ses seins nus montant et descendant au rythme de sa respiration, ses longs cheveux noirs sur l'oreiller...

En hâte, il chercha une protection et la mit.

Il se glissa alors entre ses jambes. Elle était encore chaude et mouillée. Elle le regarda, elle avait les lèvres gonflées de leurs baisers. Il n'avait jamais vu scène plus érotique, n'avait jamais ressenti pareil besoin de se fondre dans une femme.

Il ne pouvait plus attendre.

Il posa les mains sur ses hanches, se positionna là où elle était moite et prête, et plongea d'un coup de reins dans le fourreau le plus chaud, le plus serré qu'il ait jamais connu.

La sensation fut tellement forte qu'il eut du mal à ne pas jouir sur-le-champ.

Alors, surprise incroyable...

Il était sa première fois.

Elle avait les yeux grands ouverts et le fixait, sous le choc.

Il la regarda, stupéfait, comme s'il avait du mal à comprendre qu'elle était vierge.

Heureusement, il ne dit rien.

Il commença à aller et venir en elle, tout doucement, puis passa les mains sous ses reins et la souleva pour plonger plus profondément dans son corps en feu.

Il lui prit alors les bras, les lui mit derrière la tête et les maintint fermement tout en allant et venant en elle. Aucune femme ne l'avait jamais excité à ce point.

— Oui, oh oui ! s'écria Leonora, se tordant de plaisir sous lui.

Soudain, ce fut l'explosion, la magie, un feu d'artifice de sensations, d'émotions, et de douleur exquise.

Elle sentit qu'elle se resserrait autour de lui, autour de ce long membre de chair plus lisse que de la soie qui l'emplissait totalement. Elle lut une expression de souffrance sur son visage, vit qu'il la regardait, ébahi, comme s'il n'avait jamais vu une femme éblouie par le plaisir qu'il lui donnait.

— Oh ! Gabriel ! Gabriel !

Puis elle s'envola dans la nuit étoilée de l'extase.

Désormais, à cause de lui, elle était prisonnière de ses sens et ne s'était pourtant jamais sentie aussi libre.

Quand Leonora se réveilla après un sommeil calme, le jour qui se levait répandait une lumière rose tendre dans tout le ciel. Prenant conscience qu'elle n'était pas dans son lit, elle se rappela qu'il s'était passé quelque chose... Dorénavant, elle n'était plus la même.

Dorénavant, elle n'était plus vierge. Un maître dans l'art de faire l'amour lui avait pris son innocence.

Elle tourna la tête et vit les cheveux noirs de Gabriel à côté d'elle. Puis, curieuse, elle survola son corps des yeux. Il était nu, d'autant plus désirable qu'il était excité et ne cherchait pas à le cacher, et elle avait envie de lui. Que lui avait-il fait pour qu'elle soit ainsi, sens dessus dessous ?

Après avoir fait l'amour, hier soir, elle était tombée dans une sorte de plaisir comateux. Elle s'était réveillée quelque deux heures plus tard tournant le dos à Gabriel qui, serré contre elle, frottait son sexe contre ses reins. Il était chaud, et elle avait adoré.

Gênée, elle empoigna le drap et le remonta sur elle. Quelques heures auparavant, elle était sur le point d'annoncer publiquement ses fiançailles avec Lazaro Sanchez. Et maintenant elle était là, dans le lit d'un homme qui lui avait fait voir le septième ciel et qui n'était *pas* Lazaro Sanchez.

Cela lui ressemblait si peu !

C'était à peine si Lazaro l'avait embrassée une fois sur la bouche. Alors qu'elle était tombée sans résister dans les bras de ce Gabriel !

Elle se sentait une telle responsabilité sur les épaules, et depuis si longtemps – depuis que ses parents avaient tout perdu quand elle était adolescente – qu'elle en avait oublié ce que c'était que désirer quelque chose pour elle-même. D'où le sentiment de culpabilité – d'être égoïste – qu'elle éprouvait en ce moment.

Les journalistes devaient avoir épié, toute la nuit, les allées et venues dans le château familial, alors qu'elle était ici et s'adonnait aux voluptueuses délices de la chair.

C'était comme si des milliers d'années s'étaient écoulées depuis la veille, depuis l'instant où elle avait quitté la maison de ses parents pour s'engager avec Lazaro Sanchez. Et voilà qu'elle se réveillait, ravie et repue, dans le lit d'un autre homme.

Elle se passa une main sur le visage – il était en feu – et repensa à la façon dont Gabriel l'avait regardée. Personne ne l'avait jamais regardée ainsi. Comme si on la voyait vraiment. Comme une femme. Pour ce qu'elle était et non pour ce qu'elle représentait, un nom et... un scandale qui avait anéanti l'honneur de sa famille.

Ah non ! songea-t-elle

Certes, Gabriel Torres était un homme qui avait de l'expérience. Certes, c'était un amant surdoué. Mais il devait regarder toutes ses maîtresses avec ces mêmes yeux ébahis. Elle n'était sûrement qu'une de plus sur une liste déjà longue. Même si elle l'avait intrigué la nuit dernière – il ne s'attendait pas qu'elle soit vierge –, elle doutait fort qu'il souhaite la revoir.

Terrifiée à l'idée qu'il se réveille et voie à quel point il l'avait bouleversée, elle se glissa hors du lit sans faire de bruit. L'entendant balbutier des mots incompréhensibles et se retourner, elle retint son souffle. Comme il ne bougeait plus, elle rassembla ses affaires et sortit de la chambre sur la pointe des pieds. La suite des invités étant vide, elle y entra et s'habilla.

Evitant de se regarder dans la glace, elle se recoiffa tant bien que mal et descendit à la réception où elle demanda au concierge de lui appeler un taxi qui, heureusement, arriva très vite. Les rues, si tôt le matin, étaient calmes, et le trafic très fluide. Dehors, rien qui la distraie de ses pensées. L'homme qui l'avait aimée devait être encore endormi dans son étonnant appartement. Quand il s'étirerait dans son lit après sa nuit de luxure, il ne la trouverait pas, mais s'accommoderait sûrement de son absence. Sa vie de séducteur reprendrait son cours, et il ne penserait plus à elle. Cela, elle en était sûre. La nuit passée avec elle serait vite oubliée, car sa prestation de novice en amour ne l'aurait certainement pas marqué !

Elle avait signé un pacte avec le diable : coucher avec lui une nuit, convaincue qu'une fois serait assez.

Ah ! La bonne blague !

La sensation de vide qui l'étreignait depuis son réveil était saisissante. Une unique nuit avec Gabriel Torres l'avait détruite à vie. Si seulement elle avait pu s'en douter !

Gabriel se réveilla doucement avec un sentiment de plénitude. Satisfait sexuellement. Cela faisait longtemps qu'il n'avait rien éprouvé d'aussi plaisant.

Des images défilant devant ses yeux, il sourit béatement. De longs cheveux noirs, des rondeurs appétissantes, une poitrine ferme et haute avec des pointes dressées comme des boutons de roses… En haut de ses jambes, un duvet noir, bouclé, dans lequel il s'était perdu et avait trouvé un havre. Faire l'amour ne lui avait jamais procuré un tel plaisir.

Et elle était vierge…

Ce souvenir lui fit rouvrir les yeux brusquement, et il se redressa dans le lit.

Elle était vierge…

Encouragé par l'enthousiasme qu'elle manifestait malgré son inexpérience, il avait été incapable de réfléchir à ce que cette relation impliquait.

Elle était vierge, bon sang !

N'empêche, pas une seconde elle n'avait cherché à l'arrêter. Au contraire. Avec ses grands yeux gris affamés, sa bouche avide, elle l'avait encouragé à poursuivre. Et lui, d'habitude si maître de lui, n'avait plus rien contrôlé. Il était vrai qu'il ne demandait pas mieux…

Honnêtement, l'excitation qu'il avait connue avec elle n'était pas due à la seule découverte de sa virginité. Non, c'était elle, son ardeur qui lui avait fait perdre son sang-froid légendaire… Qui lui avait, tout simplement, fait perdre la tête.

Mais où était-elle ?

Il n'y avait aucun bruit dans l'appartement. Intrigué, il se leva, enfila son jean et, alors seulement, remarqua qu'il faisait jour. Effectivement, la rumeur de la ville lui parvenait légèrement. Lui qui ne se levait jamais tard, que lui était-il arrivé ?

À pas de loup, il traversa l'appartement. Elle n'était vraiment pas là. Avait-il tout inventé ?

Il aperçut alors le fond de whisky dans un verre.

Il revint dans sa chambre et vit quelque chose briller sur la commode : ses bijoux qu'elle avait oubliés. Il les prit et les regarda, c'était du faux. Juste pour paraître.

Leonora Flores de la Vega. L'héritière sans héritage, qui avait juste un beau nom. Et une beauté exceptionnelle. Une vierge qui s'était sauvée en le laissant dans son lit.

Aucune femme ne le laissait jamais. C'était lui qui les laissait. Et aucune femme ne le laissait avec cette envie dévorante de la reprendre.

Après seulement une nuit avec elle, il sentait que plus il la prendrait, plus il la désirerait. C'était inouï.

Une nuit avec elle ne lui suffirait pas, serait loin de lui suffire.

Espérant qu'un jet d'eau froide le calmerait, il passa sous la douche. Et recommença à gamberger. Cette Leonora Flores n'était pas comme les femmes qu'il fréquentait d'habitude. Sous une apparente froideur, couvait un feu qui avait commencé à le consumer. Il fallait qu'il retrouve sa raison, trop de gens comptaient sur lui.

Il avait été son premier amant. En plus de la charge érotique de cette surprise, quelque chose de très nouveau pour lui l'obsédait. L'envie de la posséder. Il l'avait déjà éprouvée la veille, quand il avait senti un courant passer entre eux alors qu'elle était près de Sanchez qui la tenait par la taille d'un geste de propriétaire.

Gabriel sortit de la douche et noua un drap de bain autour de ses hanches. Avant de retourner dans sa chambre, il se regarda dans la glace. Il avait trente-trois ans. Il se moquait de ce que ses conseillers les plus avisés lui rapportaient des rumeurs qui couraient sur lui, sur sa vie étrange de célibataire et qui lui recommandaient de donner une image plus classique de lui. En bref, de fonder une famille.

À cette pensée il secoua la tête. Lui, père de famille ? Il savait qu'il le faudrait, un jour, puisqu'il était le dernier de la lignée. Mais après une jeunesse chaotique avec des parents qui se méprisaient, l'idée de se marier le rebutait plutôt. Tiraillé entre la terreur que lui inspirait la notion même de famille et une hypothétique envie d'enfants, il avait décidé que non, il n'aurait pas de descendance. À quoi bon si c'était pour lui offrir l'enfance qu'il avait eue ?

Sa plus jeune sœur avait encore plus souffert que lui de la mésentente de leurs parents, et il se reprocherait toujours de n'avoir pas su empêcher sa descente aux enfers. À l'époque, il était le seul capable de faire tenir debout l'empire Cruz y Torres…

Aussi loin qu'il s'en souvienne, ses parents avaient volé d'aventure en aventure, se mentant réciproquement, devant lui, sur leurs activités à tel point que leur duplicité en était devenue comique. Gabriel était jeune à l'époque, et ses parents lui faisaient honte. Dans le même temps, il s'était pris à rêver d'une existence à des années-lumière du spectacle navrant que lui offraient ses parents, où le couple se respecterait, s'aimerait, serait fidèle. Mais la vie lui avait appris – s'il en était besoin – qu'il était fou d'espérer ce genre de relation quand il avait trouvé sa première petite amie au lit avec son meilleur copain !

Elle lui avait raconté qu'elle avait fait cela pour exciter sa jalousie ! Bien sûr, il ne l'avait pas crue et avait rayé de sa vie cette prétendue amoureuse, et son meilleur copain. Depuis ce jour, il avait aussi rayé de ses rêves ses délires d'ado attardé.

Mais peut-être, aujourd'hui, avait-il rencontré quelqu'un avec qui il pouvait envisager de construire quelque chose. Leonora Flores de la Vega était tellement différente des autres femmes qu'il avait connues.

Elle était belle et très classe, bien qu'elle n'ait pas le sou, car son élégance était naturelle. Et, puisqu'elle était sur le point d'épouser Lazaro Sanchez, elle était libre.

À la pensée de cette beauté dans les bras de Sanchez, il serra les poings. Le miroir lui renvoya l'image d'un homme déterminé.

De toute évidence, Sanchez l'épousait pour gravir l'échelle sociale, pour asseoir sa respectabilité. Peut-être était-ce le signe qu'il devait écouter ce que ses conseillers lui recommandaient et qu'il repoussait avec mépris. Se poser.

Peut-être tenait-il là l'occasion de remplacer ses sempiternels « pas encore » par un « pourquoi pas ? ».

Leonora Flores de la Vega offrait tout ce qu'il attendait d'une union. Il n'était pas vieux jeu au point d'exiger une femme vierge, mais il ne pouvait nier que le fait qu'elle le soit avait excité la *mâle attitude* qui sommeillait en lui. Le fait qu'elle n'ait pas couché avec Sanchez, aussi.

Ils appartenaient au même monde. Elle savait comment fonctionnaient ces mariages. Et après la nuit qu'ils venaient de passer, il n'avait aucun doute : ils étaient sexuellement compatibles. Il avait couché avec elle parce qu'elle lui plaisait. Pour rien d'autre. Sûrement pas pour narguer Sanchez. C'était bien la dernière personne qu'il avait en tête à ce moment-là.

Malgré tout… Maintenant… L'idée de lui montrer, de façon éclatante, qu'une femme comme Leonora Flores de la Vega n'était pas pour lui, était des plus réjouissantes. Lui mettre sous le nez qu'il n'entrerait jamais dans leur cercle – jamais – l'était doublement !

Quand Leonora revint au château après avoir conduit Matias à l'école, elle trouva sa mère qui l'attendait. Elle était blanche et agitée.

— Qu'y a-t-il ? C'est papa ?

— Non, ton père fait la sieste. Mais tu as reçu un coup de fil... de Gabriel Torres. Il demande que tu le rappelles.

Sa mère lui tendit un papier avec un numéro.

Deux jours avaient passé depuis cette nuit torride, extraordinaire. Deux jours partagés entre excitation et honte, et assombris par la certitude que Gabriel Torres ne chercherait sûrement pas à la revoir.

Tout émoustillée, elle prit le mot que lui tendait sa mère.

— Dis donc, ma chérie, tu as dû lui faire forte impression !

Fuyant le regard de sa mère, Leonora rougit. Elle était restée très floue sur sa soirée avec Torres, racontant qu'il lui avait simplement fourni un lieu où se cacher pour échapper à la meute des paparazzis.

Vite, elle chercha quelque chose à dire.

— Je suppose qu'il va me proposer un truc ennuyeux. Bon, je vais le rappeler.

Sa mère, tout excitée, la poussa dehors. Elle avait les joues toutes roses, comme une gamine survoltée malgré ses cinquante-quatre ans.

La boule au ventre, Leonora alla téléphoner dans le bureau du château, sorte de centre administratif où l'on prenait les réservations pour les visites. Visites qui se raréfiaient, car les gens rêvaient d'expérience plus excitante que déambuler dans des jardins entourés de murs délabrés, et marcher dans un château moyenâgeux, poussiéreux, encombré de vieilleries et de portraits d'ancêtres à la triste mine, décédés depuis longtemps.

Sa famille se reposait sur elle. C'était une lourde responsabilité. Elle venait d'avoir une conversation tendue avec la direction du collège de Matias au sujet de sa scolarité impayée.

Des crampes à l'estomac, elle composa le numéro inscrit sur le papier et attendit. Pas longtemps. On décrocha tout de suite. La voix, qu'elle connaissait, lança immédiatement :

— Leonora, c'est vous ?

— Oui, c'est moi.

— Merci de me rappeler.

— Je suis désolée. Je suis partie comme une voleuse l'autre matin, excusez-moi, mais j'ai pensé qu'il le valait mieux.

— Pour qui ? Pour vous ? Pour moi ?

Elle gigota sur sa chaise.

— Les deux. C'était juste une nuit, n'est-ce pas ?

— Mais quelle nuit ! Incroyable.

Sa voix grave, comme enrouée, lui donna des frissons.

— J'aimerais vous inviter à dîner, poursuivit-il.

Leonora refoula les images qui lui semblaient si osées aujourd'hui. Mais si délicieuses...

— Ce soir. Je passe vous prendre à 19 heures.

— Mais je...

— Vous avez d'autres projets ?

Était-ce son imagination ou y avait-il de l'ironie dans sa question ? Évidemment, qu'elle n'avait pas de projets. Et il devait s'en douter.

Elle prit son ton le plus neutre.

— Non, ce soir, je n'ai rien.

— Parfait. Alors, 19 heures. D'accord ?

— OK.

4

À 19 heures, Leonora n'était plus qu'un paquet de nerfs. Pourquoi voulait-il la revoir ? Pour une autre nuit comme celle de l'autre soir ou par curiosité, parce qu'elle le changeait de ses maîtresses habituelles ?

Entendant le ronflement d'un moteur puis le crissement des pneus sur le gravier, elle se crispa. Elle ne se sentait pas d'humeur à le revoir. Elle soupira. Elle se mentait et le savait. Elle n'aspirait qu'à une nouvelle rencontre.

Elle alla vite à la fenêtre pour le voir descendre de voiture. Pas la même que l'autre soir. Celle-ci était noire.

Il était habillé assez simplement, pantalon sombre et chemise à manches longues, cintrée. Il avait un air grave, presque austère.

Se souvenant alors de son sourire diabolique, très sexy, elle piqua un fard.

La sonnette retentit. Elle s'apprêtait à aller ouvrir quand elle entendit des pas précipités dans l'entrée. Sa mère !

Leonora pesta tout bas. Sa chère maman n'avait pas pu s'en empêcher. Il avait fallu qu'elle aille voir qui était l'homme qui avait secouru sa fille le triste jour de ses fiançailles ratées.

Sa mère avait, bien entendu, désapprouvé la conduite de Sanchez. Comparé à ce galant jeune homme – il faisait partie de leur monde – qui avait aidé sa fille, l'ex-fiancé de Leonora ne valait rien. De toute manière, les Flores de la Vega ne l'avaient jamais apprécié. Mais, Leonora ne se faisait pas d'illusions, ses parents n'auraient pas craché sur son argent. Quand nécessité fait loi…

Très vite, elle entendit des voix. Celle, perchée, de sa mère, qui minaudait presque, et celle, très grave, de Gabriel. Elle commença à transpirer. Les mains moites, elle soupira.

Sa robe chemisier en soie noire avec sa large ceinture avait été à la mode quelques années auparavant. Avec sa fente qui remontait jusqu'au milieu des cuisses, elle était peut-être un peu provocante et, en tout cas, vraiment datée. Elle tâta les boutons pour s'assurer qu'elle était bien fermée puis ses cheveux. Elle aurait peut-être dû se faire un chignon.

Les pas approchèrent. Elle croisa les bras puis les décroisa. La porte s'ouvrit. Gabriel apparut, tellement imposant qu'il occupait tout l'espace.

— Leo, c'est M. Torres, lança sa mère, ravie.

Leonora s'avança. Elle tremblait sur ses hauts talons. Que fallait-il qu'elle fasse ? Lui tendre la main ou… ?

Elle n'eut pas à réfléchir longtemps. Posant les mains sur ses épaules, il se pencha et l'embrassa sur les joues. Il sentait bon, une odeur qui n'appartenait qu'à lui, très virile, et qui lui rappelait leur nuit de folie.

— Merci d'avoir accepté mon invitation à dîner, dit-il d'une voix rauque, terriblement sensuelle.

Elle sentit une vague de chaleur remonter le long de ses cuisses et l'envahir. Elle rougit.

— On y va ? ajouta-t-il.

Leonora embrassa sa mère et passa devant lui pour sortir. Après lui avoir ouvert sa portière, il fit le tour de la voiture et se glissa au volant. Mais au lieu de démarrer tout de suite, il la regarda.

— Leo ?

— Oui, c'est Matias qui m'appelait comme ça quand il était petit. Ça m'est resté, bien que mon père déteste ce genre de diminutifs qu'il trouve idiots. Il dit qu'il est inutile de se fatiguer à trouver des beaux prénoms pour en faire *ça* !

Tout en parlant, elle le dévisageait. Elle ne pouvait plus détacher son regard de ses yeux marron pailletés d'or qui la tétanisaient. Il était rasé de près, mais elle n'avait pas oublié sa barbe d'un jour qui la piquait, l'autre nuit. Elle avait adoré ce contact qu'elle avait trouvé si excitant.

— Leo…, répéta-t-il. Ça me plaît. Et ça vous va bien. Cela me fait penser à une lionne… Évidemment !

Il sourit puis démarra.

Leonora n'avait jamais imaginé que voir un homme conduire l'exciterait… Ce soir, pourtant, regarder les mains de Gabriel glisser sur le volant, négligemment, avec une sorte d'assurance nonchalante, la troublait.

Assise à côté de lui, elle avait tout loisir pour le détailler sans qu'il s'en rende compte. Il avait de beaux cheveux épais, coiffés en arrière. Un nez aquilin, marque de sa noble lignée. Le bas de son visage, carré, très marqué, et une bouche d'une incroyable sensualité étaient à damner un saint ! Quant à son corps, ferme, musclé mais élancé, c'était un appel au péché.

Il lui jeta un coup d'œil, et elle s'empressa de regarder ailleurs. Ce faisant, elle nota que les pans de sa robe chemisier s'étaient écartés et laissaient voir ses jambes. Très vite, elle resserra sa robe sur ses genoux et garda les mains posées dessus.

— J'ai déjà vu vos cuisses, Leonora !

Elle piqua un fard. Comment devait-elle réagir ?

— L'autre nuit, je… Comment dire… Je ne me conduis pas comme ça d'habitude.

L'air lui sembla se raréfier dans l'habitacle. Elle osa un coup d'œil vers lui qui regardait sa route, droit devant lui, mais ses mains… Elles glissaient, caressantes, sur le volant gainé de cuir, comme sur une peau… Sur *sa* peau.

— Je vous crois. Mais dites-moi : pourquoi ne pas m'avoir dit que vous étiez vierge ?

Vexée, elle se sentit pâlir, glacée soudain alors qu'elle mourait de chaud. Elle essaya de ne pas lui montrer qu'elle était humiliée.

— Pourquoi m'avoir invitée à dîner, ce soir ? répliqua-t-elle. Puisque vous trouvez que je suis si inexpérimentée… Je suis sûre qu'il y a plein de femmes qui ne demandent pas mieux que de s'amuser avec vous au lit.

Elle vit qu'il la regardait, mais elle l'ignora et continua de fixer la route.

— Vous ne m'avez pas compris, Leonora. Ou, plutôt, je me suis mal exprimé. Je n'ai pas dit que c'était nul. En réalité…

Il toussota.

— En réalité, j'ai vécu avec vous l'expérience la plus érotique de ma vie.

Le prenant mal, elle répliqua qu'elle comprenait qu'elle n'avait été que quelque chose de *différent* pour lui.

— Une nouveauté, ajouta-t-elle.

Le prenant mal à son tour, il s'arrêta sur le bas-côté et la regarda, en colère.

— Non, Leonora. Je ne sors pas avec vous parce que vous êtes une « nouveauté », comme vous dites, mais parce que je vous désire follement.

Il regarda sa bouche et murmura quelques mots qu'elle ne comprit pas puis, sans lui laisser le temps de réagir, il se pencha et, lui empoignant les cheveux pour basculer son visage en arrière, prit ses lèvres. Son baiser fut si violent, si ardent que, machinalement, elle se serra contre lui, dévorant cette bouche qui lui avait donné tant de plaisir.

Quand il cessa de l'embrasser pour reprendre son souffle, elle découvrit qu'elle avait saisi les revers de sa veste... Et ses mains ne voulaient plus les lâcher.

Elle avait la tête qui tournait. Ses lèvres frémissaient. Il l'avait embrassée avec fureur, et elle avait aimé.

Il fronça les sourcils.

— Il ne s'agit pas de nouveauté, Leonora. Ce qui se passe entre nous, ce désir réciproque, est exceptionnel. Rare, croyez-moi... Et je veux beaucoup plus qu'une seule nuit avec vous. Beaucoup, beaucoup plus...

Sans voix, elle le regarda se réinsérer dans le flot de voitures. Ce qu'il venait de dire était, pour elle, énigmatique. Que devait-elle comprendre ? Qu'il souhaitait avoir une liaison avec elle ? Qu'il la voulait comme maîtresse ?

Il faisait fausse route. Elle n'était pas de ce genre-là. Elle naviguait loin des sirènes sophistiquées qu'il fréquentait, en dépit de son enfance privilégiée. Jusqu'à ce que sa famille perde ses privilèges.

Dans le fond, peut-être parlait-il en termes de jours... ou de semaines ? Gabriel Torres entourait ses liaisons de mystère. Il était la discrétion personnifiée… d'où la réputation qu'il s'était forgée. Et une seule et unique femme ne satisfaisait certainement pas bien longtemps un homme comme lui.

Quand elle se rendit compte qu'il s'éloignait de la ville, elle s'inquiéta.

— Où allons-nous comme ça ?

Il lui lança un regard à faire fondre la banquise. *¡Madre mia !*

— Chez moi. Dans ma maison de famille.

— Au château Torres ?

Si c'était là, c'était intimidant. Elle y était allée à plusieurs reprises avec ses parents, pour des galas, des soirées caritatives, des cocktails mondains, et à l'occasion du fameux match de polo. Elle n'y était pas retournée depuis des lustres – revers de fortune oblige —, mais elle se souvenait bien de cette magnifique propriété, intimidante, en effet. En comparaison, le château de sa famille avait tout de la petite maison de campagne.

— Oui. Cela vous convient ?

Elle opina.

C'était sans doute de cette façon qu'il gardait le secret sur ses aventures… En éloignant ses proies des regards curieux…

Elle n'aimait pas l'idée d'être la dernière en date sur la liste déjà longue des conquêtes amenées au château Torres, mais elle se dit qu'elle était ridicule. S'il y avait une liste de femmes avant elle, il y en aurait encore plus après ! À son avis, un homme comme Gabriel Torres n'était pas près de se caser. Elle l'imaginait mal – pas du tout, même – menant la vie rangée du mari bon père de famille.

Il quitta le grand axe pour emprunter une route secondaire et franchit des grilles en fer forgé qui s'ouvrirent automatiquement à son approche. Il baissa sa vitre et salua le gardien.

La famille de Leonora aussi avait des gardes à l'entrée de leur château, mais c'était autrefois, quand il y avait des objets à voler. C'était fini, ce temps-là. Il n'y avait plus rien de valeur.

Gabriel continua sur une allée bordée d'arbres séculaires à travers lesquels on distinguait des pelouses vertes et luisantes comme du velours, puis une masse de bougainvillées et, à perte de vue, des prés. Le château Torres se dressait au bout de l'allée, derrière une fontaine en pierre située au milieu du terre-plein d'où s'élevait un majestueux escalier. L'ensemble était d'autant plus impressionnant que tout était parfaitement entretenu. Par comparaison, la déchéance de sa propre famille n'en était que plus douloureuse.

Gabriel remit ses clés à un jeune homme, surgi de nulle part, et lui demanda des nouvelles de ses examens.

— Reçu partout, monsieur, répliqua le garçon rayonnant.

Prenant la main de Leonora, Gabriel monta les marches. Comme par miracle, la porte du perron s'ouvrit sur le majordome qui salua Leonora.

— Ernesto, je vous présente Leonora Flores de la Vega. Leonora, voici Ernesto. C'est grâce à lui que cette maison tient toujours debout ! Il gère tout.

— Ce n'est pas exact, monsieur, mais merci. *Señorita* de la Vega, je suis heureux de faire votre connaissance.

Il salua encore une fois, charmant Leonora qui lui sourit gentiment.

— Moi aussi, Ernesto.

Elle aimait la façon dont Gabriel parlait à son personnel. Ses parents – et elle en avait honte en y repensant – le traitaient avec condescendance. Aujourd'hui, ils n'avaient plus personne pour les servir.

Toujours main dans la main, ils traversèrent un grand hall puis un patio et se retrouvèrent devant le bâtiment principal où ils entrèrent. De grandes salles de réception, un escalier monumental, des couloirs et de nombreuses pièces laissaient imaginer un train de vie hors du commun.

— C'est grandiose, dit-elle, admirative. J'étais déjà venue, mais je n'avais pas visité l'intérieur de la maison.

Il s'arrêta et, d'un geste de la main, montra les murs et les objets.

— J'ai fait beaucoup de travaux de modernisation. La maison en avait besoin. C'était sombre et glauque, encombré d'antiquités inutiles et de portraits d'ancêtres dans des cadres vieillots moulurés et dorés. Je vais peut-être vous choquer, mais je préfère le style contemporain.

Elle ne put s'empêcher de sourire.

— J'ai l'impression que vous décrivez la maison de ma famille. Elle est tellement surannée.

Elle surprit le regard de Gabriel. Il dévorait sa bouche des yeux et avait l'air fiévreux… Machinalement, elle plaqua une main sur son cœur qui battait trop vite.

— Cela m'a coûté un bras, et m'a donné beaucoup de mal, dit-il. Et ce n'est pas terminé… Voilà dix ans que nous avons commencé. Je ne sais pas si j'en verrai un jour la fin.

Ils continuèrent la visite. Au bout d'un couloir, Gabriel poussa une porte qui donnait sur un grand salon, très lumineux, avec de hautes fenêtres qui ouvraient sur l'arrière du château. Des hectares et des hectares de gazon et de prés dévalaient la colline. Au loin, on apercevait des arbres, un verger apparemment.

— On cultive des citronniers et des oliviers, et on vend les fruits à une coopérative bio, dit-il. Une part de ma restauration vise à faire du château et des terres environnantes un domaine capable de vivre en autarcie, dans le total respect de l'environnement.

Lâchant sa main, il s'approcha d'un placard dissimulant un réfrigérateur dont il sortit une bouteille de champagne pour en verser dans deux coupes.

— Le dîner ne va pas tarder, mais, auparavant, j'ai une demande à vous faire.

Elle but une gorgée du liquide ambré.

— Ah ? dit-elle, ingénument.

Il la regarda sans ciller.

— Oui, Leonora. Une demande… En mariage.

5

Une demande en mariage.

Quel choc ! Elle faillit s'étouffer en buvant une gorgée de champagne.

— Vous voulez dire...

— Oui. Que je vous demande en mariage.

Elle sentit des griffes glacées lui lacérer le dos.

— Mais... Pourquoi ?

— Pour plusieurs raisons. La première, parce que je trouve que nous ferions un couple bien assorti. Je sais aussi qu'il est temps que je me range, ce que mes conseillers me répètent, mais ce projet ne m'a jamais séduit jusqu'à ce que nous nous rencontrions et passions la nuit ensemble.

« La nuit ensemble. » Des images d'un érotisme à peine soutenable défilèrent devant les yeux de Leonora. Tous les deux au lit, jambes emmêlées, son corps d'homme, puissant, viril, allant et venant en elle jusqu'à la faire monter au septième ciel, jusqu'à lui faire connaître la magie de l'extase, une merveille de sensations qu'elle n'avait jamais imaginées et dont elle ne cessait de rêver depuis.

Une pensée germa dans son esprit, qu'elle ne put garder pour elle.

— C'est peut-être parce que j'étais... vierge. Vous êtes peut-être vieux jeu et attaché à ce genre de... principe.

Il leva la main.

— Arrêtez ça tout de suite ! Cela n'a rien à voir. Encore que, je dois l'admettre, savoir que j'étais votre première fois m'a plu au-delà de ce que j'aurais pu imaginer.

Son estomac se noua. Elle devait admettre, elle, qu'avoir donné son innocence à un expert en amour comme Gabriel n'avait pas été déplaisant. Loin de là. De là à se marier ? Quelle pouvait être sa motivation ?

— Vous savez bien que je ne vous conviens pas.

Il fit la moue.

— Vous ne pourriez pas mieux me convenir. Vous répondez à ce que je recherche.

À ce qu'il recherche…

Enserrée à en perdre le souffle par les griffes glacées de l'angoisse, elle se pétrifia. Parlait-il sous l'effet d'un souffle d'érotisme ? Ou d'un sentiment ?

Avec Lazaro Sanchez, la question ne s'était jamais posée. Sans doute parce qu'elle n'avait jamais fait l'amour avec lui.

Elle releva crânement le menton.

— Dois-je vous rappeler que nous sommes des parias dans le beau monde que vous fréquentez ? Cela fait des années que nous ne sommes plus reçus nulle part. Je ne vous vois pas salissant le nom de Cruz y Torres en vous liant à nous.

En réponse à sa remarque, il lui tendit son téléphone portable.

— Tenez, regardez.

C'était une photo prise par un journaliste alors qu'elle montait dans sa voiture, le fameux soir, devant l'hôtel. Elle avait tout d'un lapin pris dans le faisceau de phares et fixait l'objectif, l'air hagard.

— J'évite autant que possible de surfer sur les réseaux sociaux ou de lire les gros titres dans la presse, dit-elle. Ma famille a beaucoup donné… Je ne le supporte plus.

— Si je vous ai montré cette photo, c'est pour vous convaincre que je me fiche que les gens nous voient ensemble. Ils peuvent penser ce qu'ils veulent.

— Mais vos parents ?

— Mes parents ? Ils ne se mêlent pas de ce que je fais. Depuis longtemps, d'ailleurs. C'est plutôt moi qui suis leurs faits et gestes. Mon père passe le plus clair de son temps dans sa maison, en ville ; quant à ma mère, j'ignore où elle se trouve en ce moment. Elle a le bon goût de voir ses amants dans des endroits discrets. Ni l'un ni l'autre n'a de pouvoir sur moi.

— Mais vous avez une sœur plus jeune, non ? Où vit-elle ?

Il eut un sourire presque tendre.

— Ah ! Estella ! Elle m'empoisonne la vie, cette chérie !

Pourquoi souriait-il si c'était un tel poison ?

— Elle vit à New York, où elle est mannequin. Elle va mieux maintenant, mais à une certaine époque ses fréquentations étaient désastreuses.

Après un discret coup à la porte, Ernesto passa la tête.

— Votre dîner est servi, *señor* Torres.

— Merci, Ernesto, nous arrivons.

Leonora se tourna vers Gabriel. Elle n'aurait jamais cru que la mauvaise réputation de sa famille, ruinée, que plus personne ne recevait, le laisse indifférent. Peut-être était-ce un luxe qu'il pouvait s'offrir étant donné son pouvoir.

— Je sais que vous ne vous attendiez pas à ma demande en venant ici, mais la vie est courte, Leonora, et il y a des jeux que je ne pratique pas. Vous êtes la première femme que j'amène au château. Vous êtes aussi la première femme que je demande en mariage.

Gabriel n'était pas habitué à pareille réserve de la part d'une femme. D'habitude, elles étaient moins *subtiles*. Leonora, elle, l'effet de surprise passé, avait très vite repris ses esprits.

— Oui, vous pouvez débarrasser.

Gabriel attendit que la cuisinière ait enlevé leurs assiettes pour interroger Leonora sur ses études.

— Je voulais faire une école de commerce, mais notre vie a changé. Matias était pensionnaire, et comme il revenait tous les week-ends, il avait besoin de moi. En fait, j'ai travaillé au château pour faire rentrer un peu d'argent. Pas assez pour faire les travaux dont il aurait besoin… comme vous faites ici.

Gabriel sauta sur l'occasion.

— Je pourrais vous aider, Leonora.

Elle le regarda, les yeux écarquillés, et rougit.

— Je ne… disais pas cela pour… pour…

— Je le sais bien. Évidemment, si vous devenez ma femme,

j'assurerai votre avenir ainsi que celui de votre famille et me chargerai de faire restaurer votre château.

Prenant son courage à deux mains, Leonora posa la question qui lui brûlait la langue depuis un petit moment.

— Pourquoi voulez-vous vous marier, subitement ?

Il se cala au fond de son siège.

— Parce que vous êtes la première femme qui m'inspire l'envie d'y penser.

— Moi ? dit-elle, abasourdie par sa réponse. Je vous *inspire* l'envie d'y penser !

— J'ai toujours su qu'il faudrait que je me marie un jour. Comme je suis le dernier de la lignée, je dois me marier et fonder une famille. Mais j'ai toujours préféré ne pas y penser. Jusqu'à aujourd'hui…

— Si vous aviez le choix, vous préféreriez rester libre ?

— Avec des si… Je ne m'attache qu'à la réalité, Leonora. Et ça, c'est ma réalité, tout comme la vôtre.

Elle se crispa.

— Et d'abord, qui vous dit que je suis libre ? Le fait que j'avais accepté d'épouser Lazaro ? Je n'ai peut-être pas envie d'être à la charge de quelqu'un.

La gouvernante arrivant avec du café et du thé pour Leonora, Gabriel se leva.

— Nous le prendrons dans le salon, Tulia. Merci.

La femme sortit dans le patio inondé de soleil et posa son plateau sur une table avant de s'en aller.

— Allons-y, dit Gabriel.

Partagée entre l'envie de lui dire qu'elle voulait partir – pour échapper à la tension qui grimpait et devenait insoutenable – et le désir de rester auprès de lui, Leonora hésita et, finalement, le suivit. Il ne disait rien, semblait attendre qu'elle parle. Elle se lança.

— Pourquoi tenez-vous tant à m'épouser quand vous pourriez vous marier avec toutes les femmes que vous voulez et qui vous conviendraient tellement mieux que moi ?

Il ramena sur sa cuisse le bras qu'il avait posé sur le dossier du canapé.

— Pourquoi faites-vous tellement de manières pour m'épouser

alors que vous étiez d'accord pour vous marier avec un homme avec lequel vous n'aviez même pas couché ?

Elle reposa sa tasse puis se leva.

— Il vaudrait mieux que j'y aille, dit-elle, le menton levé. Ce n'est pas parce que j'avais accepté d'épouser un homme que je vais accepter de me marier avec le premier qui se présente après lui !

Elle se tourna pour partir, mais il lui empoigna le bras gentiment pour l'obliger à s'arrêter.

— Une seconde, s'il vous plaît.

Il se passa une main dans les cheveux et les ébouriffa.

— Je crois que je me suis mal exprimé, dit-il. Pardon.

Elle s'adoucit. S'excuser ne ressemblait pas à un homme de pouvoir comme lui.

— Vous voulez bien m'écouter ? poursuivit-il.

Elle se rassit, et il l'imita.

— Loin de moi l'intention de vous prendre pour une femme qui passe d'un homme à un autre. Je vous l'ai dit, je dois me marier et fonder une famille, et personne ne m'avait jamais inspiré cette envie jusqu'à cette fameuse nuit... Jusqu'à vous. Chaque minute que je passe avec vous me conforte dans l'idée que c'est la bonne décision pour nous deux.

Leonora le maudit en silence. Il avait une voix ensorcelante, et tout ce qu'il disait était frappé au coin du bon sens. C'était simplement logique.

— Vous connaissez ce monde, Leo, et vous savez naviguer au milieu de ses écueils. Je pense que vous partagez le même mépris que moi pour les snobs qui y pullulent, mais, comme moi, vous savez que nous avons besoin de lui. Que nous le voulions ou non, nous sommes pieds et poings liés avec tous ces fantoches.

Leo. Qu'il se permette d'utiliser ce diminutif, réservé à sa famille, aurait dû l'irriter. Au contraire, cette familiarité lui fit plaisir. Leo, c'était plus amical, plus intime que Leonora.

— Votre famille et vous avez besoin d'argent. C'est urgent sans quoi Matias ne pourra pas rester dans son collège. Et que ferez-vous si la banque vend votre château pour se rembourser de vos dettes ?

Leonora se glaça.

— Comment savez-vous pour Matias ?

— Je connais une famille dont l'enfant fréquente cette école et donc le tarif pour s'y inscrire.

Elle haussa les épaules. Elle détestait se sentir en état d'infériorité.

— Si nous perdons le château et si Matias doit changer d'établissement, nous nous débrouillerons.

— Vous peut-être. Mais eux ? Vos parents ? Malgré leur descente aux enfers, ils ignorent ce que c'est qu'être vraiment pauvres. Et Matias ? Il a besoin de répétiteurs et de soutien scolaire. Comme il vous faudra travailler, vous ne serez pas là tout le temps pour l'aider.

Il avait raison, elle le savait. S'ils devaient quitter leur château, ses parents dépériraient dans un petit logement, si tant est qu'ils puissent en louer un. Quant à Matias… il serait le sacrifié. Elle avait beaucoup plus mal au cœur pour lui que pour ses parents.

— Et il y a autre chose, ajouta-t-il de sa belle voix de basse.

Cette voix, si sensuelle, qui lui donnait la chair de poule.

— Nous avons très envie l'un de l'autre, poursuivit-il.

Évidemment, elle l'avait noté, elle aussi, mais sa remarque était un peu directe. M. Torres n'avait pas de temps à perdre, il ne tournait pas autour du pot !

— Et croyez-moi, c'est une raison suffisante pour s'engager, ajouta-t-il. Socialement, nous sommes du même milieu. Sexuellement, nous nous entendons mieux que bien. Nous sommes la combinaison parfaite.

Ne comprenant pas elle-même pourquoi elle lui opposait une telle résistance, elle lui répondit que, de toute façon, cela ne durait jamais.

— Et ensuite ? ajouta-t-elle.

Il haussa les sourcils.

— La *suite* ne vous a pas beaucoup préoccupée quand vous avez accepté d'épouser Sanchez… avec qui vous n'aviez même pas couché !

Vexée, elle se leva et alla à la fenêtre.

Quelle hypocrite, elle était ! Elle savait qu'elle faisait l'autruche et cherchait à se duper elle-même. Mais comment lui faire comprendre le fond de sa pensée ? Qu'elle trouvait plus facile d'épouser un homme avec lequel il ne s'était rien passé – parce que cela ne l'avait même pas tentée – qu'épouser celui avec lequel elle avait partagé ce qu'un homme et une femme peuvent partager de plus intime, cet homme qu'elle désirait avec tant de violence qu'elle en souffrait physiquement ?

Hélas ! la chimie seule n'expliquait pas tout. Gabriel n'était pas qu'un beau corps infiniment désirable. Il la touchait aussi émotionnellement.

Elle avait grandi dans un monde où il était de bon ton de ne jamais exprimer ses sentiments, d'où son apparente froideur. Ses parents n'avaient jamais apprécié son affection pour Matias. Quand ils l'avaient envoyé poursuivre sa scolarité dans cet établissement spécialisé, ils lui avaient expliqué que c'était : « parce que ton frère s'attache trop à toi. » Elle en nourrissait depuis un sentiment de culpabilité, même si elle avait fini par comprendre que les véritables raisons de l'éloignement de son frère étaient tout autres. En réalité, il était nécessaire, pour son développement, que Matias soit dans un environnement approprié.

Gabriel regarda Leonora. Elle était belle, élégante et gracieuse. Elle était parfaite. Pour lui. Pour sa vie. Mais elle lui résistait. C'était blessant. Apparemment, elle n'avait pas fait autant d'histoires pour accepter d'épouser Sanchez.

Il se leva et s'approcha d'elle, furieux de la voir les bras croisés sur la poitrine comme pour se protéger de lui.

— Vous étiez amoureuse de Sanchez ? demanda-t-il, incapable de se retenir. Si c'est ça, dites-le.

— Certainement pas ! rétorqua-t-elle, choquée. Comment pouvez-vous me demander cela ? Pensez-vous vraiment que j'aurais couché avec vous si je l'avais aimé ?

Sa réponse, bien que négative, lui inspira un sentiment de jalousie qu'il détesta.

— J'ai honte de l'admettre, mais je pense que je trouvais commode de me marier avec lui parce que ce n'était qu'un arrangement financier, ajouta-t-elle. Je ne me faisais aucune illusion. Je sais que, dans notre milieu, on se marie pour des raisons qui n'ont rien à voir avec l'amour. C'est pourquoi me marier parce que je désire un homme...

Il serra le poing pour ne pas lui caresser la joue comme il en brûlait d'envie.

— Vous trouvez cela... nul ? Je veux dire, vous pensez que c'est une mauvaise chose ?

Ses grands yeux gris cherchèrent les siens comme pour y trouver une réponse.

— Heu... Non... Je ne sais pas.

Il s'approcha d'elle.

— Je vais vous montrer quelque chose, Leo.

Se rendait-il compte qu'il lui infligeait un supplice ? Que son corps contre le sien déchaînait en elle l'envie d'être à lui comme l'autre nuit ? Qu'elle rêvait de le sentir, dur et lisse, glisser dans ce qu'elle avait de plus intime et d'être emmenée au septième ciel ?

Elle comprit qu'elle était vaincue. Qu'il allait la convaincre et qu'elle allait se laisser faire.

Jusqu'à la dernière seconde, elle essaya de se persuader qu'elle allait dire non, mais, quand il lui saisit le visage entre ses mains en coupe et prit sa bouche, elle sut qu'elle se mentait. Elle ne demandait qu'à se laisser faire...

La sentant prête, il la souleva dans ses bras et l'emmena dans sa chambre. Là, il la déshabilla, lui enleva sa ceinture, déboutonna sa robe qu'il fit glisser sur ses hanches et ses jambes. Puis il dégrafa son soutien-gorge et pressa les mains sur ses seins.

Il l'allongea sur le lit, lui retira sa culotte, écarta ses jambes et l'embrassa juste là, jusqu'à ce que, ayant empoigné le drap et le serrant entre ses dents, elle le supplie d'arrêter. Mais il ne l'écouta pas et continua.

Brusquement, sous l'effet de cette douce torture et du ravissement procurés par les assauts de sa langue, elle se mit à trembler quand le plaisir déferla entre ses cuisses en vagues successives.

Alors qu'elle gémissait, les yeux fermés, encore dans les limbes de l'extase qu'elle venait de connaître, il la pénétra, lui coupant le souffle.

Epuisée mais heureuse, ondulant sous lui, elle le laissa aller et venir en elle, de plus en plus fort, de plus en plus vite. Ils ne faisaient plus qu'un, et c'était le bonheur. Bouleversée, les larmes aux yeux, elle se tendit pour mieux le sentir, se cambra pour mieux s'offrir, le suppliant de lui donner l'ultime coup de reins.

À cet instant, il s'immobilisa.

— Regardez-moi, dit-il.

Elle rouvrit les paupières et le vit, appuyé sur les mains, le bas de son corps ne faisant plus qu'un avec le sien. Ses muscles étaient tendus par l'effort qu'il faisait pour se retenir, et son visage était rouge, ses yeux fiévreux.

C'était vertigineux. Un coup de reins, et ce serait la chute au fond du précipice, mais elle serait libérée.

Mais il ne bougeait pas. Comme elle soulevait les hanches, il la repoussa. Elle l'implora mais il lui répondit par un sourire. Elle était sous lui, nue, à sa merci. Pourtant, elle sentait chez elle un certain pouvoir, le même pouvoir que lors de la première nuit qu'ils avaient passée ensemble. Un pouvoir terriblement féminin.

Sous l'effet de l'effort qu'il faisait pour résister au plaisir, il se mit à trembler.

— Que voulez-vous ? dit-il.

Le soupçonnant de vouloir autre chose qu'un simple « oui, s'il vous plaît, prenez-moi », elle s'entendit lui répondre :

— Vous... J'ai envie de vous, Gabriel.

Il ne bougeait toujours pas.

Alors qu'elle allait l'implorer de la prendre, il donna le coup de reins salvateur, lui arrachant un cri.

Le lendemain matin, Leonora se réveilla, le sourire aux lèvres, avec un sentiment de contentement. Il lui fallut quelques secondes pour prendre conscience de l'endroit où elle se trouvait et de la raison de sa sensation de plénitude.

Il l'avait demandée en mariage.

Ils avaient fait l'amour.

Elle frissonna sous le drap. Elle était seule dans la chambre de Gabriel, très différente de celle de son appartement en ville. Sans fioritures, sans chichis. Comme lui, au fond. Droit au but. « J'ai envie de vous faire l'amour ».

Sortant du lit, elle enfila le déshabillé posé sur le dossier d'une chaise puis entra dans la salle de bains. Quand elle se regarda dans la glace, elle se renfrogna en voyant ses yeux brillants et ses joues rouges. Idiot de corps qui la trahissait !

Elle se mit à marcher de long en large, sachant que Gabriel lui demanderait sa réponse dès qu'ils se reverraient.

Grâce au ciel, il ne lui avait pas reposé la question cette nuit, quand elle était au nirvana, car elle n'aurait pas hésité et lui aurait tout de suite dit oui, pour que dure toute sa vie ce feu d'artifice, cet éblouissement.

Grâce à lui, elle se sentait vivante comme jamais, même si cela lui faisait peur. Car elle redoutait de souffrir, d'avoir le cœur brisé… un jour. Elle avait trop vu ses parents se faire du mal… Se déchirer.

Refoulant ces images tristes, elle imagina, au contraire, une famille heureuse, normale. Gabriel revenant de son travail, le soir. Il prenait ses enfants dans les bras puis la serrait contre lui et l'embrassait tendrement. Ce bonheur-là n'était sans doute qu'un fantasme…

Elle jeta un coup d'œil dans le miroir. Elle avait, maintenant, les yeux bien ouverts et l'esprit clair, et la raison lui disait de dire non à Gabriel. Mais quel choix avait-elle ? Il fallait qu'elle se marie parce qu'elle était responsable de sa famille. Si ce n'était pas avec Gabriel, ce serait avec quelqu'un d'autre. Parce que, quoi qu'elle lui ait soutenu l'autre soir, elle était bel et bien une fille à marier, qu'elle en convienne ou pas.

Elle soupira. Était-ce ennuyeux de bien s'entendre au lit ? C'était peut-être positif, au contraire. Au début de leur mariage du moins. Le désir n'étant pas éternel, il n'aurait pas envie d'elle très longtemps. À ce moment-là, ils auraient peut-être déjà des enfants et…

À ce stade de ses réflexions, on frappa à la porte.

— *Señorita* de la Vega, le petit déjeuner est servi dans la salle à manger, en bas.

Les pas de la gouvernante s'éloignèrent.

Leonora finit de se préparer puis descendit.

— S'il vous plaît, *Señorita* Flores de la Vega, par ici, dit Ernesto.

— Merci, Ernesto. Je vous suis.

Elle entra dans la salle à manger où Gabriel l'attendait.

— Bonjour, dit-il en se levant.

Il était chic. Chemise blanche, cravate, et gilet qui flattait ses hanches minces.

— Tout cela a l'air très bon, dit-elle, fuyant son regard.

— Regarde-moi, Leo.

Elle prit la cafetière puis le regarda.

Quel beau visage ! Cette bouche sensuelle. Ces yeux qui la clouaient sur place…

À la pensée de ce que ce corps, si viril, lui avait fait ressentir, elle se sentit rougir.

— Tu es une bonne personne, Leo.

Ce n'était pas ce à quoi elle s'attendait.

— J'ai noté que tu prêtais attention aux gens simples, que tu les remerciais, leur souriais.

— Toi aussi, dit-elle, le tutoyant à son tour.

— Eh bien, tu vois, nous sommes faits pour nous entendre.

Elle avait envie de regarder ailleurs, mais elle ne pouvait pas. Cet homme et son regard magnétique l'attiraient comme un aimant. Même si la perspective de l'épouser l'effrayait, la pensée de quitter son château, ce matin, et de ne plus jamais le revoir était encore plus effrayante. Ne plus jamais avoir Gabriel auprès d'elle, ne plus jamais le toucher ? Non, c'était impossible.

Sans même réfléchir à ce qu'elle disait, elle lança :

— Oui.

Il écarquilla les yeux.

— Oui… Quoi ?

Les sourcils froncés, il la regardait avec dans les yeux un éclat qui ressemblait à du désir, mais n'était peut-être que de l'arrogance.

Elle eut envie de se rattraper, de dire non, mais il était trop tard pour reculer, pour figer ce sourire plein de suffisance. Disait-on non à cet homme ? Quelqu'un avait-il osé, un jour, le ramener à un peu de modestie ?

Elle prit une grande inspiration.

— Tu sais très bien quoi. Oui, j'accepte de t'épouser.

Soulagé, Gabriel soupira. En dépit de la magie de la nuit passée, il n'était pas certain de la réponse de Leonora.

Sans la quitter des yeux, il se pencha pour prendre sa main et baiser le bout de ses doigts. Voyant son regard brûlant, il sentit une vague de désir le submerger, mais se força à se calmer. Ils auraient la vie entière pour cela. Il n'empêche, il n'imaginait plus un jour sans elle. C'était sûrement de bon augure pour l'avenir.

Impatient de l'avoir à lui pour toujours, il lui posa la question de confiance, celle dont la réponse les engagerait pour de bon,

— Verrais-tu une objection à ce que nous nous mariions ici, en toute intimité, dans la chapelle du château, à la fin de la semaine ?

6

Deux jours plus tard

Leonora ne comprenait toujours pas pourquoi elle avait accédé au souhait de Gabriel. Ce mariage était trop précipité, et elle avait protesté, mais il l'avait convaincue qu'il ne servait à rien d'attendre. Par ailleurs, la perspective de pouvoir assurer l'avenir de Matias avait achevé de la convaincre.

Elle se trouvait actuellement dans les bureaux de Gabriel pour signer leur contrat de mariage. La Société Cruz y Torres était installée dans le quartier le plus moderne de Madrid, dans un immeuble de verre et d'acier. Dès l'entrée, on l'avait conduite dans un bureau avec terrasse dominant la ville où Gabriel l'attendait.

— C'est superbe..., dit-elle, s'approchant de la baie vitrée.

— Pas mal, oui, répliqua-t-il d'un ton blasé.

Ils n'avaient pas dormi ensemble depuis cette fameuse nuit, et elle était tendue.

— Tu évolueras dans ce genre de décor quand nous serons mariés, ajouta-t-il en la rejoignant.

Mariés. C'était vrai, elle allait devenir *señora* Cruz y Torres, un statut qu'elle n'avait pas encore assimilé.

À la pensée du luxe qui l'attendait, la médiocrité de ses vêtements lui fit honte. Son ensemble portait la griffe d'un grand couturier, mais il était vieux et défraîchi. « Vintage », comme disaient les vendeuses des dépôts-ventes où elle tentait de vendre quelques pièces de la garde-robe de sa chère mère... L'ennui, c'est qu'aujourd'hui elle aurait voulu être élégante, professionnelle. Parce qu'il s'agissait d'un accord financier, après tout.

Subitement prise d'inquiétude, elle se tourna vers lui.

— Je sais que tu m'as dit que je te conviens, mais…

Posant l'index sur sa bouche, il la fit taire.

— Tu es parfaite, crois-moi.

Il ôta son doigt.

— Je ne voudrais pas qu'à cause de moi tu…

— À cause de toi, il n'arrivera rien, Leo. Au contraire.

Il y eut un moment de flottement pendant lequel elle crut qu'il allait l'embrasser, mais, juste à cet instant, quelqu'un frappa à la porte, et des hommes en noir, ses juristes sûrement, entrèrent.

Elle revint s'asseoir devant le bureau de Gabriel et posa sur la table le contrat qu'elle avait déjà lu.

— Tu es très généreux, dit-elle.

Il promettait de subvenir aux besoins des Flores de la Vega quoi qu'il arrive, même s'ils divorçaient, et elle n'en attendait pas tant.

Il haussa les épaules.

— Dorénavant, ta famille sera ma famille.

— Mais tu ne connais même pas Matias !

— Je ne demande pas mieux que le connaître. Emmène-moi le voir.

— Tout de suite ?

Il consulta sa montre.

— Pourquoi pas ? Je peux annuler mes rendez-vous de cet après-midi. Ce ne sont pas mes priorités, ajouta-t-il en rapprochant les documents. Si tu es d'accord, signe le contrat.

Elle prit le stylo qu'un des juristes lui tendait et apposa sa signature.

— Merci, Gabriel.

Leonora appela le collège de Matias pour organiser avec la direction une rencontre avec son frère.

— Il faudra que tu sois gentil avec lui, Gabriel, dit-elle. Matias peut être agressif avec les gens qu'il ne connaît pas.

— Ne t'inquiète pas. J'ai une jeune sœur, je connais. Évidemment, ce n'est pas la même chose, mais je sais, moi aussi je me suis souvent fait du souci.

Après avoir déjeuné, ils partirent voir Matias. À la grande surprise de Leo, son frère fit le meilleur accueil à Gabriel qui lui promit de l'emmener assister à un match de football. Mais au lieu d'être rassurée, elle afficha de la mauvaise humeur.

— Je pensais que cela te ferait plaisir de voir qu'il m'a tout de suite adopté, dit Gabriel en quittant le collège.

— Il t'aime beaucoup, c'est évident.

— Tu dis cela comme si c'était un mal !

Prenant brusquement conscience de ce que sa colère avait d'irrationnel, elle réfléchit. L'affection spontanée de Matias pour Gabriel éveillait en elle des soupçons. Gabriel faisait ce qu'il voulait des gens qu'il côtoyait... C'était exactement ce qui s'était passé avec elle. Avait-elle affaire à un manipulateur ? La facilité avec laquelle il l'avait séduite lui semblait tout à coup douteuse. À cause de son charme, elle s'était laissé prendre dans ses filets.

Elle le regarda.

— Matias a dix-huit ans, mais il est fragile. Tu lui as promis de l'emmener voir un match, et il faudra que tu tiennes ta parole. De toute évidence, il te fait confiance, comme à moi. Je te préviens, une fois mariée, je continuerai à l'aider. Je suis son seul soutien en dehors de ses professeurs et je me sens responsable de lui.

Il la regarda du coin de l'œil.

— Que veux-tu dire au juste ? Quel message cherches-tu à me faire passer ?

Elle se sentit rougir comme il poursuivait :

— Je n'ai pas l'intention d'écarter qui que ce soit de ta vie quand nous serons mariés, Leonora. En revanche, tu auras d'autres responsabilités. Tu seras mon épouse, et j'ai un programme souvent chargé. Lorsque nous aurons des enfants, ils auront la priorité. Je n'ai pas l'intention de les laisser élever par des nounous, comme nous l'avons été, ma sœur et moi. Et ton frère et toi aussi... Jusqu'à ce que tes parents n'en aient plus les moyens.

— Tu veux vraiment participer à la vie de tes enfants ? dit-elle, surprise.

Il soupira, et quelques secondes passèrent.

— Mes parents ne se sont absolument pas occupés de nous. Ils nous ont envoyés en pension... Le plus loin possible, tant qu'à faire ! Personnellement, je m'en suis sorti, mais Estella était plus sensible que moi, plus vulnérable. À cause de notre différence d'âge – elle était encore ado quand j'ai commencé à travailler —, je n'y ai pas prêté attention… Je n'ai rien remarqué… En fait, elle avait commencé à traîner avec des gens peu recommandables qui avaient bien l'intention de profiter de sa fortune, de son nom et de sa fragilité.

— Et alors ? demanda Leonora.

Elle vit qu'il serrait le volant très fort. Elle avait peut-être tort d'insister. C'était sans doute indélicat…

— Alors ? Il y a quelques années, je l'ai trouvée inconsciente à la maison, à moitié morte. À l'hôpital, ils ont réussi à la ranimer. Ensuite, elle a fait une cure de désintoxication et, depuis, elle va bien. À ma connaissance, elle n'a pas replongé. C'est la négligence de mes parents qui est la cause de cette dégringolade. Quant à moi, je ne me pardonnerai jamais de n'avoir rien vu.

— Tu n'es pas ses parents. Ce n'était pas ton rôle.

— Non, mais je savais qu'elle était un peu perdue. Je ne vais pas te mentir, je ne connais rien aux enfants, mais je peux te dire qu'en ce qui concerne les nôtres, ils seront surveillés de près.

« Les nôtres. » Leurs enfants.

La voiture arrêtée au feu, il la regarda.

— À moins que tu aies un autre point de vue ?

Non, ils étaient vraiment sur la même longueur d'onde.

— Je crois que nous avons été élevés à peu près de la même façon, répondit-elle. Jusqu'à ce que mon père nous ruine, mes parents brillaient par leur absence. Nous étions seuls, Matias et moi, puis il est allé en pension. Si j'ai des enfants, un jour, c'est moi qui les élèverai, pas les domestiques.

— Nous sommes parfaitement d'accord. Tu me crois, j'espère ? Je veux te l'entendre dire.

Le feu était passé au vert et, derrière eux, des voitures klaxonnaient.

— Dis-le, Leo.

Le souffle coupé par une bouffée de bonheur quasiment euphorique, elle en perdit la parole puis le oui explosa.

— Oui, Gabriel, je te crois ! Maintenant, avance s'il te plaît. Tu n'entends pas qu'on nous klaxonne ?

Indifférent au fait qu'il avait bloqué la circulation, il repartit, sans se presser, laissant les autres conducteurs le doubler en l'insultant. Mais rien ne semblait pouvoir le troubler. Un sourire canaille étirait ses lèvres qu'elle rêvait de croquer. Elle ne s'était jamais sentie l'âme aussi légère.

— Tu aimes bien mettre le bazar, on dirait ?

Il la regarda, ses yeux brillant du même air coquin que son sourire.

— J'adore ça !

Au lieu de rentrer chez lui, Gabriel emmena Leonora à Salamanque et s'arrêta dans le triangle d'or de la ville. Joailliers, grands couturiers, les rues et les boutiques n'étaient que luxe. C'était le genre d'endroit que, faute d'agent, Leonora avait toujours évité.

— Que venons-nous faire ici ? demanda-t-elle.

Il coupa le contact et se tourna vers elle.

— Je me suis permis de faire appel à une styliste pour ta robe de mariée et tout le reste. À moins que tu aies déjà ce qu'il te faut…

Elle se sentit piquer un fard. Bien sûr que non, elle n'avait rien. Cela faisait un moment qu'elle se débrouillait entre sa garde-robe et celle de sa mère…

— Tu vas devenir ma femme et avoir un certain rang à tenir.

— Je n'aime pas l'idée que tu payes pour mes vêtements.

Elle vit qu'elle l'agaçait.

— Je suis désolée si je t'ennuie, mais…

Se penchant vers elle, il prit sa bouche pour la faire taire. Elle aurait pu résister, le repousser, mais, au fond d'elle-même, elle n'en avait pas envie. Alors, pourquoi s'ingéniait-elle à le contrarier ? Pour le provoquer ?

— Je te demande d'accepter, dit-il en reprenant son souffle.

— *El señor* Torres nous a dit que vous cherchiez aussi une robe de mariée.

Depuis trois heures, la styliste l'aidait à choisir des robes dont Leonora se demandait ce qu'elle allait faire. C'était beaucoup trop.

— Oui, je me marie à la fin de la semaine.

— En effet, il est temps ! commenta la jeune femme en souriant. Suivez-moi, nous allons aller en face. Nos robes de mariées sont exposées là-bas, et je suis certaine que vous y trouverez un modèle qui va vous plaire.

— Je veux quelque chose de très simple, dit Leonora.

Elles traversèrent la rue, et la styliste disparut derrière une rangée de robes vaporeuses dont les volumes effrayèrent Leonora.

— J'insiste, je ne veux pas de robe mousseuse, style crème Chantilly, insista Leonora. Simple, s'il vous plaît.

La jeune femme réapparut, un long fourreau ivoire sur le bras.

— Tenez, vous allez essayer celle-ci, et vous me direz ce que vous en pensez.

Leonora passa la robe – la styliste l'avait bien comprise. Le fourreau correspondait exactement à ce qu'elle souhaitait pour ce mariage... Ce simulacre de mariage.

N'empêche, en se regardant dans la glace, elle avait eu les larmes aux yeux. Était-ce parce qu'elle savait que c'était une robe parfaite pour un *vrai* mariage ? Parce que, en dépit de tout, elle rêvait que ce mariage soit un vrai ?

— J'en pense qu'elle est parfaite, dit Leonora.

Elle se rhabilla et revint dans le salon où, surprise, Gabriel l'attendait en lisant un journal.

Dès qu'il l'entendit, il leva les yeux.

— Tout va bien ? Tu ne sembles pas satisfaite.

— Si, si, tout va bien.

— Souhaitez-vous que nous livrions vos achats chez vous ?

— Oui, chez moi, au château...

S'adressant alors à Leonora, Gabriel poursuivit :

— Puisque ce sera ton domicile officiel à partir de la semaine prochaine, n'est-ce pas, ma chérie ?

À cette perspective, elle commença à frissonner, mais tenta de le cacher.

— Bien sûr, mon amour, répliqua-t-elle, se réjouissant d'avance de le voir aussi désarçonné qu'elle par sa réponse.

Mais il ne manifesta pas l'ombre d'une réaction, ce qui la déstabilisa.

Il remercia la styliste et sortit avec Leonora. Aveuglée par le soleil, elle chaussa ses lunettes fumées.

— Tu n'avais pas l'air contente, dit-il.

— Si, c'est simplement que je ne suis pas habituée à tant de tralala.

— Ah ! Il y a pourtant un autre endroit où je veux t'emmener. À ma banque. Là-bas, à droite dans l'avenue.

Elle écarquilla les yeux. Il était aussi propriétaire d'une banque, et pas de n'importe quelle banque ! La Banco Torres qu'elle apercevait en bas de l'avenue comptait parmi les établissements financiers les plus anciens d'Espagne, mais elle n'avait jamais fait le lien.

— Est-il indispensable que je t'accompagne ? demanda-t-elle, intimidée à l'idée d'entrer dans un immeuble réservé à l'élite fortunée dont elle ne faisait plus partie.

— Oui, tu dois venir avec moi.

— Mais je n'ai rien à y faire.

Sans même lui répondre, il s'effaça pour la laisser passer. Une hôtesse se précipita pour les accueillir.

— *Señor* Torres, ce que vous nous avez demandé est prêt.

Tenant Leonora par la main, Gabriel se dirigea vers l'ascenseur et appuya sur la touche – 1.

— Où va-t-on ?

— Dans la salle des coffres. Le coffre de la famille est ici.

Elle ne dit rien. Celui de sa famille, les Flores de la Vega, avait été vidé depuis longtemps, son père s'en étant chargé.

— Je vais te montrer des bagues.

Impressionnée, Leonora le suivit dans le saint des saints.

Gabriel sortit du coffre un plateau recouvert de satin rouge.

— Elles ont appartenu aux générations successives de Cruz y Torres, expliqua-t-il.

Des pierres précieuses brillaient de mille feux sur le satin. Des diamants, des saphirs, des émeraudes, des rubis, montés sur des anneaux anciens, d'autres plus modernes.

— Si aucune ne te plaît, on en achètera une autre. Ce n'est pas un problème.

Leonora fit non de la tête. Cela aurait occasionné une dépense inutile et, surtout, l'une des bagues avait tout de suite capté son attention. Elle était moins imposante que les autres et, pourtant, on ne voyait qu'elle. C'était un diamant serti dans une monture en or blanc, encadré de trois petits diamants qui descendaient de chaque côté de l'anneau. Classique et élégant... Gabriel dut remarquer son regard, car il la prit et la lui tendit.

— Celle-ci ? Donne ta main que l'on voie si elle te va. Elle appartenait à la grand-mère de mon père. La légende raconte qu'ils formaient, avec mon arrière-grand-père, un couple exceptionnel. Aujourd'hui, on dirait fusionnel. Elle est morte à quatre-vingts ans, et huit jours plus tard il décédait à son tour. De chagrin, dit-on.

L'air amusé, Leonora regarda Gabriel. Lui semblait très sérieux.

— Je sais, dit-il. Nous ne nous marions pas par amour, nous le savons tous les deux. En revanche, nous nous entendons très bien sexuellement. Un mariage, j'en conviens, ne tient pas par le seul désir ; ce qui est important, dans notre cas, c'est que nous sommes compatibles et...

— Compatibles ?

— Oui, et que nous sommes issus du même monde et avons la même vision de l'avenir. Nous voulons tous les deux que nos enfants aient une vie différente de celle que nous avons connue dans notre jeunesse. En ce qui concerne l'amour... c'est un sentiment auquel je ne crois pas. Les histoires romanesques comme celle de mes arrière-grands-parents relèvent du conte de fées.

Elle dégagea sa main qu'il tenait toujours.

— Pourquoi me parles-tu d'eux ?

— Parce que je crois que tu attends beaucoup de notre mariage, plus que ce que je suis préparé à te donner. J'aime autant que tu le saches tout de suite pour éviter que tu sois déçue.

Leonora serra les dents. C'était agaçant d'être aussi transparente. Comment avait-il fait pour deviner le fond de ses pensées ?

— Je sais à quoi m'attendre, tu sais, dit-elle, s'efforçant de poser sa voix qui n'arrêtait pas de trembler. Je ne me fais pas d'illusions.

Je te rappelle que si l'annonce de mes fiançailles n'avait pas été aussi grossièrement interrompue, je serais actuellement fiancée à Lazaro Sanchez et que...

Il s'approcha, l'air presque agressif.

— Je t'en prie, ne prononce plus jamais ce nom devant moi.

Elle pointa le menton crânement.

— Je te connais... Heu... Disons *intimement* depuis tout juste une semaine. Crois-tu vraiment que le seul fait d'avoir couché avec toi puisse me faire tourner la tête au point de me faire oublier les leçons que la vie m'a apprises, et m'inciter à croire aux contes de fées ? Voyons, Gabriel !

Il la fixa, interdit. Quelle femme exceptionnelle ! Non seulement elle était belle et désirable, mais elle raisonnait juste. Hélas ! chaque fois qu'il pensait la saisir, elle lui filait entre les doigts.

— D'avoir *couché* avec toi... Non, Leo, nous n'avons pas *couché ensemble*, nous avons *fait l'amour*. Te rends-tu compte que ce que nous avons partagé était exceptionnel ? Fabuleux, même, ajouta-t-il, les yeux fiévreux et la voix rauque.

L'excitation qu'elle lisait dans son regard la fit paniquer.

— Non, Gabriel. On ne peut pas... Pas ici.

Ne sachant si elle voulait l'attirer à elle ou le repousser, elle posa les mains sur son torse.

Gabriel serra les dents. Elle avait raison, décidément. Il avait beau brûler d'envie de lui ôter son jean et de plonger en elle, il ne voulait pas être le premier de la lignée à désacraliser la salle des coffres de cette façon charnelle.

— Mon appartement est à cinq minutes, dit-il.

Excitée à la pensée du plaisir qui l'attendait, elle glissa lentement les mains sur la ceinture de Gabriel puis plus bas et, sans la moindre gêne, le caressa. Il la désirait et ne cherchait pas à s'en cacher. Au contraire, il l'encouragea.

— Tu es une sorcière, dit-il, ravi de ses mains qui couraient sur son pantalon. Tu me payeras ça.

Leonora sourit comme chaque fois qu'elle savourait une petite victoire et, impatiente d'être nue contre lui, s'échappa de la salle des coffres de la Banco Torres en courant presque.

Le calme intérieur qu'il ressentait surprit Gabriel, le matin de son mariage. Il s'était toujours imaginé qu'il aurait une crise d'angoisse à la dernière minute à l'idée d'aliéner sa liberté. Ce matin, il n'en était rien. Il était même impatient.

Leonora avait dix minutes de retard. C'était peut-être une tradition de se faire attendre ce jour-là, mais ce mariage n'avait rien de traditionnel, avec juste une poignée d'invités et une célébration très confidentielle dans la chapelle du château. Il avait réussi à soustraire sa mère aux plaisirs qu'elle s'offrait dans un hôtel sous les tropiques où elle vivait sa nouvelle liaison. Son père, debout à côté d'elle, lui lançait des regards furibonds, mais l'honneur était sauf.

Les parents de Leonora étaient également présents. Il leur avait parlé la veille à l'occasion du dîner qu'il avait donné pour faire leur connaissance. Il les aimait bien. Leur mésaventure financière les avait rendus très humbles et, aux yeux de Gabriel, le prix qu'ils payaient était disproportionné par rapport à ce qu'ils avaient fait.

Il y eut du mouvement derrière la porte de la chapelle, et Gabriel se raidit, surpris d'éprouver, subitement, un sentiment qui ressemblait à de l'angoisse. Lui, angoissé ? Cela ne lui ressemblait pas.

Elle apparut alors. Ravissante silhouette sous le porche, dans un long fourreau blanc cassé, avec un voile de tulle bordé de dentelle rabattu sur le visage. Elle donnait le bras à Matias qu'elle avait souhaité avoir comme témoin. La sœur de Gabriel avait espéré pouvoir venir, mais elle était en Amérique du Sud pour un tournage et n'avait pu se libérer.

La musique démarra. Matias et Leonora avancèrent dans l'allée centrale. Elle était superbe dans cette robe toute droite, toute simple, qui flattait sa ligne. Avec ses manches longues et un décolleté ras du cou, elle était sobre et infiniment chic. On aurait dit une madone.

Totalement subjugué par sa beauté, Gabriel ne parvenait pas à détacher les yeux de la silhouette qui marchait vers l'autel, vers lui, tête légèrement baissée. Arrivée au niveau de son fauteuil, elle lâcha le bras de Matias qui alla rejoindre ses parents.

— Regarde-moi, murmura-t-il.

Elle leva enfin les yeux... Jeune, fraîche, irrésistible mariée.

— Tu es... magnifique, déclara-t-il.

Le prêtre toussota pour attirer l'attention de Gabriel qui cherchait la main de Leonora comme pour s'assurer qu'elle était bien réelle.

À cet instant, prenant vraiment conscience de l'énormité de ce qu'elle s'apprêtait à faire, Leonora se mit à trembler. Elle engageait sa vie, toute sa vie, avec un homme qui ne l'aimerait jamais, ruinant à jamais les espoirs et les rêves qu'elle nourrissait depuis des années.

— Vous pouvez embrasser la mariée, *señor* Torres.

Et voilà. C'était fait. La cérémonie, très brève, était le point de départ d'une vie qui ne donnait pas à Leonora l'envie de sourire.

Gabriel prit le visage de sa femme dans ses mains et embrassa ses lèvres avec une infinie douceur. En dépit de ses regrets, elle frissonna. Il reprit sa main et traversa avec elle la chapelle du château pour sortir. En passant, elle sourit à ses parents et à Matias. C'était à cause de lui qu'elle était arrivée en retard. Troublé par l'agitation ambiante et par la belle robe longue de sa sœur, il avait compris que, dorénavant, elle ne vivrait plus avec eux, et il avait fallu le rassurer. Prudent, Gabriel avait convié un de ses professeurs au mariage pour qu'il intervienne au cas où...

Une fois dehors, Leonora inspira de grandes bouffées d'air. Après toute cette tension, elle en avait besoin.

L'inévitable séance de photos terminée, ils entrèrent dans le grand salon du château pour un apéritif suivi d'un déjeuner.

Leonora aperçut ses parents en grande conversation avec ceux de Gabriel qui semblaient les dominer de la supériorité que, pensaient-ils, leur donnait leur argent. À leurs yeux, personne ne leur arrivait à la cheville...

Elle avait surpris les regards de la mère de Gabriel sur son ventre, persuadée, sans doute, que son fils se mariait contraint et forcé. *Détrompez-vous, chère belle-mère, je ne suis pas enceinte !* pensa Leonora.

Elle en avait eu la preuve quelques jours plus tôt, et cela l'avait même déçue !

Mais, à y bien réfléchir, était-elle prête à avoir des bébés ? Cette perspective la terrifiait autant qu'elle lui plaisait.

Machinalement, elle posa une main sur son ventre.

Le déjeuner tirait à sa fin quand Gabriel se leva et demanda le silence.

— Je suis très heureux d'accueillir, aujourd'hui, Leonora dans notre famille. Elle est bienvenue parmi nous, ainsi que ses parents et son frère, Matias.

Il regarda Leonora et leva son verre.

— *Tu* es l'avenir de cette famille, chère Leonora… Toi et nos enfants à venir.

Il se pencha pour prendre sa main et l'embrassa. Émue par l'accueil qu'il faisait publiquement à sa famille, elle regarda ses parents. Ceux de Gabriel, les Cruz y Torres, n'avaient pas l'air d'approuver. D'ailleurs, ils ne s'éternisèrent pas : Leonora les vit emboîter le pas aux premiers invités qui s'éclipsaient.

« Nous partirons en voyage de noces après le mariage », lui avait dit Gabriel, et Leonora avait été étonnée. Elle ne l'imaginait pas perdant du temps en *futilités* alors qu'il avait tant à faire.

Deux petites heures plus tard, une limousine les emmenait à l'aéroport. Le cœur serré et le ventre noué quand elle pensait aux journées qu'elle allait passer, seule, avec son mari, Leonora retint un sanglot. Mais les dés étaient jetés…

7

Paradisiaque… Aucun autre qualificatif ne pouvait mieux définir la vue qu'elle avait devant les yeux. Un endroit pareil n'avait jamais existé que dans son imagination. Il avait un nom, pourtant : Costa Rica. Ils avaient atterri la veille au soir et repris un petit avion pour se rendre sur la côte Ouest où Gabriel possédait une villa.

Exténuée, elle s'était endormie très vite sur le lit où Gabriel l'avait portée, déshabillée et couchée.

Au réveil, ce matin, elle se trouvait dans un grand lit à baldaquin protégé par une moustiquaire de mousseline qui flottait doucement dans la brise tiède entrant par la baie vitrée. La chambre donnait sur une terrasse d'où la vue sur l'océan Pacifique portait à l'infini.

Gabriel était là, debout, à quelques mètres du lit, une tasse à la main. Il avait les cheveux mouillés et portait juste un bermuda. Comme chaque fois qu'elle le voyait torse nu, elle admira – sans le montrer – sa musculature.

— La vue est superbe, dit-elle, cherchant n'importe quelle banalité à dire pour briser le silence qui régnait dans la chambre.

Il s'avança.

— Bien dormi ?

Elle sourit.

— Comme un bébé.

— Tu étais fatiguée, tu avais besoin de te reposer. D'un break…

— Moi ? Non ! dit-elle en se levant.

— Si. C'est normal, tu avais tellement de responsabilités sur les épaules... C'était lourd. Mais c'est fini, Leo. Aujourd'hui tu n'es plus seule, nous sommes deux.

Elle le regarda. Elle allait pouvoir se reposer sur lui, le laisser porter tous ses fardeaux, toutes ses angoisses. C'était déjà en cours. Ses parents lui avaient dit qu'il leur avait organisé un rendez-vous avec son assistante pour parler des travaux de rénovation de leur château et du personnel à engager à leur service.

Leonora savait qu'en s'unissant à un Cruz y Torres elle faciliterait la réinsertion de ses parents dans la bonne société espagnole. Il n'empêche, une angoisse qu'elle connaissait bien lui nouait l'estomac.

— Et si mon père... ?

Il hocha la tête.

— Non, Leo. Je lui ai parlé. Il veut comprendre, avec l'aide d'un psy, ce qui l'a amené à son addiction au jeu et accepte de se faire soigner. La leçon a porté. Je suis certain qu'il ne flanchera plus.

Leonora resta sans voix. Comment avait-il réussi à en discuter avec son père alors qu'il avait refusé, chaque fois qu'elle avait essayé, d'entendre parler de psy ou de soins. Gabriel s'était sûrement montré plus convaincant que sa mère et elle. C'était vexant.

— Je te remercie de lui avoir parlé. S'il a vraiment décidé de se soigner...

— Écoute, Leo, tes parents sont à mille lieues d'ici pour l'instant, oublie-les. Veux-tu déjeuner ? Ou... pratiquer quelques exercices pour t'ouvrir l'appétit ?

Puis il fit glisser son déshabillé le long de son corps et la regarda. Elle se retrouva devant lui avec juste deux petits bouts de dentelle pour cacher ses seins et un mini-triangle en guise de cache-sexe.

Il déboutonna alors son bermuda qu'il laissa tomber à terre. Il était nu maintenant et la désirait.

— Tourne-toi, dit-il d'un ton sec.

Elle s'exécuta sans rien dire. Il lui dégrafa son soutien-gorge de dentelle et le laissa tomber, passa les bras autour de sa taille et se serra contre son dos et ses fesses. Cherchant du bout de la langue son point sensible, quelque part entre le cou et les épaules, il l'embrassa, la mordilla, la faisant frissonner.

Ils n'étaient plus séparés que par le minitriangle de dentelle que Gabriel lui enleva très vite.

Le cœur battant la chamade, elle se retourna dans ses bras.

Il lui prit alors la main et l'entraîna vers la piscine, grand rectangle d'eau bleue entouré de parterres de fleurs aux parfums entêtants et d'arbres luxuriants.

Comme ils descendaient les marches pour accéder à l'eau, elle ressentit une émotion comme elle n'en avait encore jamais connue. Quelque chose de très fort, de sensuel, de follement érotique. Une envie d'être prise et de prendre. De s'offrir sans retenue, sans pudeur. De lui donner tout.

Aussi, quand après avoir plongé dans l'eau, il l'attira à lui, elle ne résista pas. Elle lui enserra les hanches des jambes, enroula les bras autour de son cou et lui offrit ses lèvres, oubliant tout ce qui n'était pas le plaisir charnel qui l'électrisait déjà.

Deux semaines plus tard...

Allongée, lascive, sous un parasol au bord de la piscine, Leonora somnolait. Depuis leurs ébats torrides du premier matin, elle avait découvert que Gabriel avait un personnel discret et amical qui venait chaque jour à la villa pour préparer les repas et remettre un peu d'ordre dans la maison après leurs étreintes.

Au début, elle en avait été mortifiée, mais, maintenant, elle osait même s'avouer qu'elle appréciait ces mains invisibles qui faisaient de leur voyage de noces un paradis terrestre. C'était nouveau pour elle après tant d'années passées dans le château familial sans même un domestique pour les aider.

Depuis leur arrivée, leurs journées s'écoulaient entre paresse et caresses. Leonora se levait tard, au contraire de Gabriel qui travaillait un peu dans son bureau et la retrouvait pour le déjeuner, qu'ils prenaient en début d'après-midi et qui, immanquablement, se terminait par une sieste crapuleuse.

À cette pensée, Leonora rougit à l'ombre du parasol. Ils étaient insatiables. Elle n'aurait jamais cru que faire l'amour soit aussi enivrant.

La nuit dernière, alors que Gabriel se tournait pour prendre un préservatif, elle l'en avait empêché.

— Tu es bien sûre ? lui avait-il demandé.

Elle l'avait regardé et, même à travers le brouillard du désir, elle avait su qu'ils franchissaient la ligne jaune.

— Oui, je veux des enfants avec toi. Je sais que ce n'est pas facile d'élever des petits, je m'en suis rendu compte avec Matias quand il était plus jeune, mais avec toi ce ne sera pas la même chose.

— Tu as raison, ma chérie, les conditions seront différentes. Tu n'es plus seule. Nos enfants auront deux parents qui voudront ce qu'il y a de mieux pour eux, qui les aideront, les soutiendront quoi qu'il arrive. Tu seras une mère merveilleuse. Tu es admirable avec ton frère et tu aimes tes parents.

Elle avait attiré Gabriel à elle et ouvert les jambes l'invitant à la pénétrer. Pas de barrière, peau contre peau, aucun mot non plus pour dire qu'elle voulait tout. Tout. Tout. Cela aurait été inutile. Gabriel comprenait à demi-mot.

Elle posa la main sur son ventre. Peut-être portait-elle déjà l'embryon de son enfant.

Non, pas déjà, c'était ridicule.

À regret, elle retira sa main. Aujourd'hui, elle en était certaine, elle désirait un enfant. Elle montrerait à Gabriel qu'une famille pouvait être différente de ce qu'il avait connu avec ses parents. Que l'amour pouvait exister.

Son cœur se serra. Son rêve d'une vie plus riche, plus enthousiasmante ne resterait pas un fantasme. Peu importait ce que Gabriel avait dit, peu importait qu'il l'ait mise en garde contre les châteaux en Espagne… Si, véritablement, il voulait une vie différente pour ses enfants, il l'aurait. Cela ne tenait qu'à lui.

— Tu te reposes bien, chérie ?

Leonora rouvrit les paupières. Gabriel, torse nu, était debout près de son transat. Immense, athlétique, il était impressionnant. Elle se redressa.

— Tu avais beaucoup de travail à rattraper ?

Il s'assit sur la chaise longue à côté d'elle et hocha la tête.

— Oui, mais rien de passionnant. Viens, plutôt, je veux t'emmener quelque part.

Elle releva ses lunettes de soleil. Il la dévorait des yeux dans son maillot de bain.

— Mets ton paréo et des chaussures, et je t'emmène.

Elle s'enroula dans la fine étoffe colorée et le suivit vers une voiture décapotable.

— Allez... Monte !

Il claqua sa portière et s'installa au volant, puis, démarra. La tête en arrière, elle regarda la canopée défiler au-dessus de sa tête, un rayon de soleil filtrant de temps à autre à travers le feuillage luxuriant. Elle se sentait libre, légère, débarrassée du poids qui l'écrasait jusqu'alors.

Redoutant de rompre le charme de cette promenade par un bavardage inutile, elle garda le silence, regardant de temps à autre les mains de Gabriel courir sur le volant, ces mains si puissantes qui savaient se faire si douces... Sa barbe d'un jour et ses cheveux en bataille - à cause du déplacement d'air - lui donnaient l'air jeune, beaucoup plus jeune et moins sérieux que d'habitude. Quand elle l'avait vu pour la première fois, ce fameux soir, dans le salon de réception, elle ne l'aurait jamais imaginé dans ce décor édénique... si souriant et si décontracté.

Une idée bizarre lui traversa soudain la tête, et elle ne put s'empêcher de lui poser la question.

— As-tu déjà amené d'autres femmes ici ?

La question à peine posée, elle la regretta. Heureusement, le vent avait peut-être emporté ses paroles. Faux espoir... Elle vit ses mains se crisper sur le volant.

Non. Il n'avait jamais amené personne ici. Car, ici, c'était son refuge. Un havre secret, confidentiel, qu'il gardait jalousement pour lui.

Pourtant, aujourd'hui, il n'avait pas hésité. Il y avait amené Leo.

Posée par une autre femme, cette question l'aurait agacé. Il se serait senti piégé, étouffé. Avec elle, c'était différent. Parce qu'elle était différente. Il ne sentait aucune pression de sa part, au contraire, même.

Il lui prit la main et ralentit pour s'engager dans un chemin étroit qui s'enfonçait assez profondément dans la forêt.

Il la regarda.

— Non, je n'ai jamais amené personne ici.

— Heureusement ! s'exclama-t-elle, incapable de cacher son soulagement. Car si tu l'avais fait des dizaines de fois, je crois que je pourrais te tuer. Non, pas toi... Les autres femmes.

Gabriel éclata de rire.

La route devenant difficile, il lui lâcha la main pour tenir son volant.

— Tu es belle, dit-il. Je t'adore.

— Oh là là ! s'exclama Leonora apercevant au bout de la route une plage de rêve. C'est trop beau !

Gabriel s'arrêta, et Leonora se leva dans le cabriolet. L'endroit était désert et, à part le murmure des vagues déferlant doucement sur le sable blanc, il n'y avait pas un bruit.

Leonora enfonça son chapeau sur sa tête et ôta ses chaussures. Il n'y avait pas âme qui vive alentour. Ils étaient seuls, elle et cet homme qu'elle avait épousé deux semaines plus tôt et qui avait complètement chamboulé sa vie.

Instinctivement, elle défit son paréo, enleva son chapeau et courut à reculons vers la mer. Le sable chaud, en glissant entre ses orteils, la chatouillait.

— Le dernier dans l'eau a perdu ! lança-t-elle.

La prenant au mot, il se précipita vers la mer où il arriva avant elle. La prenant alors par la taille, il la balança sur son épaule et, avançant dans l'eau, la jeta dans un rouleau. Elle se releva en poussant des cris et l'éclaboussa.

Les yeux brillants, il riait, s'amusant de la voir si joyeuse, si gamine.

Excité par leur jeu, il la saisit de nouveau par la taille et prit sa bouche pour le plus fougueux des baisers.

Heureuse, joueuse, elle sauta dans ses bras et serra les jambes autour de ses reins.

Les vagues éclataient autour d'eux. Gabriel lui avait enlevé le haut de son maillot et mordillait le bout de ses seins. Saisie par le contraste entre sa langue chaude et la mer plus fraîche, elle bascula la tête en arrière en poussant des petits cris. Elle était au paradis, avec l'homme le plus affolant qu'elle ait jamais croisé, et ne rêvait plus que d'une chose : que cet enchantement ne s'arrête jamais.

Mais un si grand bonheur ne pouvait pas durer. Parce qu'il était trop... Parce qu'elle savait que Gabriel ne ressentait pas le même plaisir qu'elle. Ce qu'il éprouvait était purement physique, le résultat d'une parfaite alchimie. Il le lui avait suffisamment répété.

Lâchement, elle repoussa cette triste pensée. La déprime serait pour plus tard. Pour l'heure, elle allait profiter du soleil, de la mer, de lui... et s'y accrocher comme un avare à son trésor.

Deux heures plus tard, après avoir fait l'amour sur le sable, à l'ombre des palmiers, Leonora s'assit, les genoux sous le menton. Elle avait renoué son paréo autour d'elle et mis son maillot à sécher sur un rocher, au soleil, avec celui de Gabriel.

Ils avaient pique-niqué de fruits, de fromage et de pain, et bu le vin pétillant qu'il avait apporté.

Vraiment heureuse pour la première fois de sa vie, Leonora s'aperçut qu'elle n'avait jamais connu le bonheur. Elle s'était toujours fait tellement de souci pour ses parents et pour Matias qu'elle n'avait jamais croqué la vie à pleines dents.

— À quoi penses-tu ?

Elle jeta un coup d'œil à Gabriel, allongé sur le sable et appuyé sur un coude, qui mangeait une tranche d'ananas.

— Bof ! À la vie, en général.

Elle haussa les épaules et ajouta :

— Je me disais que je me suis toujours retranchée derrière les murs du château pour me cacher... Pour fuir le monde. J'étais tellement timide, je me sentais tellement mal à l'aise dans notre société que je l'ai fuie. Convaincue que je n'en faisais pas partie, je me suis recroquevillée sur moi-même. J'ai toujours envié l'assurance des autres.

Il mordit dans sa tranche d'ananas et se redressa.

— La perception qu'on a des autres est souvent erronée, Leo. Les gens jouent tous un rôle. Personnellement, je ne te vois pas comme quelqu'un de timide. Tu n'aimes pas attirer l'attention sur toi, tu es le contraire d'une égocentrique, et c'est différent.

— Tu es observateur…

— Oui, j'en ai besoin. Quand j'ignore qui sont les gens en face de moi et ce qui se passe, je suis désemparé même si je ne le montre pas. Et si je me trompe, je risque de tout gâcher. Quand mon père a perdu ses repères, j'ai dû prendre le relais, et trop de gens dépendent de moi. La survie du nom de ma famille tient à moi… D'ailleurs, ajouta-t-il, un sourire coquin au coin des lèvres, nous pouvons peut-être y remédier tout de suite.

Puis, il se pencha vers Leo et lui dénoua son paréo. Comme il n'allait pas assez vite, elle l'aida et s'en débarrassa sur le sable. Après avoir enlevé la serviette de plage qu'il avait serrée autour de ses hanches, il lui tendit la main.

Elle n'hésita pas une seconde. Elle l'enjamba pour s'asseoir à califourchon sur lui, et le laissa la pénétrer en se déhanchant de plaisir.

Plus tard, le soleil dardant ses rayons encore tièdes sur son corps nu, elle réfléchit à ce qui lui arrivait. Elle était amoureuse et rien, aucune mise en garde, ne pouvait l'en empêcher.

Deux jours plus tard, ils décollaient de l'aéroport de San José, et elle était mélancolique. Elle laissait derrière elle la bulle paradisiaque dans laquelle ils avaient vécu des jours de pur bonheur. Elle allait retrouver le monde réel avec l'homme qui, malgré tout, demeurait une énigme pour elle.

Ils s'étaient découvert des centres d'intérêt communs, la peinture, la lecture, le cinéma, la politique… Mais elle ne pouvait ignorer qu'aussi séduisant et bien élevé soit-il, l'homme cachait une facette mystérieuse, intraitable. Comment pouvait-il en être autrement quand tant de responsabilités lui incombaient ? Quand il connaissait une telle réussite ?

Physiquement, le plaisir qu'ils ressentaient à faire l'amour ensemble n'avait pas perdu une miette de son intensité, loin de là. Gabriel avait sans doute raison. L'attirance qu'ils partageaient et un respect mutuel suffiraient peut-être à leur bonheur futur.

Sans compter qu'ils avaient la même volonté d'élever leurs enfants différemment de ce qu'ils avaient connu. Peut-être, se raisonna-t-elle, devait-elle se contenter de cette certitude-là.

Incapable – malgré tout – de se résigner à manquer de *l'essentiel*, elle continua de réfléchir puis prit un journal pour penser à autre chose.

En première page du tabloïd s'étalait une photo de Lazaro Sanchez et de la petite rousse qui avait surgi au moment où ils annonçaient leurs fiançailles. Ils sortaient d'une mairie et, de toute évidence, elle était enceinte.

— Ils viennent de se marier, dit-elle avec un petit rire.

— Pardon ?

— Non ! Rien.

Lazaro semblait beaucoup plus heureux que lorsqu'il était avec elle, et ce bonheur, visible sur la photo et qui aurait dû lui faire mal, ne la touchait pas. Aucune jalousie, au contraire. Elle était contente pour lui. Et soulagée.

Dire qu'elle avait failli l'épouser ! Elle n'aurait jamais connu la magie de la nuit insensée passée avec Gabriel, cette nuit qui l'avait menée – sans qu'elle le veuille – au mariage.

— Montre-moi, dit-il.

Il lui prit le magazine des mains, y jeta un regard et le froissa avant de le jeter. Se penchant alors vers elle, il lui défit sa ceinture de sécurité et la prit sur ses genoux.

Elle rougit et regarda autour d'elle. Heureusement, il n'y avait pas d'hôtesse en vue.

— Sanchez est un crétin. Tant mieux pour moi !

Puis il prit sa bouche qu'il dévora, mais il voulait plus…

— Viens, murmura-t-il.

Se tenant par la main, ils disparurent dans la luxueuse chambre de son avion personnel…

Près d'une semaine après leur retour de voyage de noces, ils dînaient dans la petite salle à manger, moins solennelle, du château.

— Que penses-tu de ton installation ici ?

Immanquablement, Leonora pensa à la façon dont il l'avait

réveillée ce matin – comme tous les matins depuis leur retour – dans un nuage de sensualité.

— Je me sens bien, dit-elle, faisant semblant de ne pas penser aux étreintes torrides qui accompagnaient leurs réveils.

Il but une gorgée d'eau pétillante et la regarda. Elle avait posé la main sur son ventre et semblait songeuse.

— Pourquoi ne bois-tu que de l'eau ? demanda-t-elle pour se distraire l'esprit de la question qu'elle se posait depuis quelques jours. C'est à cause de ton père ?

Ils avaient fait l'amour tous les jours pendant leur voyage de noces, soir et matin. Si elle n'était pas enceinte après tant d'excès, elle ne le serait jamais ! Ou cela relèverait du miracle !

Gabriel reposa son verre.

— Pour ça, et parce que j'aime garder les idées claires. Un jour, j'étais ado, j'ai bu jusqu'à être ivre et me suis bien juré de ne plus jamais me retrouver dans cet état-là.

— Et pourquoi avais-tu autant bu ?

Elle le regarda et crut qu'il n'allait pas répondre. Mais après quelques instants d'hésitation et un soupir, il expliqua qu'il avait été très amoureux d'une fille un peu plus âgée que lui.

— J'étais fou d'elle. Mais, un jour, je l'ai trouvée au lit avec mon meilleur ami, alors, je me suis soûlé !

— Donc, tu as déjà été amoureux ! dit-elle d'un ton amer.

Il fit la moue.

— Amoureux, amoureux... Je ne sais pas si c'était de l'amour, c'était plutôt de l'obsession. Et même si c'était de l'amour, elle m'a donné la preuve que l'amour n'existe pas.

Préférant ne pas poursuivre sur ce terrain-là, elle changea de sujet.

— Au fait, j'ai vu Matias, aujourd'hui. Il est très excité à l'idée d'aller au match de football avec toi. J'ai vu que tu avais pris les billets, c'est vraiment gentil de ta part.

Comme si c'était une évidence, il haussa négligemment les épaules.

— J'ai une loge au stade. Il sera traité comme un roi.

— Il va adorer.

— Tu as vu tes parents aussi, je suppose. Où en est la rénovation du château ?

— Les travaux avancent. Mes parents ont finalement décidé de continuer les visites comme avant, mais ils prévoient des tours plus… vivants. Interactifs, même ! Ils proposeront des chambres pour la nuit, une tournée des caves pour goûter les vins, ce genre de choses. C'est une bonne idée, tu ne trouves pas ? Le fait de pouvoir engager du personnel fait toute la différence. Cela leur a donné un coup de fouet, et ils sont remontés à bloc. Merci, merci.

Il hocha la tête.

— Ne me remercie pas, c'est normal. C'était dans le contrat.

Il ne faisait donc pas cela par bonté d'âme, mais parce que c'était convenu dans leur accord ! Écrit, noir sur blanc. Quelle déception ! Mais c'était sa faute. Elle avait tendance à oublier que ce mariage était une mascarade. Que ce n'était qu'une transaction dans laquelle n'entrait pas de sentiments. De la part de Gabriel, du moins.

Il posa la main sur la sienne, déclenchant une décharge d'électricité dans ses doigts.

— Où es-tu allée ensuite ? demanda-t-il.

Elle se força à sourire, mais le cœur n'y était plus.

— Nulle part.

Gabriel lâcha la main de Leonora. Son besoin de la sentir en permanence auprès de lui était totalement nouveau et le déstabilisait.

Profitant de ce qu'il la lâchait, elle se leva et s'éloigna. Ressentant aussitôt un manque, il s'interrogea. Il s'était vite adapté à sa présence au château… Quand il rentrait de son bureau, le soir, la première chose qu'il remarquait était son parfum. Un parfum de fleurs qui flottait partout dans la maison. Il était léger et apaisant en apparence, comme elle, et plein de complexité et de feu en profondeur.

Le bonheur qu'il avait éprouvé au Costa Rica n'avait toujours pas perdu de son intensité. Ce matin, pendant une réunion avec son conseil d'administration, son esprit s'était évadé… loin, très loin du montant des dividendes à distribuer aux actionnaires. Perdu dans le souvenir de leurs nuits d'amour, il ne les écoutait plus quand le D-G l'avait subtilement ramené à la réalité des chiffres.

Il fallait qu'il l'admette, elle était devenue sa drogue, et il était complètement accro. Il avait essayé de se convaincre que c'était normal puisqu'elle était maintenant son épouse. Essayé de se persuader aussi que, ce mariage n'étant qu'un arrangement, son désir allait s'éteindre comme un feu de paille. Mais il se trompait. Très loin de ce qu'il avait imaginé, le lien qui les unissait ne cessait de se renforcer. Leur couple devenait fusionnel comme pour peu de couples en ce monde, compte tenu de ce qu'il avait vu autour de lui.

— Ton assistante m'a appelée, aujourd'hui. Tu as une soirée à Paris ce week-end ?

— Oui, avec toi. Un gala pour une œuvre de charité qui a lieu en même temps que la *Fashion Week*. Que du beau monde.

Leonora se sentit tout de suite intimidée, ce qui était ridicule. Elle n'avait rien à envier à ce milieu-là.

— Nous partons samedi après-midi et revenons ici lundi, car j'ai des réunions.

— Tu sais que je n'aime pas beaucoup ce genre de manifestations.

Il lui prit la main.

— Moi non plus. Je n'aime qu'une chose : être avec toi.

Puis il la lâcha et se leva. Son regard, fiévreux, ne laissait guère planer de doute sur ce qu'il désirait.

Ils venaient de finir de dîner. Leonora aimait traîner avant d'aller se coucher, prendre un magazine et le parcourir, ou regarder une série à la télévision... Mais cela, c'était *avant* Gabriel, avant qu'il éveille la sensualité qui sommeillait en elle. D'ailleurs, elle ne se reconnaissait plus dans cette femme ardente, assoiffée des caresses, des baisers qu'il posait sur ses lèvres, sur son ventre, entre ses cuisses, sur tout son corps. Elle ne se reconnaissait pas dans cette femme insatiable qui avait perdu toute réserve, toute pudeur.

Exaltée à la pensée des délices que ses mains expertes allaient, une nouvelle fois, lui faire savourer, elle se leva à son tour et le suivit.

Mais, cynique tout à coup, elle tenta de se raisonner. Gabriel ne cherchait sans doute qu'à assurer sa descendance...

Arrivés dans la chambre, ils se déshabillèrent en silence, s'allongèrent, et quand il la toucha en la regardant, elle oublia son cynisme et ses doutes. Il scrutait son visage, comme si, de la même façon qu'elle, il ne comprenait pas cette chose extraordinaire qui se passait entre eux. Ce lien si pur, si authentique, si nécessaire qui semblait les unir dorénavant.

8

— Tu es très belle, Leo.

Modeste et toujours aussi peu sûre d'elle, Leonora essaya de se rassurer, mais, malgré ses efforts et le compliment de Gabriel, elle se sentait aussi nerveuse que la veille de leurs fiançailles.

Elle se regarda dans la glace.

Pas trop mal, se dit-elle.

Chignon à la Grace Kelly, robe bleu nuit, longue et près du corps, manches trois-quarts, ras du cou devant et décolleté plongeant dans le dos. Assez osé, mais la coach venue l'aider à se préparer avait beaucoup insisté.

— Mettez en valeur votre ligne, Leonora. Vous avez la taille tellement fine…

Gabriel lui avait fait la surprise de lui offrir un collier et des boucles d'oreilles en saphir. Les bijoux étaient très beaux, parfaits pour le rôle qu'elle allait devoir jouer, mais dans lequel elle ne se sentait pas elle-même.

— Merci, dit-elle avec un temps de retard quand il la complimenta. Toi aussi, tu es superbe.

C'était vrai. Elle l'avait déjà vu en costume et le trouvait toujours aussi spectaculaire. Ce soir, il arborait un nœud papillon blanc sur une chemise blanche qui faisait ressortir sa peau mate.

— Allons-y. Mon chauffeur nous attend en bas.

Calmant sa respiration, Leonora donna la main à Gabriel pour se rassurer à la perspective des flashs qui les attendaient. Ils étaient descendus dans un cinq-étoiles près de l'Arc de triomphe, l'appartement que possédait Gabriel à Paris étant en travaux d'embellissement.

Une belle voiture les attendait, en effet, devant l'hôtel. Ils s'installèrent à bord puis se reprirent la main. Elle aurait aimé se sentir sûre d'elle, dégager sa main et lui dire que tout allait bien, mais c'était faux. Elle avait subi les flashs des reporters quand ils étaient sortis de l'hôtel, et il y aurait certainement d'autres paparazzis à l'affût à leur arrivée. Elle détestait cela.

Une image en amenant une autre, elle repensa à la une du tabloïd qu'elle avait lu dans l'avion. À la jeune épouse de Lazaro Sanchez. Une certaine Skye, si elle se rappelait bien. La pauvre jeune femme semblait effrayée.

Voyant une certaine similitude entre leurs deux situations, Leonora ressentit de la pitié pour elle.

— Tu es prête ? demanda Gabriel. Nous sommes arrivés.

De nouveau, les flashs crépitèrent. C'était affreux d'être devenue un personnage public. Elle avait ces mondanités et leurs faux-semblants en horreur.

— Ne descends pas tout de suite. Je viens.

Il fit le tour de la voiture et lui ouvrit sa portière. De tous côtés, on les hélait, et le brouhaha était indescriptible.

— Gabriel ! Par ici !

— Où est Leonora ?

— On veut voir votre femme !

Leonora inspira à fond et posa le pied à terre. Puis elle se leva et sourit à tous.

Bombardés de flashs, comme enfermés dans une énorme bulle de lumière, ils franchirent la large porte de l'hôtel où avait lieu le gala.

Après une heure de conversation banale avec des personnes qu'elle ne connaissait pas et devant lesquelles elle devait faire bonne figure, et une fois la vente aux enchères terminée, Leonora fit signe à Gabriel qu'elle sortait prendre l'air. Il était en grande discussion avec des gens sérieux. Sans doute parlaient-ils affaires.

À peine sortie, elle inspira une grande bouffée d'air frais. Quel soulagement d'être un peu tranquille, sans effort de conversation à faire...

Soudain, de l'autre côté de la terrasse, elle aperçut une silhouette féminine. Elle s'avança un peu. La femme était petite et très jolie avec des cheveux roux, et elle la regardait avec de grands yeux bleus écarquillés.

— Vous ! dit la jeune femme.

Aucun doute possible, c'était Skye O'Hara, la jeune épouse, enceinte, de Lazaro Sanchez. Machinalement, Leonora regarda son ventre bombé et dut refouler un petit accès de jalousie.

— Oh ! pardon ! Je ne vous avais pas vue.

Puis elle se retournait pour partir quand elle s'entendit rappelée.

— Non, ne partez pas.

Leonora s'arrêta aussitôt.

— Je voulais vous dire à quel point je suis désolée. Je n'avais pas l'intention de vous faire rompre vos fiançailles. J'avais cherché à joindre Lazaro, mais c'était impossible. Alors, quand j'ai su que... Je me suis glissée dans le salon et je l'ai vu... et je n'ai pas pu m'en empêcher... Je voulais qu'il sache.

L'air désolé de la jeune femme et la sincérité de son explication émurent Leonora. Cette Skye Quelque Chose n'était pas comme les autres... Comme celles qu'elle avait entendu commérer dans les toilettes le soir où elle avait rencontré Gabriel. Elle ne faisait pas partie du même cercle.

Se détendant, Leonora lui sourit.

— Je sais exactement ce qui s'est passé. Vous l'avez connu avant qu'il me demande en mariage.

— Oui ! s'écria Skye, d'un air soulagé. C'est ça ! Je ne lui aurais jamais pardonné si j'avais appris qu'il était avec vous à ce moment-là.

— Effectivement, ça n'aurait pas été bien, mais il n'aurait pas fait ça. Ces... Ces hommes sont intègres.

— Vous voulez dire Lazaro et...

— Et Gabriel... mon mari.

Leonora regarda les rondeurs de la jeune femme.

— Félicitations... Je vous souhaite le meilleur pour vous, pour Lazaro et votre futur bébé.

Son regard s'assombrit. Malgré la fantastique alchimie entre Gabriel et elle, il fallait qu'elle se rappelle qu'il ne l'avait épousée que pour remplir un rôle de mère, lui donner une descendance. Il ne l'avait épousée que pour cette raison.

Elle se tournait pour partir, mais Skye la retint.

— Je vous le redis, je suis désolée de ce que j'ai fait... Et je vous souhaite tout le bonheur possible.

Leonora la remercia et s'éloigna, émue, proche des larmes. Elle était folle ou quoi ? Que lui arrivait-il ?

Elle n'avait jamais eu d'amie proche. Mais si, un jour, elle se liait d'amitié avec une autre femme, elle aimerait que ce soit avec une personne aussi charmante que cette délicieuse Skye.

Elle rentra dans le salon et chercha son mari des yeux. Il parlait avec Lazaro Sanchez. Que pouvait-il bien lui dire ?

Remarquant qu'ils étaient tendus, elle s'approcha et constata que l'échange n'avait rien d'amical.

— Tu vas peut-être être surpris, cette fois-ci, Gabriel. Rien ne dit que ce sera l'insatiable Torres qui l'emportera. Dis-toi bien que vous ne dominerez pas tout, toute votre vie.

Les traits tirés, Gabriel fit un pas vers Lazaro.

— Je me souviens de toi, tu sais. Je me rappelle le jour où tu t'es planté devant mon père, en pleine rue, en clamant que tu étais son fils. Tu n'es qu'un aigri, Sanchez. Tu en veux à la terre entière. Il est temps de passer à autre chose et d'arrêter de te faire passer pour une victime.

Leonora n'en crut pas ses oreilles. Les deux hommes se connaissaient ! Et ne s'appréciaient pas ! La tension entre eux était palpable.

Elle avança plus près, mais, confits dans leur agressivité, ils ne la voyaient pas.

— Tiens, Lazaro ! Contente de te voir.

Sanchez battit des paupières et sembla se calmer. Gabriel aussi. Comme si elle était sa propriété, il prit Leonora par la taille et la serra contre lui.

— Je te demande pardon pour ce qui s'est passé, dit Lazaro reprenant à quelques mots près les propos de Skye. Je ne voulais pas te blesser.

Elle lui sourit.

— Je sais, je viens de parler avec ta femme. Félicitations pour le bébé.

Lazaro regarda Gabriel, visiblement crispé. Elle ne l'avait jamais vu aussi nerveux.

— Bon, salut, Torres !

Lazaro s'en alla.

Leonora regarda Gabriel qui suivait Lazaro des yeux, l'air furieux.

— J'ignorais que vous vous connaissiez.

— J'aimerais autant ne l'avoir jamais connu.

— C'est depuis la rupture de nos fiançailles ?

— Non. Bien avant.

— Et tu ne me l'as jamais dit.

— Non, parce que j'estime que ça n'a aucune importance.

Intriguée, et contrariée, Leonora ne laissa pas passer.

— Aucune importance ? J'ai couché avec toi le soir où je devais annoncer mes fiançailles avec lui… Le soir où tu m'as séduite… Et tu estimes que ça n'a pas d'importance ? Je veux savoir pourquoi.

Il lui prit le bras et s'éloigna avec elle dans un endroit plus discret. C'était donc qu'il avait un secret…

— Parce que c'est quelqu'un que je n'aime pas.

— Cela se voit. Mais dans ce cas, que faisais-tu là le jour de l'annonce de nos fiançailles ?

— Je voulais voir de quoi il était capable !

Ne comprenant pas ce qu'il insinuait, elle secoua la tête.

— Quand tu m'as suivie… après l'intervention de Skye O'Hara, j'ai cru que c'était un hasard. En fait, cela n'en était pas un !

— Non, je t'ai suivie parce que j'avais envie de toi. Toi aussi d'ailleurs, tu me l'as prouvé cette nuit-là ! Et parce que j'étais inquiet pour toi.

Elle ne l'écoutait pas. Elle repassait en boucle ce qui s'était passé.

— Tu m'as fait la cour pour le faire enrager. Tu as saisi cette occasion…

Il secoua la tête.

— Non, je t'ai fait la cour parce que je te désirais, pour rien d'autre.

Sa réponse ne parvint pas à la convaincre.

— Ne me dis pas que tu ignorais que Lazaro serait furieux que l'on nous voie ensemble.

Gabriel rougit.

— Je reconnais que je me doutais qu'il serait vexé de voir des photos de nous quittant l'hôtel ensemble. Mais une fois dans mon appartement, Lazaro Sanchez m'est complètement sorti de l'esprit.

— Dans le fond, tu m'utilises… depuis le début. C'est pour cela que tu m'as demandé en mariage ? Parce que c'était une autre façon de narguer ton rival ?

Elle s'écarta de Gabriel. Il fallait qu'elle parte avant qu'il se rende compte que sa conduite la détruisait.

Elle se tourna et, bousculant deux personnes dans sa fuite, disparut. Au bout d'un couloir, il y avait un ascenseur dont les portes se fermaient, mais elle arriva à temps pour s'y glisser. Elle se sentait misérable, pathétique, défaite et consciente que les personnes qui descendaient avec elle la regardaient du coin de l'œil avec pitié. Les portes coulissèrent.

Elle n'avait été qu'un pion.

En plein désarroi, elle sortait de la cabine quand Gabriel, qui avait dû dévaler les marches quatre à quatre, surgit. Leurs regards se soudèrent. Pas longtemps, car elle se précipita vers la sortie et sauta dans le premier taxi en attente.

Gabriel lança une telle bordée de jurons que les clients qui entraient dans l'hôtel le dévisagèrent, éberlués. Il avait eu le temps de voir un morceau de tissu bleu et un dos nu s'engouffrer dans un taxi qui disparut très vite dans la circulation folle de Paris.

Dépité, il essaya de joindre Leonora sur son portable, mais bascula tout de suite sur sa boîte vocale. Finalement – ironie de la vie – c'était *sa femme* qui lui démontrait qu'il n'était pas aussi irrésistible que la rumeur le prétendait.

Il fit signe à son chauffeur d'approcher avec sa voiture et lui demanda de le ramener à son hôtel avec l'espoir qu'il l'y retrouverait.

Hélas ! elle n'était pas là.

Il réessaya de lui téléphoner, plusieurs fois, puis abandonna.

Elle s'était sauvée parce qu'elle avait besoin d'espace. De sa bulle. Et parce qu'elle avait compris qu'il lui avait un peu menti. Il l'avait suivie ce fameux premier soir parce qu'il avait envie d'elle – c'était vrai —, mais, également, pour planter un poignard dans le dos de Sanchez en se laissant prendre en photo avec elle. Il ne pouvait s'en prendre qu'à lui.

Ce qu'il n'avait pas mesuré, c'était à quel point il la désirait. Son envie d'humilier Sanchez était devenue anecdotique dès l'instant où il lui avait fait l'amour et l'avait demandée en mariage.

Mais comment l'en convaincre maintenant ?

— Quelle adresse ?

Leonora regarda le chauffeur de taxi qui s'était retourné.

Où allait-elle ? Le plus loin possible de Gabriel. Mais elle n'avait pas beaucoup d'argent dans sa minaudière et était en robe du soir. Pas vraiment la tenue idéale pour traîner dans les rues. Pourtant, elle aurait bien fait des kilomètres à pied pour se défouler !

Elle n'avait donc pas le choix. À contrecœur, elle donna l'adresse de leur hôtel, et le taxi fit demi-tour sur place pour repartir en sens inverse.

Elle se sentait vexée, humiliée, meurtrie. Et, pire que tout, idiote. Depuis l'instant où Gabriel l'avait repérée, il avait jeté son dévolu sur elle et l'avait sacrifiée. Il avait fait d'elle sa proie et sa victime. Il avait dû se réjouir quand il avait compris qu'elle n'avait pas donné sa virginité à Lazaro !

L'hôtel n'était plus loin, car elle apercevait les lanternes qui illuminaient sa façade deux cents mètres à droite.

Quand le taxi se gara, elle paya et descendit.

Ressassant sa colère, elle entra dans l'hôtel et monta dans la chambre.

Aïe ! elle n'avait pas la clé.

Elle frappa.

Aussitôt, la porte s'ouvrit sur Gabriel qui l'avait devancée. Il avait retiré sa veste et défait son nœud papillon qui pendait autour de son col de chemise déboutonné. Il avait les cheveux en bataille comme s'il venait d'y passer la main et il téléphonait.

— Elle est là. Tout va bien. Merci Marc.

Puis il raccrocha. Il avait l'air furieux et soulagé en même temps. Elle, elle se sentait penaude comme une gamine qui revient à la maison après avoir fait le mur et sait qu'elle va se faire disputer.

S'interdisant de le lui montrer, elle pointa crânement le menton.

— Ne me refais plus jamais ça ! marmonna-t-il.

Elle prit son air le plus innocent.

— Quoi donc ?

— Tu le sais très bien. Tu t'es sauvée et as éteint ton téléphone. Comment voulais-tu qu'on te retrouve ?

— On ?

— Oui, mon service de sécurité. Il assure déjà ta protection sans que tu le saches. Tu es une cible, Leo, parce que *je* suis une cible.

Elle l'avait fâché, mais elle lui avait, aussi, fait peur. Cela se lisait sur son visage.

Il se passa une main dans les cheveux, les ébouriffant un peu plus. Il ne le savait pas, mais il lui plaisait davantage encore quand il oubliait, comme maintenant, son côté officiel et ne montrait que sa vraie nature.

— Écoute-moi, Leo. Je regrette de ne pas t'avoir dit que je connaissais Lazaro Sanchez. Je ne me doutais pas que cela te mettrait dans une telle colère.

— Mais qu'est-ce que vous avez tous les deux à vous chercher ?

Il plongea les mains dans ses poches.

— Depuis qu'il a fait surface, il y a quelques années, il me harcèle. Je le trouve partout, il essaye de s'immiscer dans mes relations d'affaires, de casser les contrats que je suis sur le point de signer. Actuellement, par exemple, nous sommes tous les deux en compétition pour la rénovation du vieux marché de Madrid.

Elle en avait entendu parler, en effet.

Sa tristesse s'intensifia. Alors qu'elle avait l'impression qu'une sorte de complicité – en dehors de leurs ébats – s'installait entre eux, il n'en était rien. Il ne jugeait pas nécessaire de lui parler de son quotidien. C'était une gifle de plus qu'il lui administrait.

Il la regarda.

— Je ne pensais pas que cela pouvait t'intéresser, ajouta-t-il.

— Je suis ta femme. J'estime que j'ai le droit de savoir ce qui se passe dans ta vie.

Il alla à la fenêtre.

— Personne ne m'a jamais rien demandé jusqu'à présent. Je n'ai donc jamais eu à répondre ni à m'expliquer.

Leonora se calma peu à peu. Elle comprenait qu'un loup solitaire comme Gabriel puisse avoir du mal à s'adapter à la présence d'une femme s'installant *pour de bon* dans sa vie. Mais cela n'excusait rien.

— J'aurais dû me douter que cela ne pouvait pas être le hasard. Passer la nuit avec toi le jour même de l'annonce de mes fiançailles...

Comme Gabriel s'approchait, elle recula, mais il l'arrêta.

— C'est vrai, j'étais là à cause de Sanchez, mais dès que je t'ai vue, je n'ai plus pensé qu'à toi. Lui, il m'est complètement sorti de la tête.

— C'est donc bien ça. Tu as fait exprès de sortir de l'hôtel avec moi... pour qu'on nous voie ensemble !

Il se crispa.

— Oui, c'est vrai, mais je voulais aussi t'aider à quitter cet endroit... et te connaître.

Sa franchise la désarma. Elle n'oublierait jamais son émotion quand elle l'avait aperçu, alors qu'elle s'apprêtait à annoncer ses fiançailles avec un autre homme. Comme elle s'était sentie coupable !

— Je te jure que dès l'instant où nous sommes montés chez moi, je n'ai plus pensé à lui, reprit-il, sentant qu'il l'avait un peu déstabilisée. Pas une seconde. J'avais envie de toi. Je ne pensais plus qu'à cela.

Il semblait sincère. Peut-être se trompait-elle. Peut-être n'était-il pas aussi diabolique qu'elle voulait le croire. Refusant de lui montrer qu'il la déstabilisait, elle changea de sujet.

— Tout à l'heure, tu as dit quelque chose à propos de Lazaro. Une rencontre dans une rue avec ton père...

À son silence buté, elle comprit que le sujet l'agaçait.

— Pardon si je t'ennuie, dit-elle.

— Non, je vais te répondre. Il prétend que nous sommes demi-frères par mon père.

Stupéfaite, Leonora prit un siège.

— C'était il y a longtemps, le jour de mon anniversaire. Il s'est planté devant mon père, en pleine rue, et l'a accusé d'être son père. La sécurité l'a ceinturé, et je ne l'ai jamais revu… Jusqu'à il y a quelques années.

— Et alors ?

— Ce qu'il a prétendu n'est pas impossible. Mon père a semé à tout vent…

— Qui est sa mère ?

— Je l'ignore… et je n'en ai rien à faire.

Cette fois-ci, il n'était pas sincère. Son ton amer et son visage crispé le trahissaient. Il mentait.

— Donc, c'est bien ce que je dis. Tu m'as épousée pour le narguer.

— Faux. Je t'ai épousée parce que tu es la première femme qui m'a donné envie de songer à me marier.

Pas convaincue et lassée de cette conversation, elle se leva brusquement.

— Excuse-moi, je suis fatiguée, je vais me coucher.

Avant qu'il voie à quel point elle était bouleversée, elle lui tourna le dos pour partir. Il l'avait manipulée…

Elle était à la porte quand il la rappela.

— Arrête, Leonora. Arrête de croire que je me suis servi de toi. Tu n'as jamais été un pion. C'est vrai, je suis allé à la réception où vous deviez annoncer officiellement vos fiançailles pour le défier. Mais, quand je t'ai vue, je suis parti à ta suite parce que je te désirais et je t'ai fait la cour parce que je te désirais. Et je t'ai épousée parce que je te désirais et étais certain que nous serions bien ensemble. Parce que je te désire comme je n'ai jamais désiré aucune femme.

Leonora, qui ne demandait qu'à le croire, reprit espoir. Elle lâcha la poignée de la porte et plaqua la main sur sa poitrine. Son cœur battait à tout rompre.

Mais non, elle ne devait pas flancher. Ce soir, Gabriel l'avait vraiment blessée. Son talent pour lui faire du mal devait l'inciter à se protéger.

— Je dors dans l'autre chambre, cette nuit, déclara-t-elle.

La tête haute, sans un regard en arrière, elle sortit. Elle avait beau crâner, elle était pathétique. C'était une victoire à la Pyrrhus, car elle n'avait qu'une envie : se rendre et oublier son chagrin dans les bras de l'homme qui la torturait. Car, ironie du sort, il était le seul capable de l'aider à sécher ses larmes !

Elle se réveilla un peu plus tard dans la chambre d'amis. Son chagrin s'était un peu dissipé. C'était la première fois qu'ils ne dormaient pas ensemble, et elle avait rêvé de lui.

— Zut ! marmonna-t-elle à mi-voix.

Pour qu'elle le désire avec cette violence, il avait dû l'ensorceler ! C'était terrifiant et délicieux et, à tout prendre, entre un mariage complètement lisse avec Lazaro Sanchez et un volcan avec Gabriel, elle préférait le volcan. Et ses dangers.

Brusquement, comme si une mouche l'avait piquée, elle bondit du lit et sortit de la chambre. Le couloir était plongé dans le noir. Et dans le silence. À pas de loup, elle se dirigea vers la chambre de Gabriel, mais, entendant du bruit dans le salon, elle changea de direction.

Assis sur le canapé, Gabriel regardait un film en noir et blanc à la télévision. Il ne s'était pas déshabillé.

Il leva les yeux et, la voyant, éteignit le téléviseur. Sa barbe avait poussé ; elle creusait ses joues et accusait sa fatigue.

Comme il lui tendait la main, elle avança vers lui.

— Assieds-toi, dit-il.

Il serra ses doigts dans les siens et la sentit frissonner.

— Je...

Il posa le pouce sur sa bouche pour la faire taire.

— Non. Ne dis rien. Laisse-moi te montrer comme j'ai envie de toi, murmura-t-il. De toi, Leo, de personne d'autre.

Se reprochant sa faiblesse, elle le laissa faire, certaine d'une chose : qu'elle allait au-devant de bien d'autres blessures.

Quand elle se réveilla, le lendemain matin, le soleil brillait déjà. Désorientée, il lui fallut quelques secondes pour se rappeler où elle était et ce qui s'était passé la veille.

Faisant rapidement le tour de la pièce des yeux, elle constata qu'elle était vide. Quant à elle, elle était nue et avait mal partout. Ils avaient fait l'amour sur le canapé, comme des adolescents qui se découvrent, puis Gabriel l'avait portée sur son lit et ils avaient refait l'amour. Et encore… Et l'aube avait fini par se lever.

Leonora se retourna en gémissant et enfouit la tête dans l'oreiller. Elle ne se reconnaissait plus. Était-ce bien elle cette femme gouvernée par sa libido ?

Machinalement, elle posa une main sur son ventre. Elle était peut-être enceinte… Depuis cette nuit. Voir le ventre rebondi de Skye avait suscité en elle une pointe de jalousie. Que penserait Gabriel s'il la trouvait en train de rêver de bébé ?

Finalement, elle se leva et alla prendre une douche. L'eau tiède était bienvenue sur la peau de ses cuisses quelque peu meurtrie. Elle se lava les cheveux et, une fois copieusement rincée, sortit pour enfiler son déshabillé.

Prenant son air le plus dégagé, elle se rendit dans la salle à manger. La table du petit déjeuner était préparée. Un garçon servait du café à Gabriel qui se leva dès qu'il la vit.

— Bonjour. Comment vas-tu ? J'ai commandé pour toi.

Évitant son regard, elle s'assit. C'était absurde d'avoir honte. Elle était sa femme maintenant, elle n'avait pas à rougir de leurs ébats.

— Bien. Merci.

Elle était fatiguée, en fait, mais pas disposée à lui avouer pourquoi… C'était déjà trop bête de rougir.

— Je pensais que nous pourrions nous promener en ville aujourd'hui. Qu'en dis-tu ?

— Tu ne travailles pas ?

Il secoua la tête. Non, il avait des réunions le lendemain, mais tout était prêt.

— On est dimanche. Tu connais quelqu'un qui travaille le dimanche ?

Oui, elle. C'était même sa journée la plus chargée, avec le surcroît de touristes qui venaient visiter leur château.

— Je t'imaginais accro au travail.

— En d'autres temps, je me serais trouvé une excuse pour aller au bureau, mais, maintenant, j'ai une bonne raison pour ne pas y aller.

Enthousiasmée à l'idée de passer une journée entière en compagnie de Gabriel, mais s'interdisant de lui montrer le plaisir que lui faisait sa proposition, elle prit son ton le plus dégagé pour répondre.

— Pourquoi pas ? Ça me semble une bonne idée. Mais les paparazzis ?

Il s'essuya la bouche et reposa sa serviette.

— Ne t'inquiète pas, j'y ai pensé. J'ai mon idée...

9

L'idée de Gabriel était simple : se déguiser. C'est donc en jean et veste légère, casquette sur la tête et baskets aux pieds, achetés dans les boutiques de l'hôtel, qu'ils quittèrent leur chambre, laissant les journalistes sur leur faim.

Prenant Leonora par la main, Gabriel se dirigea vers la station de métro la plus proche.

— Ce sera plus rapide qu'en taxi, dit-il. Tu n'y vois pas d'inconvénient ?

L'impression de jouer aux gendarmes et aux voleurs la fit éclater de rire. Elle adorait ce côté « gamin » de son mari qu'elle n'avait pas soupçonné.

— Bien sûr que non !

Ils dévalèrent les marches en riant et montèrent dans la première rame qui se présentait.

Arrivés à la station Champ-de-Mars, ils sortirent et se promenèrent sans que quiconque les remarque, badauds parmi les badauds, passant de la tour Eiffel au musée Rodin. Ils flânèrent ensuite sur les quais de la Seine, qu'ils traversèrent, et s'arrêtèrent longuement sur l'esplanade de Notre-Dame de Paris, dévastée par l'incendie du 15 avril 2019. Ils firent une pause à la terrasse d'un café dans l'île de la Cité, retraversèrent le fleuve et s'assirent dans le jardin du Luxembourg.

La journée se passa ainsi, magique et totalement improvisée. Pour la première fois, Leonora prêta attention aux familles. Les papas, avec des bambins sur les épaules, les bébés dans des poussettes, les mamans, souvent enceintes. Sans qu'elle sache très bien pourquoi, son cœur se serra. Un jour Gabriel et elle tiendraient ce rôle, car il lui avait dit qu'elle devait lui donner une descendance pour que se perpétue le nom de Cruz y Torres.

Alors qu'ils longeaient le bassin au milieu du Luxembourg, elle se tourna brusquement vers Gabriel.

— Je voudrais avoir un enfant de toi.

Interloqué, il la regarda.

— Je sais que pour un tas de raisons nous devons avoir des enfants, poursuivit-elle. Ce n'est pas ça. Ce que je veux dire, c'est que je veux un enfant *de toi*... Faire un enfant *avec toi*.

Son cœur cognait si fort qu'elle mit son excitation sur le compte du café qu'elle venait de boire, mais elle savait qu'elle se mentait.

Le visage grave, Gabriel entrelaça les doigts aux siens.

— Je sais. Moi aussi.

Elle nota son regard, ses yeux fiévreux. Puis il l'entraîna vers la sortie du jardin et héla un taxi.

— Où va-t-on ?

Question inutile, elle le savait.

Après quelques minutes de trajet dans des rues étroites, le taxi les déposait au pied de leur hôtel.

— Mais les journalistes ? dit-elle.

— On s'en fiche.

Ils prirent l'ascenseur et montèrent. Gabriel ouvrit leur suite et, bouillant d'impatience, plaqua Leonora contre la porte – qu'il referma d'un coup de pied – et prit sa bouche. Mais il voulait plus.

Sans lâcher ses lèvres, il la déshabilla et la poussa à reculons vers le lit. S'étant dévêtu à son tour, il s'allongea sur elle.

Nus tous les deux, jambes enlacées, leurs mains caracolant sur leurs corps enfiévrés, ils se cherchèrent, se palpèrent, mais les caresses ne pouvaient satisfaire la violence de leur désir.

Brusquement, d'un coup de reins presque brutal, il s'enfonça en elle, lui arrachant un cri qu'il étouffa en reprenant sa bouche. Il se mit à aller et venir en elle, de plus en plus vite jusqu'à ce que, ensemble, ils se laissent emporter par la déferlante qui s'abattait sur eux et les engloutissait.

Quand Leonora reprit ses esprits, submergée par un flot d'émotions, elle pleurait...

Le soir tombait quand Leonora se réveilla, seule dans le lit. Ses yeux un peu collés lui rappelèrent qu'elle avait pleuré quand il lui avait fait l'amour.

Horrifiée à la pensée qu'il ait vu ses larmes, elle alla prendre une douche. C'était bête de pleurer de trop de bonheur.

Une fois lavée et maquillée, elle se rhabilla et alla au salon. Gabriel était là, debout près de la fenêtre. Bel homme toujours aussi séduisant, aussi désirable. Serait-elle un jour rassasiée de lui ? Dès qu'elle l'approchait, l'attirance magnétique qu'il exerçait sur elle devenait incontrôlable. Son désir devenait incontrôlable.

— Je n'ai pas voulu te déranger, dit-il.

Leonora s'interrogea. Avait-il eu peur qu'elle recommence à pleurer ?

— Eh bien, me voilà ! Et bien réveillée, dit-elle se forçant à sourire.

Il jeta un coup d'œil à sa montre.

— Je ne sais pas, toi, mais moi, je meurs de faim. Soit on dîne ici, soit on sort. Tu décides.

Elle hésita. Compte tenu de son excitation, mieux valait sans doute qu'elle aille prendre l'air.

— Allons dîner dehors, dit-elle.

Déçu que Leonora préfère un dîner au restaurant à un tête-à-tête intime dans leur suite – ce que des amants auraient souhaité —, Gabriel n'avait dit mot. Son choix était sans doute normal. Ils n'étaient pas amants, après tout, puisqu'elle était sa femme légitime.

Cet après-midi, pourtant, elle s'était montrée plus bouillante que les maîtresses les plus ardentes qu'il avait eues. Et au moins aussi avide que lui.

Il sentait encore ses ongles lui griffant les épaules, ses fesses... Son ventre qui ondulait contre le sien. Il entendait ses gémissements, ses cris, sa supplique « S'il te plaît... encore... encore... » , et sa longue plainte de louve assouvie.

Mal à l'aise, il bougea sur son siège. Il régressait. Il n'avait pas plus de contrôle sur son corps aujourd'hui que lorsqu'il était ado et un peu tout fou.

Il arrêta la voiture et descendit. Leonora, qui l'avait imité, s'extasia.

— J'adore…, dit-elle. C'est Montmartre ?

— Oui, c'est Montmartre, j'aime ton émerveillement. Tu es née dans l'une des plus grandes familles d'Espagne et tu n'es pas blasée. C'est un vrai bonheur de visiter une ville avec toi. Maintenant, viens, nous allons dîner là.

Assis à une table, avec vue sur la place du Tertre, Gabriel lisait le menu à Leonora quand, brusquement, il s'arrêta.

— Pourquoi ne t'es-tu pas mariée plus tôt ? Tu aurais pu trouver facilement un mari…

La brutalité de la question la prit de court.

— Je ne sais pas… peut-être à cause de mon père. Et des principes de mon milieu qui n'ont pas beaucoup changé depuis le Moyen Âge ! L'idée qu'il faille se marier pour perpétuer le nom, la lignée… Je n'adhère pas. Et puis, je savais que ma seule valeur, c'était mon nom.

— Si cela peut te consoler, je peux en dire autant de ma famille. La pérennité du nom Cruz y Torres repose entièrement sur moi. Ma sœur n'a pas cette responsabilité, et c'est aussi bien pour elle.

Il soupira puis reprit :

— Quand j'étais plus jeune, j'ai failli fuguer à plusieurs reprises… juste pour échapper au poids de mon nom. Si je te disais que le jour où Sanchez a agressé verbalement mon père, dans la rue, en lui affirmant qu'il était son fils, je l'ai presque envié. Lui, au moins, il était libre.

Elle le regarda et lui prit la main.

— Et si votre mésentente venait de là ? De ce que tu es, finalement, jaloux de lui ? De sa liberté.

Quelqu'un qui toussotait près d'eux leur fit relever la tête.

— Vous avez choisi ? demanda le serveur.

Ils passèrent leur commande et reprirent leur conversation. Cinq minutes plus tard, leurs plats arrivaient.

— Es-tu contente de ta journée ? demanda Gabriel, changeant totalement de sujet.

Elle but une gorgée de vin.

— Oui, j'ai adoré.

Il se pencha vers elle.

— Tu as tort de te sous-estimer, Leo. Tu n'es pas un pion qu'on manipule. Nous avons tous les deux grandi sachant que nous avions des responsabilités. Aujourd'hui, je les partage avec toi. Je crois que nous pouvons être heureux ensemble.

Il aurait beau prétendre le contraire, elle avait le sentiment d'être un pion. Si elle voulait survivre dans son monde, elle avait intérêt à s'endurcir.

Préférant penser à autre chose, elle hocha la tête.

— Au fait, dis-moi, c'est quoi ce chantier qui vous intéresse tous les deux ?

Dix jours après leur retour en Espagne avait lieu l'attribution du chantier du vieux marché couvert de Madrid, un projet auquel Gabriel travaillait depuis un an.

Le résultat de l'appel d'offres auquel il avait répondu était incertain. Lazaro Sanchez avait autant de chances que lui de l'emporter, car il avait présenté un projet correct que Gabriel approuvait en partie.

L'idée qu'on ne lui attribue pas le chantier ne le tourmentait pas. Il avait bien autre chose en tête. Leonora occupait toutes ses pensées.

Le dimanche qu'ils avaient passé ensemble resterait à jamais gravé dans sa mémoire. Il ne se rappelait pas avoir, une fois dans sa vie, vécu des heures aussi mémorables. Il aimait passer du temps avec elle et voulait en passer encore. Avant cette escapade, il n'avait jamais pris un jour de congé. Avant elle, il n'avait jamais pris le métro, ni flâné dans un musée. Il avait découvert un autre monde.

La semaine passée avait été chargée à cause de la finalisation du projet « marché couvert ». Le soir, quand il rentrait, elle dormait déjà. Ils s'étaient donc peu vus. Ce matin, elle était pâle, ce qui l'avait inquiété. Mais elle l'avait rassuré.

— Tu es sûre que tu n'es pas enceinte ?

Elle avait répondu non. Au fond de lui, il ne le lui avait pas avoué, mais il avait été déçu.

Du coin de l'œil, il aperçut Lazaro Sanchez dans un coin de la salle. Il se tenait près de sa femme, la jolie rousse au ventre rond. Très franchement, il n'aurait pas vu Sanchez avec ce genre de femme charmante, chaleureuse aussi. Un peu comme Leonora, mais en plus extravertie.

Leonora.

Il sortit son portable et tapa un texto à son adresse.

Elle lui répondit aussitôt.

Tout va bien, merci. Je croise les doigts pour le marché couvert. Désolée de ne pas être avec toi. X

Ce X final lui porta un coup au cœur. Mais pas le temps de réfléchir, on l'appelait.

— Monsieur Torres, nous allons commencer.

Gabriel vit Sanchez s'approcher. Ce chantier était doublement important pour lui, car il était marié et bientôt père de famille. Lui, il n'était que marié. Pour l'instant...

En revenant de la réunion, Gabriel tomba sur Ernesto qui le guettait. Il semblait anxieux.

— C'est Leonora, monsieur. Elle n'a pas quitté sa chambre. Elle dit que tout va bien, mais j'ai des doutes.

À ces mots, le chantier du marché couvert et l'altercation qu'il avait eue avec Lazaro Sanchez s'évanouirent.

Il regarda sa montre. C'était la fin de l'après-midi, et elle ne s'était pas levée. Oui, il y avait un problème.

Il monta quatre à quatre les marches et entra dans sa chambre. Leonora se retourna dans le lit.

— Ça ne va pas ? demanda-t-il. Tu es blanche.

— Ça m'arrive tous les mois, plus ou moins fort. Ça va passer.

Elle essaya de s'asseoir et fit la grimace. Voyant qu'elle souffrait, il n'attendit pas une seconde et sortit son téléphone portable.

— Non, Gabriel. Je n'ai pas besoin d'aller à l'hôpital. Je vais reprendre du paracétamol et, demain matin, ça ira mieux.

Il se leva.

— Ne discute pas, Leo. Je veux que tu voies un médecin. Mets tes chaussures, je t'emmène.

Il la prit dans ses bras pour descendre l'escalier et la déposa dans la voiture dont Ernesto avait ouvert une portière.

— Je te jure que c'est inutile, insista-t-elle.

Sans répondre, il se glissa au volant et démarra.

Devant sa détermination, elle se tut. Ils roulèrent en silence jusqu'à l'hôpital qu'il avait prévenu de leur arrivée.

— Ce n'est rien, dit-elle au personnel soignant qui s'empressait.

Au même moment, elle se tordit de douleur.

— Tu vois bien que ça ne va pas, répliqua-t-il. Laisse les médecins s'occuper de toi.

La douleur persistant, elle accepta sans protester. Les heures suivantes s'écoulèrent entre prises de sang et batterie d'examens. Pour tuer le temps, elle demanda à Gabriel de lui parler de la réunion qui avait eu lieu plus tôt.

— Nous aurons les résultats définitifs dans un mois.

Il se tourna vers elle et ôta les mains de ses poches. Il avait défait sa cravate et le bouton de col de sa chemise, et posé sa veste sur le dossier d'une chaise. Comme il s'était passé la main dans les cheveux, il était décoiffé, mais le style savamment négligé lui allait bien. Si elle n'avait pas déjà été amoureuse de lui, elle aurait certainement succombé à son charme.

— Nos deux propositions vont être soumises aux critiques du public qui pourra faire ses remarques et voter pour le projet qu'il préfère.

— Lazaro était-il là ?

— Oui. Lui et sa femme.

— Je regrette vraiment de ne pas être venue, dit Leonora.

N'était-ce pas son devoir maintenant ? D'être aux côtés de son mari et de le soutenir ? La femme de Lazaro n'était peut-être pas du même milieu que son mari, mais elle jouait le jeu, elle.

— Ne dis pas de bêtises, ce n'était pas important.

— Si. Tu travailles sur ce projet depuis plus d'un an et tu détestes Sanchez.

Il se crispa.

— Je ne le *déteste* pas, il me porte sur les nerfs, mais il fait tout pour ça.

Les sourcils froncés, elle le fixa.

— Tu es sûr que vous n'êtes pas parents ?

Le médecin qui entrait lui épargna une réponse.

— Nous allons devoir garder la *señora* Torres cette nuit pour un complément d'analyses demain matin. Vous allez pouvoir rentrer chez vous, *señor* Torres. Nous en saurons plus demain, et vous serez tenu au courant.

Puis le médecin disparut.

Une semaine plus tard

— Comment vous sentez-vous, Leonora ?

La voix était charmante, mais ce n'était pas Gabriel. Cet homme n'avait pas la voix aussi douce et il l'appelait Leonora.

Leonora ouvrit les yeux, mais, aveuglée par la lumière, s'empressa de les refermer. Elle avait toujours mal dans le ventre et, pour l'heure, les médecins n'avaient pas d'explications.

Elle avait une idée en tête, mais préférait ne pas y penser.

— J'ai soif, dit-elle.

— Tenez, voilà un verre, dit la voix. Vous irez mieux après.

Elle se redressa pour boire quelques gorgées d'eau à l'aide de la paille puis retomba sur son oreiller. Elle savait qu'elle n'irait pas mieux après.

— Comment te sens-tu, Leo ?

Gabriel. Depuis qu'il était entré dans sa chambre, elle faisait semblant de dormir, mais il était temps qu'elle arrête son cinéma. Elle ouvrit donc les yeux et battit plusieurs fois des paupières. Il se tenait, immense, au pied de son lit et semblait inquiet. Il ne s'était pas rasé, et sa barbe lui donnait un air encore plus viril.

— Les médecins disent que tu vas pouvoir rentrer à la maison, aujourd'hui. Mais rien ne presse. On partira dès que tu te sentiras assez solide pour t'habiller.

— Je... Nous... Il faudrait qu'on parle.

— Pas maintenant, Leo. On parlera aussi longtemps que tu voudras quand tu seras remise.

Repoussant drap et couverture, elle s'assit au bord du lit. Aussitôt, Gabriel se précipita, mais elle l'écarta, redoutant que le simple contact de sa main sur sa peau ne la fasse pleurer.

— Je vais prendre une douche, et rassembler mes affaires. Va prendre un café pendant que je me prépare, je serai prête quand tu reviendras.

Quand il sortit, elle soupira, se sentant vidée. Douloureuse. Des images et les souvenirs de ces derniers jours défilaient devant ses yeux ne lui laissant aucun répit. Ce que lui avait dit le médecin tournait en boucle dans sa tête.

« Désolé, *señora* Torres. Les examens sont formels. Nous allons devoir intervenir chirurgicalement, car l'ablation des trompes de Fallope est nécessaire. Mais nous ne toucherons ni à l'utérus ni aux ovaires... »

Infertile. À vingt-quatre ans. À cause de symptômes qui avaient été négligés parce qu'ils n'avaient rien d'alarmant. Et parce qu'elle avait eu peur de la déception de ses parents.

S'appuyant sur les poings, elle se leva du lit et alla s'enfermer dans la salle de bains. Physiquement, elle serait totalement rétablie d'ici une quinzaine de jours, lui avait affirmé le médecin. Émotionnellement, c'était une autre histoire.

Sa douche terminée, elle se lava les dents en évitant de se regarder dans la glace. Mais, par mégarde, elle vit le reflet que lui renvoyait le miroir. Ses yeux n'étaient que deux grandes flaques de détresse. Sa peau était blanche, son visage tiré, ses joues creuses.

Consternée par sa mine, elle fit la grimace à son reflet.

— Je suis affreuse..., gémit-elle avant d'éclater en sanglots.

À son retour, au lieu de trouver Leonora prête à partir, Gabriel entendit des sanglots venant de la salle de bains et se figea. Elle pleurait.

Instinctivement, il bondit vers la porte, mais, au moment d'entrer, il s'arrêta. Elle n'aimerait pas être surprise en larmes. Ce chagrin était intime, et elle ne tenait sûrement pas à le partager. Il soupira. Pour la première fois de sa vie, il se trouvait confronté à l'impossibilité d'aider.

Une semaine plus tard

Leonora était assise sur la terrasse du château. C'était la fin de l'été, et la soirée était encore tiède. Malgré tout, Ernesto avait insisté pour lui mettre un plaid sur les genoux.

La vue magnifique qu'elle avait devant les yeux ne parvenait pas à apaiser son chagrin à l'idée qu'elle n'aurait pas d'enfants. Ses parents lui avaient rendu visite, et sa mère était désespérée.

— Mon Dieu, Leo... Il va vouloir divorcer si tu ne lui donnes pas d'héritiers. Qu'allons-nous devenir ?

Son père avait éloigné sa mère et dit à Leonora de ne pas l'écouter, mais sa mère avait raison. Un jour ou l'autre, elle allait devoir en discuter avec Gabriel.

Un bruit de pas troubla soudain le silence. Elle se retourna. C'était Gabriel.

— Comment vas-tu, ce soir ?

— Beaucoup mieux, merci.

Il s'assit dans un transat à côté d'elle et lui demanda si le médecin était passé la voir.

— Oui, selon lui, je récupère bien. Mais il faut qu'on parle de l'avenir, toi et moi.

— On attendra pour parler que tu sois totalement remise, d'accord ? Pour l'instant, allons dîner. Je vais prendre une douche, me changer et j'arrive.

Elle le regarda s'éloigner. Sa démarche était souple, féline. Il était beau, élégant, incroyablement séduisant. Que deviendrait-elle si...

Les larmes aux yeux, elle chaussa ses lunettes de soleil pour les dissimuler. Ce qui lui arrivait était affreux.

Gabriel ne pourrait pas repousser éternellement l'explication qui s'imposait. Quand celle-ci aurait lieu, elle signerait sans doute la fin de leur union.

Refoulant cette pensée, elle se leva.

10

Gabriel était à son bureau. Songeur, il regardait Madrid depuis sa fenêtre, mais ses pensées étaient ailleurs.

Deux semaines s'étaient écoulées depuis l'opération de Leonora. Physiquement, elle était remise, mais psychologiquement...

Devant son désarroi – ses larmes à l'hôpital l'avaient bouleversé –, il se sentait impuissant. La situation n'était pas de son ressort, car aucune somme d'argent ne pouvait régler le problème. Habitué à toujours tout résoudre grâce à sa fortune, il se sentait totalement démuni.

Depuis son retour de l'hôpital, Leonora dormait dans la chambre d'amis. C'était elle qui l'avait souhaité malgré l'insistance de Gabriel à la vouloir dans son lit.

Il en était conscient, elle lui échappait.

Un coup discret à la porte le tira de ses pensées.

— M. Lazaro Sanchez, monsieur ! annonça son assistante.

S'il y avait une personne que Gabriel n'avait pas envie de voir, c'était lui, son prétendu demi-frère. Mais comment l'éconduire ?

— Faites-le entrer.

Sanchez arriva, raide, sa tension palpable.

Il tenait une enveloppe à la main qu'il posa sur la table.

— Tu trouveras là tous les éléments pour prouver que nous sommes parents, dit-il. Sache cependant que je ne vous demande rien, ni à toi ni à ta famille. Je veux seulement que vous reconnaissiez que nous sommes du même sang. C'est la moindre des choses, me semble-t-il. D'autre part, j'ai décidé de me retirer de l'appel d'offres du chantier du marché couvert. Je continue de penser que mon projet est supérieur au tien, mais ce n'est plus ma priorité. Et tu as raison... Pour une bonne part, ce qui me motivait, c'était de me frotter à toi. Tu es un adversaire qui compte, Gabriel, mais je n'ai plus la rage de me battre contre toi. Plus le goût à ça...

Il était déjà à la porte quand Gabriel reprit ses esprits.

— Qu'est-ce qui a changé ?

Lazaro se retourna avec un sourire énigmatique.

— J'ai pris conscience de ce qui est important dans la vie. C'est tout...

Peu de gens surprenaient Gabriel, mais Lazaro, là, venait de le déstabiliser. Effaré, il essaya d'imaginer ce qui avait pu se passer, mais en vain.

Il s'approcha de son bureau et prit l'enveloppe. Elle contenait des informations sur l'ADN de Lazaro. Il suffisait que Gabriel fasse le test puis qu'un spécialiste compare les deux, et ils sauraient ainsi, de façon formelle, s'ils étaient frères.

Mais cette démarche était inutile, car Gabriel en connaissait d'avance le résultat. Il avait tout de suite su, ce fameux jour, dans la rue, que ce Lazaro était son frère. Au-delà de l'animosité qui les opposait, il avait tout de suite perçu une affinité, même s'il n'avait jamais accepté de l'admettre. C'était trop dérangeant.

Gabriel reposa le papier puis retourna à la fenêtre. Il aurait dû crier victoire, car il restait seul en lice pour le chantier, mais il n'était pas d'humeur à triompher. Il se sentait déprimé, désemparé, comme si on l'avait dessaisi de quelque chose.

Il prit alors conscience de ce qui le déstabilisait. Il avait savouré le plaisir de se battre contre Lazaro. Savouré l'occasion de plastronner – même s'il n'aimait pas cela –, et cette satisfaction, cette jouissance, était dorénavant derrière lui. Fini...

Une pensée mauvaise se glissa dans son esprit. Et si Lazaro avait appris pour Leo ? Était-ce pour cette raison qu'il tentait une nouvelle fois de se faire reconnaître comme un Cruz y Torres ? Parce qu'il savait que si Gabriel restait sans héritier, ses enfants, les Sanchez, pourraient prétendre à un rang dans la lignée des Torres.

Il secoua la tête. Il devenait parano. Lazaro ne pouvait pas savoir. C'était une coïncidence.

Mais le fait était là. Sans héritier, le nom de la famille s'éteignait. Même si Lazaro était son demi-frère, il ne serait pas forcément d'accord pour porter le nom de Cruz y Torres. Surtout après avoir été traité comme il l'avait été.

Drôle de vie ! Elle réservait parfois de ces surprises !

Quelques semaines auparavant encore, il redoutait que Leo ne soit enceinte – il souhaitait prolonger la liberté à deux – et, aujourd'hui, il rêvait qu'elle le soit. Le sort lui faisait un pied de nez. Dorénavant, ils disposaient de toute la liberté qu'ils voulaient...

Leonora sentit que Gabriel était là avant même de le voir. Comme si de rien n'était, elle continua de faire la lecture à Matias venu la voir au château. Bien qu'elle ne lui ait rien dit de son opération, son frère avait deviné que quelque chose n'allait pas.

— Bonsoir, dit Gabriel.

Matias se précipita pour lui dire bonjour.

— Puisque tu es là, nous allons dîner, dit Leonora. Matias doit nous quitter maintenant, et ton chauffeur va le reconduire à sa pension.

Après les effusions du départ, puis le dîner, Gabriel proposa à Leonora de prendre un verre sur la terrasse. Il était prêt pour une discussion avec elle.

— Il faut que je te dise..., lança-t-il en servant deux verres de porto. J'ai reçu la visite de Lazaro, aujourd'hui, et il se retire de la compétition. Ça ne l'intéresse plus.

— Ah ? répondit-elle, comme indifférente à ce qu'il lui annonçait.

Étonné par son manque d'intérêt, il vint s'asseoir à côté d'elle.

— Je suis désolé de ce qui t'est arrivé, Leo. Hélas ! je ne peux rien faire pour changer les choses.

Le bloc de glace qui lui enserrait la poitrine depuis deux semaines commença à fondre. Elle ne s'attendait pas à de l'empathie de sa part.

— C'est injuste, Leo. Pour t'avoir vue avec Matias, je sais que tu ferais une mère merveilleuse. Une maman aimante, attentive, dévouée…

Elle se leva et alla à la fenêtre.

— Ce qui s'est passé change tout entre nous, Gabriel. Je ne suis plus celle que tu as épousée. Comme je ne peux pas te donner d'enfants, nous allons divorcer… Je dois te rendre ta liberté. Le plus vite sera le mieux.

— Divorcer ? répéta-t-il, se levant à son tour. Les médecins l'ont dit, le cas n'est pas désespéré. Et puis, il y a d'autres options, la FIV, l'adoption…

— L'adoption ! Mais cet enfant ne serait pas de toi ! Quant aux FIV, ce sont de longues épreuves pas toujours couronnées de succès. Les couples, même les plus solides, n'y résistent pas toujours.

— Tu doutes de la solidité de notre relation ?

— Non, mais…

Il posa sur elle un tel regard qu'elle se sentit fondre. Cet homme, son mari, exerçait sur elle un pouvoir fantastique. Un seul regard, un seul geste, une caresse, un baiser, et elle était transportée.

— Tu veux divorcer ? Vraiment ?

Bien sûr que non. Elle envisageait sa vie entière avec lui d'autant plus que, depuis leur mariage, il lui offrait une vie qui surpassait ce qu'elle avait imaginé de plus fabuleux avec un homme, une vie où les fantasmes qui peuplaient ses rêves les plus fous se concrétisaient… Et tout s'effondrait à cause d'elle.

— Je crois que nous n'avons pas le choix.

Il regarda au loin, les mâchoires serrées. Elle savait qu'un homme comme lui ne se résignait jamais, qu'il haïssait les échecs.

— Écoute, Leo, j'ai une soirée importante bientôt. Ce n'est pas le moment d'attirer l'attention de la presse sur nous. On reprendra cette conversation plus tard, quand tu seras plus forte.

Quelle conversation ? Il n'y avait plus rien à discuter.

— Comme tu voudras. Bon, je te laisse, bonsoir…

Gabriel la regarda rentrer dans la maison. Pas une fois depuis cette maudite intervention, il n'avait imaginé un divorce. Des pensées malignes se mirent à trotter dans sa tête. Peut-être le menait-elle en bateau depuis le début. Peut-être ne s'était-elle mariée que pour sauver sa famille sachant pertinemment qu'elle ne lui donnerait pas d'héritiers. Peut-être, en se mariant, obtenait-elle la liberté à laquelle elle aspirait. Peut-être ne lui avait-elle dit que ce qu'il voulait entendre. Peut-être... peut-être...

Il se maudit. Plus que quiconque, il savait qu'ils ne s'étaient pas mariés par amour, mais pour une myriade de raisons dont sa volonté de pérenniser son nom. Si procréer n'était plus possible, que restait-il ? Leur alchimie, le respect mutuel et l'amitié. Mais était-ce suffisant ?

Les médecins avaient évoqué les FIV, dont il ne connaissait rien sauf que c'était une procédure longue, douloureuse et souvent vouée à l'échec. De toute façon, si elle avait décidé de mettre un terme à leur union, elle ne transigerait pas.

Brusquement, il se sentit désemparé. Abattu.

Bon sang ! Aucune femme n'avait le droit de le faire souffrir. Elle s'était engagée pour la vie avec lui, elle honorerait sa promesse.

Leonora eut beaucoup de mal à s'endormir. Sa tristesse était telle que son cœur lui faisait presque mal. Leur discussion tournait en boucle dans sa tête depuis qu'elle était au lit. Infertilité, descendance, divorce... Il avait évoqué la possibilité d'avoir recours à une FIV ou à l'adoption. Peut-être était-ce envisageable ? Mais les couples qui avaient recours aux FIV le faisaient par amour. Sans l'amour de Gabriel, cette *manipulation* avait-elle un sens ? Serait-elle raisonnable ?

Non, elle devait rendre sa liberté à son mari. Il trouverait une autre femme qui lui donnerait des héritiers. Il le méritait bien.

Elle allait laisser passer quelques semaines – puisqu'il était illégal de divorcer avant trois mois de vie commune –, puis elle demanderait le divorce. Son infertilité n'aurait pas disparu comme par magie dans quelques semaines.

— Tu dois être fier, Torres, ta femme est magnifique.

Gabriel regarda Leonora. Elle était belle, en effet, silhouette longiligne dans sa longue robe bleu glacier. Ses cheveux coiffés en chignon dégageaient ses oreilles parées de somptueux diamants.

Tous les regards, masculins surtout et plus ou moins discrets, convergeaient vers elle. C'était normal, elle était certainement la plus jolie femme de l'assemblée. Ce qu'ils ignoraient, c'était que sa beauté n'était pas que superficielle : elle avait aussi une belle âme. Mais sous cette beauté, elle cachait un désespoir secret.

Il reporta son attention sur l'homme d'affaires avec lequel il bavardait – dont l'intérêt manifeste pour Leonora lui déplut –, le salua et rejoignit Leonora qui eut un mouvement de recul quand il la prit par la taille.

Cela faisait un mois qu'ils avaient évoqué l'éventualité d'un divorce et, depuis, ils dormaient dans deux chambres séparées. Quand il rentrait le soir, elle dormait déjà. Quand il partait le matin, elle était toujours dans sa chambre. Les week-ends, elle aidait ses parents dans leur château ou s'occupait de Matias.

Les seuls moments un peu intimes qu'ils partageaient encore étaient lors de soirées comme celle-ci, au milieu de centaines de personnes. Pour Gabriel, cette situation était intenable.

Leonora s'était raidie quand elle avait senti le bras de Gabriel autour de ses hanches. C'était insupportable. Elle avait trop envie de lui, de le toucher, de l'embrasser, de lui faire l'amour. Ce soir plus que jamais.

Mais elle ne pouvait pas puisque son avenir, c'était de divorcer. Elle savait que Gabriel avait envie d'elle. Cela se lisait dans ses yeux.

— Tu es prête ? On s'en va.

Elle se dégagea de son emprise et le regarda. Il semblait tendu.

— Quand tu voudras, dit-elle.

Quand ils sortirent, les flashs des journalistes qui les attendaient en embuscade crépitèrent.

— Leonora ! Gabriel ! Par ici !

Une voix domina soudain toutes les autres.

— *Señora* Torres, l'héritier, c'est pour quand ?

Elle se raidit. La question mortelle ! Quelle audace ! Quelle indécence !

Navré, Gabriel la poussa doucement dans la voiture et y prit place à son tour. Bouleversée, incapable de dire un mot, elle regardait droit devant elle. Lui ne semblait pas heureux non plus.

— Ça va ? demanda-t-il enfin.

Elle ne se tourna même pas vers lui.

— S'il te plaît, roule, répondit-elle.

— Et voilà ! Nous sommes arrivés.

C'était la première fois depuis leur première nuit qu'elle revenait chez lui. Au souvenir de leurs étreintes, cette nuit-là, elle rougit.

— Leo ?

— Oui ?

— Qu'y a-t-il, Leo ?

Elle essaya de dire quelque chose, mais resta sans voix. Muette.

— Leo... Qu'y a-t-il ? Que veux-tu ?

Il entra avec elle dans son appartement.

— Veux-tu que je te dise ce que moi, je veux ? ajouta-t-il comme elle gardait le silence.

Elle acquiesça de la tête, un oui timide, émouvant.

— Je te veux, Leo. J'ai tellement envie de toi que cela me fait mal.

Il leva une main pour lui prendre le menton. Malgré l'envie de frotter le visage dans le creux de sa main, elle résista.

— Oui, mais à quoi bon ? dit-elle, haussant les épaules.

Elle se sentait perdue. Abandonnée. À demi morte.

Désarçonné par sa tristesse, il la lâcha.

— À rien peut-être, mais on s'en moque. Ce qui est important, c'est que je te désire et que tu me désires. Cela n'a pas changé. Tu le vois aussi bien que moi, voyons !

Après quelques secondes de silence, il recula.

— Va te coucher, Leo. Il est tard.

Puis il lui tourna le dos.

Désespérée, au bord des larmes, elle le rappela en criant :

— Gabriel ! S'il te plaît, arrête-toi. Reviens.

Il avait déjà retiré sa veste, et elle voyait les muscles de son dos sous sa chemise. Il se retourna.

— Tu... as raison, bégaya-t-elle, en pleurs. Il n'y a pas besoin que… cela serve à… quelque chose. J'ai tellement… envie de toi, Gabriel. Si tu savais…

— Viens, alors, dit-il en lui tendant la main.

Elle avança sans le quitter des yeux comme s'il était son point fixe, son phare dans la tempête.

Torturé, déchiré par sa détresse, il l'attira à lui, hésita, puis, cédant au feu qui le consumait, prit sa bouche.

Elle gémit. Jamais son baiser n'avait été aussi ardent, profond, sensuel. Jamais son corps n'avait été aussi dur contre elle. Elle ondula, se serra, gémit de plus belle. C'était sûrement l'une de leurs dernières étreintes.

— Tu es sûre que c'est ce que tu veux ? demanda-t-il.

— S'il te plaît, ne sois pas gentil avec moi. Pas maintenant.

Il la fixa un instant puis prit sa main et l'emmena dans la chambre. Là, il défit ses cheveux qui tombèrent en vagues sur ses épaules puis descendit la fermeture de sa robe qui s'affala en corolle à ses pieds dans un bruissement de soie sauvage. Elle ôta ses chaussures d'un coup de pied et, se tournant vers lui, le saisit par sa chemise. Elle essaya de ne pas penser à leur première nuit, cette nuit où il lui avait fait découvrir la vie, elle qui ne pouvait plus la donner.

Paralysée par cette pensée, elle ne bougea plus. Gabriel repoussa alors ses doigts pour défaire, seul, ses boutons de chemise et l'enleva. Puis il ôta son pantalon et tous ses vêtements jusqu'à ce qu'il soit nu. Elle oublia alors ce destin qui la crucifiait. Il n'y avait plus que lui et son corps magnifique, et plein de promesses.

Anticipant le plaisir qu'il allait lui donner, elle sentit ses muscles se contracter. Cela faisait des semaines qu'ils n'avaient pas fait l'amour. Des semaines longues comme des années.

Impatiente, elle posait la main sur son torse pour le caresser quand il la saisit et, la portant à sa bouche, déposa un baiser dans sa paume. Elle agita le bras pour qu'il la lâche, s'allongea sur le lit et, se tortillant, ôta sa petite culotte.

Il s'avança, s'agenouilla entre ses jambes qu'il écarta pour pouvoir embrasser le creux entre ses cuisses.

Excitée, elle lui empoigna les cheveux et lui releva la tête. Il la regarda, ses yeux étaient voilés par le désir.

— Tout de suite... S'il te plaît, Gabriel, prends-moi.

C'était la dernière fois, elle le savait. Ensuite, tout serait fini.

Il saisit son sexe pour le guider en elle, mais elle l'arrêta.

— Non, laisse-moi faire, dit-elle.

Elle l'entoura de ses doigts et le caressa. Il était dur, mais lisse. Tellement lisse, tellement doux dans sa main... Elle regardait ses doigts aller et venir sur sa peau tendre. Il était si puissant, si beau, et elle l'aimait tellement... Elle continua en le regardant dans les yeux quand, brusquement, il la supplia.

— Leo... Leo...

Elle s'arrêta et le glissa en elle. Alors, avec des mouvements déterminés et précis, il entama un lent va-et-vient.

Elle sentit le plaisir monter. Attentive à ce qu'elle ressentait, afin de garder son émotion éternellement en mémoire, elle fixait son visage.

Arriva le moment où, aussi excitée par le frottement de cette chair, longue et dure, tendre et lisse qui allait et venait en elle que par le trouble qu'elle lisait sur son visage, elle craqua. Elle se cambra, se cambra encore et, dans un sanglot, laissa toute l'énergie qu'elle retenait déferler en vagues successives.

Quand Gabriel se réveilla au petit matin, il sut tout de suite qu'il était seul dans l'appartement. Il ouvrit les yeux. Le parfum de Leo imprégnait toujours l'oreiller. Il sentait encore ses ongles dans sa chair quand, serrée contre lui comme pour ne plus faire qu'un, elle l'avait griffé.

Il n'avait pas pu se retenir longtemps.

Enfoncé dans le secret tiède et moite caché entre ses cuisses, il s'était laissé aller à la jouissance. Un plaisir si violent que ce matin encore il en était endolori.

Il se leva et enfila son jean. Oui, l'appartement était vide. Comme la dernière fois, il se demanda si la nuit qu'il venait de passer n'avait pas été un rêve. Mais non. Il y avait un mot sur la table.

Gabriel

Il prit l'enveloppe et l'ouvrit.

Cher Gabriel,

Je suis désolée. Je ne peux pas continuer.

Leonora

Sa première réaction fut de partir à sa recherche et de l'obliger à lui répéter ce qu'il venait de lire en le regardant dans les yeux.

Mais non. Au lieu de la poursuivre, il alla à la fenêtre et regarda dehors. Elle aimait cette vue et la lui avait fait aimer.

Elle lui avait dit : « J'ai envie de toi », mais cela ne l'avait pas empêchée de partir. Hier soir, il avait un peu douté de sa sincérité, mais, finalement, il l'avait crue. Il ne demandait qu'à la croire, il voulait tellement lui faire l'amour.

Il froissa le papier et le jeta. Puis réfléchit.

Elle devait avoir besoin d'air. C'était normal après ce qu'elle venait de vivre. Il allait la laisser tranquille quelques jours puis il irait la voir – au château, car elle était sûrement retournée chez ses parents – et il lui dirait... Lui dirait quoi ?

Il le savait très bien, mais était-il certain qu'elle veuille l'entendre ? Rien n'était moins sûr.

Quelques jours plus tard, alors qu'il ne l'avait pas encore revue, Gabriel reçut un courrier auquel il ne s'attendait pas. La demande de divorce de Leonora.

C'était trop.

Incrédule, il alla à la fenêtre et, son portable à la main, composa un numéro.

Si personne ne lui répondait...

On décrocha.

Il entendit l'accent volontairement exagéré de Lazaro Sanchez.

— Gabriel Torres ! Que me vaut l'honneur... ?

Gabriel se lança.

— Peut-on se voir ?

11

— Cette partie du château date du XIIe siècle…

Une exclamation plus forte que les autres la fit sursauter. Un nouveau visiteur s'était joint au groupe de touristes.

Gabriel !

Pensant s'évanouir, Leonora s'appuya au mur.

— Désolé, dit l'intrus. Je suis en retard. Mais continuez.

Continuer ? Quand il la fixait de ce regard féroce, plus dur que de l'acier…

Aussitôt elle comprit. Les papiers du divorce.

Elle réussit tout de même à poursuivre. Le tour du château terminé et les visiteurs partis, elle s'approcha de lui.

— Tu as reçu les documents pour le divorce ?

— Peut-on s'asseoir quelque part pour parler ?

— Je ne sais pas pourquoi tu es là, rétorqua-t-elle. Nous avons déjà parlé de divorcer.

Visiblement en colère, il s'éloigna et commença à faire les cent pas.

— Non. Tu en as parlé, mais nous n'en avons pas discuté. Je t'avais dit que nous le ferions plus tard. M'envoyer des papiers, cela ne s'appelle pas discuter !

— Mais… Je t'avais laissé un mot, et tu ne t'es pas manifesté.

— Ah ! je vois ! Qui ne dit mot consent ! C'est ce que tu as pensé… parce que cela t'arrangeait. Non, j'ai pensé que tu avais besoin d'air, alors je t'ai laissée tranquille. Je vois que je me suis trompé.

Elle avait le cœur qui cognait très fort. Le revoir était à la fois le paradis et l'enfer.

— Bien, dit-elle. Parlons, et c'est simple. Je veux divorcer.

— Pas moi.

— C'est stupide. Tu sais comme moi que je ne peux pas avoir d'enfants et que tu veux des héritiers.

— Il existe des solutions. Les FIV, l'adoption.

— Ah non ! On ne va pas recommencer.

— Pourquoi dis-tu non ? Tu ne veux pas nous laisser une chance ?

— Non, ce n'est pas que je ne veuille pas...

— C'est quoi, alors ? Tu veux te désengager maintenant que ta famille est à l'abri ?

Elle poussa un cri horrifié en reculant.

— Comment oses-tu ?

— C'est quoi, alors ? répéta-t-il.

— C'est non, Gabriel. Non. Tu comprends ce mot ?

Il se passa une main dans les cheveux.

— Je comprends le mot. Ce que je ne comprends pas, c'est pourquoi ma femme ne veut pas se battre pour notre mariage.

Puis il se dirigea vers la porte.

— Gabriel, le rappela-t-elle, la voix brisée. Ce n'est pas que je ne veuille pas me battre pour notre mariage – je ferais même tout pour avoir une famille si je savais que tu m'aimais. Mais subir les épreuves d'une FIV juste pour te donner un héritier, j'estime que cela n'a pas de sens. Tu as le droit de ne pas m'aimer, tu as aussi le droit de fonder une famille, mais ce ne sera pas avec moi. Je ne mettrai pas un enfant au monde sachant que nous, ses parents, ne nous entendons pas. Voilà, tu connais le fond de ma pensée, ajouta-t-elle en se retournant, en larmes.

S'attendant à entendre la porte claquer derrière lui, elle laissa échapper un sanglot. Mais au lieu du claquement de la porte, ce fut une main qui se posa sur son épaule.

— Qu'as-tu dit ?

Il l'entraîna vers le canapé et, hoquetant et reniflant, elle s'assit près de lui.

— Je dis que je ne ferai rien si tu ne m'aimes pas.

— Est-ce que... ? Cela veut-il dire que tu m'aimes ?

Elle hocha la tête et essuya les larmes qui coulaient sur ses joues. Un flot de larmes... Elle ne le voyait plus qu'à travers le voile gris de son chagrin et elle avait honte. Honte de s'afficher, aussi faible, aussi naïve.

Le sentant lui prendre la main, elle le regarda et resta interdite. Il semblait bouleversé.

— Je t'aime, Leo.

D'abord figée, elle recula, incrédule.

— Non. Tu dis ça comme ça.

— Non, Leo, je ne mens pas. Je ne te mentirai jamais.

— Mais tu ne crois pas en l'amour. Tu n'as jamais voulu y croire.

— Tu as raison, c'est vrai. Mais depuis que j'ai rencontré un démon tentateur, un ange maléfique à la chevelure noire, je ne suis plus le même. Je t'ai aimée dès l'instant où je t'ai vue, ce fameux soir, dans l'hôtel. Je n'avais jamais eu pareille réaction, car je voulais te connaître, te suivre. Je te voulais. Le lendemain matin, j'ai compris qu'avec toi il s'était passé quelque chose... Quelque chose de différent. Je voulais plus.

Curieuse de savoir s'il était sincère, elle chercha ses yeux, mais elle ne voyait ni mensonge ni sincérité, elle ne voyait que lui. Lui.

— Pourquoi n'as-tu rien dit ?

— Et toi ? répliqua-t-il.

Elle rougit.

— J'avais peur.

— Et moi, j'étais dans le déni. Je n'ai pris conscience de ce que j'éprouvais pour toi que lorsque tu as parlé de divorce. Tu m'as rendu fou. Je t'ai soupçonnée de t'être mariée uniquement pour sauver ta famille. Mais, surtout, j'étais blessé, malheureux ; j'ai compris alors que pour souffrir à ce point, il fallait que je sois fou amoureux. Ensuite, quand tu t'es refermée sur toi-même...

— Je suis désolée. C'était trop difficile. J'avais peur de ce que j'étais capable de dire si tu me touchais. Je n'aurais pas pu me retenir. Et puis il y a eu cette autre nuit... Je n'ai pas pu ne pas te toucher.

— Et tu es partie.

Elle lui prit la main et l'embrassa.

— Oui, parce que je savais que je ne supporterais pas un mariage sans amour. C'est ma faiblesse.

— Ce n'est pas être faible que chercher à se préserver. C'est moi qui suis un faible. J'étais prêt à t'obliger à rester mariée dans l'espoir que tu finisses par m'aimer.

Leonora le lâcha.

— Il y a de fortes probabilités pour que nous n'ayons jamais d'enfants, Gabriel. Mais si, par extraordinaire, un bébé arrivait, qui te dit que cela suffira pour que tu m'aimes ? Sinon, que feras-tu sans héritier ?

Il soupira et entrelaça les doigts aux siens.

— Tu me suffis, Leo. Si nous n'avons pas d'enfants, mais que je t'ai, je serai le plus heureux des hommes. J'ai réuni mon conseil d'administration, et nous avons décidé ensemble de la suite de mes affaires si je n'ai pas d'héritier. Le nom des Cruz y Torres ne s'éteindra pas. C'est une marque maintenant, et les marques durent plus longtemps que les êtres humains. J'ai également pris contact avec Lazaro Sanchez.

Elle sursauta.

— C'est mon demi-frère. J'ai fait le test ADN. Mais il ne veut rien avoir à faire avec notre patronyme, ni avec la lignée, même quand je lui ai fait part de notre situation et lui ai dit que ses enfants seraient sans doute les seuls héritiers du nom Cruz y Torres. Nous nous sommes aussi mis d'accord pour le chantier du vieux marché couvert. Nous allons collaborer.

— Vous allez travailler ensemble ? Tu as fait tout cela avant même de savoir si...

— Si tu m'aimais ? Oui. Je n'ai pas, comme toi, le sens de l'abnégation. Te laisser partir était impensable. Te perdre ? Ça, jamais ! Tu es à moi, Leo, à moi, et pour toujours.

La vue de Leonora se brouilla. Elle voulut lui répondre, mais un sanglot l'en empêcha. Alors, il poursuivit.

— Mais... Tu ne m'as jamais dit que...

Elle sauta sur ses genoux et, prenant son visage entre ses mains, l'embrassa avec fougue.

— Je t'aime, Gabriel, dit-elle, reprenant son souffle. Je t'aime de tout mon cœur. Cela te va ?

Il la souleva et, l'allongeant, il s'étendit à côté d'elle sur le canapé. Il souriait, et son amour et son bonheur illuminaient son visage. Il rayonnait.

— Je te veux pour toujours, Leo. Est-ce que cela te va ?

— Mais si…

Il la fit taire d'un doigt sur la bouche.

— Pour toujours, Leo. Quoi qu'il arrive. Tu es tout ce dont j'ai besoin, et ce qui viendra en plus sera du bonus.

Elle le regarda et l'entoura de ses bras.

— Ce sera pour toujours, Gabriel. Je te le promets.

Puis elle se mit à pleurer de joie.

Épilogue

Andalousie.
Hacienda de Lazaro Sanchez Torres.
Trois ans plus tard.

— T'amener à accepter de porter le nom des Torres est la plus ardue des négociations que j'aie eues à mener de ma vie.

En riant, Lazaro fit tinter son verre contre celui de Gabriel.

— Tu ne pensais quand même pas que j'allais te faciliter la tâche !

— Non, ça aurait été trop simple.

Ils choquèrent de nouveau leurs verres.

— Tout ce que je peux dire, c'est que je suis heureux que nous soyons du même bord, maintenant, poursuivit Gabriel. Cela va simplifier notre existence.

Une émotion passa, profonde, sincère, puis le gazouillis d'un bébé les fit se retourner. Sur la pelouse, à l'arrière de l'hacienda de Lazaro, il y avait un salon de jardin, et Skye était assise sur le canapé, avec son petit garçon de trois ans, Max. Lazaro et Gabriel s'approchèrent, et ce dernier prit dans ses bras ses deux nouveau-nés.

— C'est bien, Max, mais ça suffit maintenant. Laisse les bébés tranquilles, dit Skye.

Elle se leva pour aller embrasser Lazaro qui s'assit et installa son fils sur ses genoux.

— Quel fripon, ce Max ! dit-elle à Leonora, devenue sa grande amie. Il ne pense qu'à taquiner les jumeaux.

Après deux ans et trois douloureuses fausses couches, Leonora et Gabriel avaient décidé de tenter une dernière FIV, mais ni l'un ni l'autre n'y croyaient plus.

Par bonheur, cette dernière fois, le médecin leur avait annoncé le miracle.

— Vous êtes enceinte, madame. Je peux même vous dire que ce sont des jumeaux.

Gabriel et Leonora avaient explosé de joie.

Aujourd'hui, chaque fois qu'elle les regardait tous les trois, son mari et ses deux petits, son cœur bondissait dans sa poitrine.

— Ça va ?

Un bras s'enroulant autour de sa taille, elle se retourna. Gabriel – son mari, sa vie – s'était levé pour la rejoindre.

En souriant, elle fit oui de la tête. Elle avait une famille maintenant, elle était comblée au-delà de ce qu'elle avait espéré, imaginé.

— Oui. Et toi, mon ange ?

— Je vais bien. Je suis bien, et même plus que bien. Je t'aime, Leo.

— Moi aussi, je t'aime.

Elle se haussa sur la pointe des pieds et déposa un baiser sur les lèvres de Gabriel.

— Encore, encore, dit-il, la saisissant par la nuque pour qu'elle ne s'arrête pas.

Lazaro s'éclipsa, Max sur les épaules.

— Viens, dit Gabriel entraînant Leo vers le canapé où il avait laissé les bébés.

Le soleil qui baissait déroulait son voile de lumière dorée sur la campagne.

La poitrine de Leo était lourde, car il était l'heure d'allaiter. Elle défit le haut de sa robe bain de soleil puis approcha Sofia de son sein, et celle-ci happa son mamelon avec gourmandise.

Sofia rassasiée, Gabriel lui tendit Pablo, moins affamé que sa sœur et qui dodelinait de la tête contre le torse de son père.

— Tu es heureuse, mon amour ?

— Et toi, mon soleil ?

Leurs regards se soudèrent, et ils se sourirent. Leur union, fusionnelle, se passait de mots. Ils étaient quatre dorénavant, un père, une mère et deux enfants, heureux et unis pour la vie.